금붕어 룰렛

금붕어 룰렛

오
윤
희

장
편
소
설

팩토리나인

배가 터져 죽는 줄도 모르고

주는 대로 계속 먹이를 받아먹는 금붕어처럼

탐하는 자는 계속 굶주릴 것이며, 취하는 자는 계속 찾게 될지니

재물을 사랑하는 마음이 결국 육신을 집어삼켰도다.

다오, 다오. 더 많은 꿀을 다오. 더 많은 피를 다오.

그렇게 나를 위해 지옥문을 활짝 열어다오.

**차
례**

2부

프롤로그

병실 문을 열고 안으로 들어가기도 전에 소년은 곧 보고 싶지 않은 광경을 목격하게 되리라는 걸 직감했다.

"조금만 빨리 왔더라면 마지막은 지킬 수 있었을 텐데."

높낮이 없이 단조로운 어머니의 목소리에선 나무라는 기색 같은 건 느껴지지 않았다. 하지만 수업 중에 아버지가 위독하다는 사실을 듣고 부리나케 달려왔음에도 시간을 맞추지 못한 소년은 저도 모르게 다리에 힘이 풀려 바닥에 스르르 주저앉고 말았다.

그에 비해 어머니는 차분한 모습이었다. 그저 몹시 지쳐 보일 뿐이었다. 무거운 발걸음으로 비척비척 동생에게 다가간 어머니는 울고 있는 동생을 꽉 부둥켜안고 잠자코 머리를 쓰다듬었다.

"못난 인간."

한동안 조용히 동생을 어루만지던 어머니가 별안간 거친 말투로 툭 내뱉었다. 그러고 보니 조금 전까진 무덤덤하리만치 의연해 보였던 어머니의 얼굴이 이젠 무참히 일그러져 있었다.

"못난 인간. 아직 어린 애들한테, 빚만 잔뜩 남겨놓고서…."

점점 목소리가 갈라지는가 싶더니 마침내 어머니가 참았던 울음을 토해냈다.

"이 몹쓸 인간, 나쁜 놈, 나쁜 놈…."

마치 둑이 터져 물이 흘러넘치는 것처럼 어머니의 입에선 아버지에 대한 원망이 쉴 새 없이 터져 나왔다.

그때였다.

"아버진 나쁜 놈이 아니야!"

소년은 자신도 모르게 버럭 소리쳤다. 어머니와 동생이 순간적으로 울음을 멈추고 소년을 쳐다봤다. 제일 얼떨떨한 건 소년 본인이었다. 이제껏 아버지를 증오하거나 원망하느라 바빴으니까.

하지만 아버지는 처음부터 그런 사람은 아니었다. 휴일에는 자신과 동생을 야구 경기장에 데려갔고, 돌아오는 길에 피자나 치킨을 사주곤 하던 다정한 아버지였다. 바로 그날 그 일이 있기 전까지는.

누운 채 팅팅 부어오른 흙빛 얼굴 위로 오래전 다정했던 아버지의 모습이 겹쳐 보였다. 그래, 그게 진짜 아버지야. 아버지가 망가진 건 나쁜 놈들 때문이야. 그들이 아버지를 저렇게 만들어버린 거야.

"아버지는 나쁜 놈이 아냐!"

수많은 추억이 머릿속을 스치고 지나갔다. 하지만 어쩐 일인지 목이 꽉 막힌 소년은 아까 했던 말을 되풀이하는 것밖에 할 수 있는 일이 없었다.

"진짜 나쁜 건 아버지를 이렇게 만든 놈들이라고!"

불끈 움켜쥔 소년의 주먹 위로 무언가가 툭 떨어져 내렸다. 한 방울, 두 방울…. 한참 후에야 소년은 어디선가 떨어진 뜨뜻한 액체가 제가 흘린 눈물이라는 사실을 깨달았다.

1부

피투성이 밤

엎드린 자세로 누워 있는 남자는 손목에 명품 시계를 차고 있었다. 큼직한 시계 자판을 감싼 황금빛 시곗줄이 아침 햇살을 받아 번쩍거렸다. 생명이 사라진 남자의 거무튀튀한 흙빛 얼굴과 초점을 잃은 허연 눈동자와는 대조적으로, 햇빛을 튕겨내며 반짝이는 시계는 여전히 강력한 존재감을 발휘하고 있었다.

"엄청 비싼 시계네요."

시신 곁에 무릎을 꿇으며 김도윤이 중얼거렸다. 어딘지 모르게 부러움이 묻어나는 어투였다.

이준현 경위는 까마득한 후배인 도윤을 못마땅한 눈초리로 쳐다보았다. 강력반에서만 어언 20년 근무하며 잔뼈가 굵은 그의 눈엔 올해 대학에 입학한 아들보다 고작 몇 살 더 많은 도윤이 미덥지 않아 보였다. 피해자 옆에서 시계 가격 운운하는 저 경솔한 태도도. 어쩌면 도윤은 형사로 박봉을 몇 년간 모아야 저런 시계를 살 수 있을지 열심히 머리를 굴려

보는지도 몰랐다.

'아서라. 이번 생에선 아마 무리일 거다.'

준현은 목구멍까지 올라오는 말을 애써 삼켰다. 요즘 젊은 애들은 도대체 무슨 생각으로 이 직업을 선택하는 걸까. 경제적 여유니 워라밸이니 하는 건 애초에 형사와는 인연이 없다. 사명감과 정의감 없이는 불가능하다. 그런데 사건 현장에서 저런 소리나 하고 자빠져 있으니.

"이걸 놔두고 간 걸 보면 돈을 노리고 한 짓이 아닌 거 아닐까요?"

도윤이 속내를 훤히 읽은 것처럼 준현을 똑바로 쳐다보며 물었다.

아, 그 뜻이었나. 준현은 순간 도윤에게 살짝 미안한 마음이 들었다. 인정하긴 싫지만, 어쩌면 자신은 젊은 후배들에게 편견이 있는지도 모른다. 강력반에 배정받은 뒤 힘들어서 못 견디겠다는 둥, 아무래도 자신은 형사 체질이 아닌 것 같다는 둥 하면서 사직서를 낸 놈들만 벌써 두 명이니까. 첫 출근 날, 어린아이처럼 동그랗고 앳된 얼굴에 구김살 하나 없는 표정으로 "잘 부탁드립니다!" 인사하는 도윤을 보며 준현은 '두어 달 버티면 다행이군' 하며 속으로 혀를 찼다. 그 애송이랑 파트너로 묶인 건 준현이 가장 바라지 않던 일이었다.

"꼭 그렇게 단정할 순 없어."

준현이 죽은 남자 쪽으로 시선을 옮겼다. 남자는 피웅덩이 속에 엎드려 있었다. 시신이 누워 있는 곳 주변 콘크리트 바닥은 남자의 몸에서 흘러나온 흥건한 피로 여기저기 검붉게 얼룩이 진 상태였다. 감식 결과를 듣지 않아도 직접적인 사인(死因)이 과다출혈이라는 것 정도는 충분히 예상 가능했다.

남자의 왼쪽 목 부위엔 길게 상처가 나 있었다. 속이 깊게 벌어진 상처는 마치 어두운 동굴을 연상케 했다.

"경동맥 절단?"

준현의 질문에 미리 현장에 나와 있던 과학수사팀 정동훈이 고개를 끄덕였다.

"날카로운 흉기에 깔끔하게 잘렸어. 피해자는 아마 손쓸 틈도 없었을 거야."

베테랑 동훈의 말이니 틀림없다. 준현과 동년배인 동훈은 10여 년 전 사건 현장에서 처음 만나 이따금 퇴근 후 소주잔을 기울이는 사이였다.

"일격으로 살해한 건가?"

"그건 아니고."

동훈이 장갑 낀 손으로 남자의 시신을 뒤집었다. 남자의 복부는 딱딱하게 엉겨 붙은 피로 검붉게 얼룩져 있었다.

"처음에 공격한 건 배야. 피해자가 부상을 입고 당황한 사이, 결정타를 날린 거지."

준현은 머릿속으로 남자의 마지막 순간을 그려봤다. 그가 발견된 곳은 인적 드문 주택가의 막다른 골목. 시신 상태를 보니 사건은 아마도 늦은 밤에 발생했을 것이다. 누군가가 조용히 남자의 뒤를 밟는다. 주변에 목격자가 없음을 확인한 그는 가만히 남자를 부른다. 남자가 돌아본 순간, 범인은 남자의 배를 칼로 찌른다. 남자가 피를 흘리며 비틀거리자, 범인은 남자에게 가까이 다가가 목을 긋는다. 경동맥이 끊어지면 뇌로 가는 혈류가 급속히 줄어들어 쇼크가 온다. 아마 10초 전후로 남자는 정신을 잃었을 것이다. 아침 일찍 주변을 돌던 요구르트 배달원이 가장 먼저 발견해 경찰에 신고하기까지 남자는 그렇게 싸늘한 주검으로 누워 있었다.

"급소를 노린 걸 보면 전문가 소행일까요?"

도윤이 준현과 동훈의 대화에 끼어들었다.

"신입?"

동훈이 도윤을 흘깃 쳐다보았다.

"네! 지난주 발령받았습니다. 잘 부탁드립니다!"

"앞으로 고생길이 훤하겠네."

"아, 아닙니다!"

씩씩하게 대답하는 도윤을 사이에 두고 동훈과 준현은 쓴웃음을 지으며 몰래 시선을 주고받았다. 도윤은 동훈이 자신을 격려했다고 생각한 모양이지만, 사실 동훈이 '고생길이 훤하다'고 한 건 아무것도 모르는 애를 데리고 다니느라 고생깨나 할 준현에게 한 말이었다. 그리고 준현도 그 정도는 충분히 눈치챌 정도로 동훈과 오랜 세월을 함께했다.

"경동맥은 다른 동맥들보다 상대적으로 절단하기 쉬워. 목 부위라 외부에 노출된 데다, 근육이나 지방이 적으니까. 5센티미터 정도 되는 꼬챙이만 있어도 충분히 죽일 수 있다고. 만약 일부러 경동맥을 노린 게 아니라면, 범인은 운이 좋았을 거야."

"혹은 나빴을 수도 있지."

준현이 동훈의 말을 받았다.

"그냥 위협해서 돈만 뺏을 생각이었다면."

"그랬을 수도 있지."

동훈이 고개를 끄덕였다.

"하지만 그 와중에 지갑을 들고 간 걸 보면 겁을 먹고 줄행랑을 친 것 같진 않던데?"

"하긴⋯."

준현이 이마를 찡그리며 고개를 끄덕였다. 동맥이 끊어지면 피가 분수처럼 솟구친다. 시신 주변이 온통 피범벅인 것도 그런 이유에서다. 만약 돈을 노린 잡범이 칼을 휘두르다 우연히 경동맥을 건드린 거라면 피를 보고 혼비백산 도망쳤을 가능성이 크다. 그런데 유유히 지갑을 빼서 가져갔다? 그렇다면 범인은 제법 배포가 크고 냉혈한인 모양이다. 혹은 살인이 처음이 아니거나.

"보통 지갑은 양복 재킷 안쪽이나 바지 뒷주머니에 넣어둘 텐데."

범인이 지갑을 찾느라 죽은 남자의 몸을 뒤졌다면 시신에 범인의 흔적이 남아 있을 수도 있다. 지문이나 DNA 같은.

"가능성이 없진 않지."

이심전심이라고 준현의 속내를 짐작한 동훈이 질문도 듣지 않고 대답했다.

"그런데….."

도윤이 우물쭈물 끼어들었다.

"돈을 노렸다면 시계는 왜 그냥 두고 갔죠? 지갑 찾는 것보다 시계만 풀어가는 게 더 간단했을 텐데."

확실히 이상하긴 했다. 남자의 시신은 땅바닥에 엎드린 자세였다. 아마도 급소를 베인 뒤 힘이 빠져 털썩 주저앉았다가 그대로 앞으로 고꾸라진 모양이다. 그런 사람을 굳이 뒤집어서 몸을 뒤지는 건 번거롭고 시간도 걸린다. 도윤 말대로 시계만 풀어가는 게 더 편한 방법인데. 오랜 경험상, 범죄자들이 선호하는 방식을 잘 알고 있는 준현도 고개를 갸웃할 수밖에 없었다.

"알만 크지 별로 안 비싼 시계 아냐?"

"저거 파텍 필립이에요! 5000만 원도 넘는 거라고요!"

도윤이 어이없다는 표정으로 살짝 언성까지 높였다.

"5000만 원?"

준현과 동훈이 동시에 얼빠진 소리를 냈다.

그러고 보니 남자가 몸에 걸친 양복도 매끈하게 잘 빠

진 것이 한눈에도 고급스러워 보였다. 아내가 대형마트에서 20퍼센트 할인가에 사 온 준현의 보풀 가득한 잿빛 양복과는 딴판이었다. 신고 있는 구두도 이탈리아 장인이 만든 것처럼 반지르르 윤이 흘렀다.

"누군지 몰라도 돈 많은 양반인가 보네."

자신의 처지와 비교됐는지 동훈이 씁쓸한 어조로 말했다.

"많으면 뭘 해. 많으나 적으나 저승길에 맨손인 건 마찬가 진데."

준현이 심드렁하게 대답했다. 원래 물욕이 없었지만 살인 사건을 밥 먹듯 보다 보니 돈에 연연하는 감정은 점점 더 사라졌다. 돈이 많다는 건 축복보다 오히려 저주에 가까웠다. 대부분의 살인사건은 돈, 혹은 치정에 의해 일어난다. 그것 도 대개는 주변에 있는, 아주 가까운 사람에 의해서.

"어쩌면 지갑부터 뺏고 목을 그었을지도 몰라."

누구에게랄 것 없이 준현이 혼잣말처럼 중얼거렸다.

그래, 그럴 가능성도 없지는 않다. 범인은 피해자를 흉기 로 위협해 지갑을 내놓게 한 다음, 신고할까 두려워 살해했 는지도 모른다. 혹은 피해자가 예상외로 반항하는 바람에 범 인이 우발적으로 칼을 휘둘렀을 수도 있다. 만약 그것도 아 니라면 지갑 속엔 돈 말고 범인이 필요로 했던 다른 뭔가가 있었던 걸까? 그렇다면 범인은 혹시 돈을 노린 게 아닌 건 아 닐까?

준현은 남자가 차고 있는 손목시계를 물끄러미 바라보았다.

"사망 시각은?"

"대략 밤 10시부터 새벽 3시일 거야. 정확한 건 부검 결과가 나와봐야 알겠지만."

준현의 물음에 동훈이 대답했다.

"에잇, 왜 CCTV가 없어서."

표정이 어두워진 준현의 곁에서 도윤이 투덜거렸다.

남자의 시신이 발견된 곳은 굳이 CCTV를 설치할 필요가 없어 보이는 주택가일뿐더러, 그곳에서 가장 가까운 대로변의 CCTV도 이미 고장 나 방치된 지 오래였다. 만일 범인이 이것까지 계산했다면, 꽤 오랫동안 범행을 준비했거나 철두철미한 성격일 터였다. 어쩐지 만만치 않은 여정이 될 것 같은 불길한 예감에 준현도 깊은 한숨을 내쉬었다.

준현의 바지 주머니에서 휴대폰이 진동했다. 모니터에 뜬 이름은 강력반 후배 정수호 경장이었다. 아마도 피해자의 유류품을 통해 뭔가 정보를 얻은 모양이었다. 준현은 스피커폰 버튼을 눌렀다.

"피해자 휴대폰 조회 결과 신원이 확인됐는데요."

수호는 곧바로 용건부터 들어갔다.

"가입자는 1977년생 정상구로 돼 있습니다."

준현은 수첩을 꺼내 수호가 불러주는 이름을 휘갈겨 썼다.

"전과는?"

"전과 기록은 없습니다."

범죄에 연루된 적이 없다면 역시 개인적 원한이거나 금품을 노린 살인인가. 하지만 전자라 해도 준현은 뭔가 석연치 않았다. 범인은 자신의 신원이 드러날 우려가 있는 휴대폰을 왜 폐기하지 않았을까. 지갑은 들고 갔으면서. 범인은 정상구 통화 기록에 남아 있을 만큼 가까운 사이는 아니었던 걸까.

"주민등록상 주소지는…."

수호가 대한민국에서 가장 집값이 비싼 지역의 주소를 불렀다.

"가족 관계는?"

"배우자가 강희원으로 돼 있습니다. 10대 아들이 하나 있고요."

"아내랑은 연락이 됐나?"

"조금 전에 통화했는데 남편이 간밤에 안 들어온 건 맞다네요. 사건 피해자일 수도 있다고 고지했습니다."

"아내 반응은?"

"글쎄요…. 꽤 놀라는 눈치긴 했는데, 그래도 제법 의연하던데요. 적어도 대성통곡하거나 혼절하진 않았습니다."

"수고했어."

준현은 전화를 끊고 '신원 미상'에서 '정상구'로 신원이 밝혀진 남자의 시신을 바라보았다. 1977년생이면 공교롭게도 준현과 동갑이다. 아직은 해야 할 일이 많은 나인데. 대학도 안 들어간 아들도 있다고 했는데.

순간적으로 밀려오는 연민을 준현은 애써 밀어냈다. 감정이 섞이면 냉정함을 잃어버리기 쉽다. 게다가 저보다 더 안타까운 죽음도 이제껏 볼 만큼 봤다.

"어이, 애송이!"

준현이 멀뚱멀뚱 서 있는 도윤을 불렀다.

"저… 말인가요?"

도윤이 어리둥절한 표정으로 주변을 두리번거렸다.

"그럼 여기 애송이가 자네 말고 또 누가 있어. 현장은 대충 둘러본 것 같으니 유가족한테 가보자고."

도윤이 뭐라고 응답하기도 전에 준현은 성큼성큼 발길을 옮겼다.

그 남자의 아내

"애 아빠가 맞아요."

준현이 건넨 시신 사진을 가만히 테이블에 내려놓으며 강희원이 말했다. 평생 물 한번 묻히지 않았을 것 같은 기다랗고 하얀 손엔 빨간색 매니큐어가 칠해져 있었다. 도발적인 색상이 도회적이고 날카로운 인상과 잘 어울렸다.

"틀림없습니까?"

"그럼 10년 넘게 살 맞대고 살았던 사람도 몰라보겠어요?"

희원은 잡아먹을 듯한 눈빛으로 준현을 노려보더니 품에서 담배와 라이터를 꺼내 불을 붙였다. 담배를 물고 있는 입술을 물들인 립스틱은 손톱보다 채도가 한 단계 낮은 벽돌색이었다. 나른하고 익숙한 자세로 후 하고 길게 연기를 내뿜는 희원의 시선이 잠시 허공을 떠돌았다.

"간밤에 남편분과 통화한 기록이 없던데요."

"그래서요?"

"밤새 귀가를 안 하셨는데 걱정되지 않으셨습니까?"

준현의 말에 희원이 흥 코웃음을 쳤다.

"외박하는 게 어디 하루 이틀이라야 말이지. 또 애인 집에 갔겠거니 했죠."

"애인요?"

준현은 새삼스러운 시선으로 희원을 찬찬히 뜯어보았다. 희원은 40대 중반의 나이에 비해 훨씬 젊어 보였다. 군살 없이 날씬한 몸매에 윤기가 흐르는 탱탱한 피부, 어깨까지 자연스럽게 웨이브가 들어간 진한 갈색 머리. 유명 헬스장과 피부과, 미용실에 적지 않은 시간과 돈을 투자한 사람만이 유지할 수 있는 외양적 우월함을 유감없이 내뿜고 있었다.

이런 여자를 두고서도 바람을 피우나. 순간적으로 떠오른 생각을 준현은 황급히 머리에서 지워버렸다. 남자들이 외도하는 이유는 아내에게 매력이 없어서가 아니다. '아내'가 아닌 다른 여자를 원하기 때문이다. 하지만 그걸 알고 있음에도 불구하고 희원의 외양은 바람난 남편 때문에 속을 썩는 아내와는 거리가 멀어도 한참 멀었다.

준현의 시선을 느꼈는지 희원이 피우던 담배를 재떨이에 신경질적으로 비벼 껐다.

"그 사람, 여자 좋아하거든요. 결혼한 뒤 지금까지 단 한 번도 여자가 없었던 적이 없어요. 어린 여자애들 꼬드겨 옷 사주고 보석 사주고 하면서 곁에 두다가 지겨워지면 버리는 거죠."

짜증 섞인 손놀림과는 달리 아무런 감정이 실리지 않은 담담한 어조였다.

"그런 분이랑 용케 같이 사셨네요."

다소 냉소적인 준현의 말에 희원은 도발적인 눈초리로 준현을 쳐다봤다.

"형사님도 결혼하셨죠?"

준현은 고개를 끄덕였다.

"그럼 잘 아시겠네요. 결혼은 현실이라는 거. 사랑 타령이 밥 먹여주는 건 아니잖아요?"

희원이 그렇게 말하며 명품으로 보이는 가죽 소파에 등을 기댔다. 등 뒤 벽면 전체를 뒤덮은 커다란 창문 아래로 서울 강남의 빽빽한 고층 건물이 한눈에 들어왔다. 도전적인 그녀의 눈빛은 이 정도 생활 수준이면 남편의 외도 정도야 뭐가 문제냐고 되묻는 것처럼 보였다.

"결혼한 지는 오래되셨습니까?"

"18년 됐어요."

18년간 살던 동거인의 죽음을 방금 전해 들은 사람치곤 의아할 정도로 차분한 목소리로 희원이 대답했다.

"자녀분은?"

이미 알고 있는 내용이지만 준현은 다시 확인했다.

"열여섯 살 된 아들 하나요."

"아드님은 지금 수업 중인가요? 혹시 학교엔 연락하셨습니까?"

"은호는… 미국에 있는 사립 기숙학교에 다녀요."

슬픈 모습을 보이지 않던 희원의 얼굴이 처음으로 흐려졌다. 남편에게 딱히 정은 남아 있지 않지만, 아들이 아버지 없는 아이가 됐다 생각하니 가슴이 아픈 모양이었다.

"조기유학인가요?"

"그런 셈이죠. 집에서 맨날 부모가 싸우는 꼴 봐봤자 좋을 것도 없고."

부부관계가 안 좋은 건 하루 이틀 일이 아닌가 보군. 사실 배우자는 살인사건의 가장 유력한 용의자다. 남편의 죽음을 알고도 지나칠 만큼 침착한 저 여자가 외도를 일삼는 남편을 죽일 만큼 증오했을까? 준현은 희원의 단정한 얼굴을 물끄러미 쳐다봤다.

"사립 기숙학교라면 학비가 만만치 않겠네요."

준현이 잠시 생각에 잠긴 사이, 도윤이 끼어들었다.

"아, 뭐, 그렇긴 하죠."

희원이 심드렁한 태도로 대꾸했다. 돈 따위는 딱히 문제가 안 된다는 어투였다.

"남편분은 무슨 일을 하셨습니까?"

"이것저것 했어요."

"이것저것 했다고요?"

"주식투자도 하고, 부동산도 하고…. 그 인간, 딴 건 몰라도 돈 냄새 하나는 기가 막히게 잘 맡았거든요."

"남편분 하시는 일에 딱히 관심은 없으셨나 봅니다?"

"전 숫자라면 질색이에요."

희원은 준현의 말투에 묻어나는 희미한 비아냥거림을 눈치채지 못한 것 같았다.

"그리고 어디서 뭘로 돈을 벌든 그게 뭐가 중요해요. 그냥 부족하지 않게 갖다주기만 하면 되죠."

희원은 별 대수롭지 않은 걸 문제 삼는다는 듯 툭 대답을 내던지고선 다시 담배에 불을 붙이려 했다. 하지만 라이터가 잘 터지지 않자 불만스러운 표정으로 혀를 끌끌 찼다. 결국 도윤이 제 주머니에서 라이터를 꺼내 희원의 담배에 불을 붙였다.

"남편분 주변 사람들에 대해선 잘 아시나요? 혹시 원한을 가질 만한 분이 있을까요?"

도윤은 희원이 만족스러운 표정으로 담배 연기를 들이마시는 틈을 타 잽싸게 질문했다.

"원한이라…."

희원은 순간 묘한 표정을 지었다. 재미있어하는 것 같기도 하고, 비웃는 것 같기도 한 표정이었다.

"아마 한둘이 아닐걸요?"

"네?"

뜻밖의 말에 도윤은 허를 찔린 모양이었다.

"그 인간, 원래 제 손님이었어요. 압구정 룸살롱에서 일할 때. 어차피 나중에 조사하면 다 나올 테니 미리 털어놓는 거예요."

갑작스러운 폭탄선언에 도윤이 당황한 표정을 지었다. 희원은 일관되게 무표정을 유지하는 준현과 당황한 기색이 어린 도윤을 번갈아 곁눈질하더니 아까보다 한층 더 도발적인 태도로 허공에 연기를 내뿜었다.

"처음부터 제 고객이었던 건 아니에요. 아는 단골손님이 가게로 데리고 왔죠. 강남에 건물이 몇 채나 있는 유명한 재력가였는데, 그 인간, 아니 애 아빠가 그분 투자를 도와준다고 했었어요."

희원은 그렇게 말하며 다시 담뱃재를 털었다.

"그런데 애 아빠가 계속 나한테 추파를 던지더라고. 처음부터 마음이 있었던 거죠. 그리고 한 달쯤 뒤였나. 가게에 와서 날 지명했어요. 2차까지요. 그래서 단골이 알면 기분 나쁘지 않겠냐 했더니 그 바보는 이미 끝났다고, 완전히 망해서 이제 두 번 다시 이런 비싼 가게는 올 일이 없을 거라고 했어요. 히죽히죽 웃으면서요."

준현은 잠자코 희원이 말을 잇길 기다렸다.

"그때 직감적으로 알았어요. 이 남자가 단골한테 사기를, 그게 아니더라도 뭔가 나쁜 짓을 했겠구나."

"…."

"뭐 돈뿐만은 아니었겠죠. 그 인간이 단골한테 사기를 친 이유가. 아마 날 차지하고 싶었을 거예요. 나도 그땐 꽤 섹시했거든."

희원이 마침내 담배를 재떨이에 비벼 껐다. 이번에는 꽁초를 눌러 끄는 손에 아까보다 훨씬 더 감정이 실려 있었다. 옛 추억을 돌이키다 보니 갑자기 죽은 남편에 대한 애증이 되살아난다는 듯이.

"정상구 그 인간은 한마디로 개새끼예요. 머리 좋은 개새끼. 그래서 원하는 건 어떡해서라도 손에 넣고 죗값은 안 치르죠."

"그런 걸 다 알면서도 남편한테 끌리셨어요?"

도윤이 준현이 말릴 사이도 없이 물었다.

불쾌해할 것이라는 준현의 예상과 달리 희원은 피식 웃었다.

"그 사람한테 끌린 게 아니라 돈에 끌렸죠. 아까 말했잖아요. 그 인간, 다른 건 몰라도 돈 냄새 하나는 기가 막히게 잘 맡는다고."

"정상구 씨, 부모님이나 형제 관계는 어떻게 되죠?"

준현이 화제를 돌렸다.

"없어요. 그쪽이나 저나."

'가족 없음'이라고 준현은 수첩에 메모했다. 확인을 해봐야겠지만 희원의 말이 사실이라면 정상구에게 원한을 품은 사람 중에 적어도 그의 피붙이는 없는 모양이었다.

"마지막으로 어젯밤 10시부터 새벽 3시 사이에 어디 계셨습니까?"

"지금 절 의심하시는 거예요?"

희원의 눈꼬리가 단박에 위로 치켜 올라갔다.

"형식적인 절차입니다."

준현이 대답했다.

"그 시간에 어딨긴 어딨겠어요. 집에서 잤죠."

"혹시 이웃이 잠깐 들렀다거나…."

"알리바이 확인해줄 사람이 있냐고 묻는 거라면, 없어요. 같이 사는 남편은 아시다시피 그 시간에 집에 들어올 수 없었거든요. 죽었으니까."

희원은 샐쭉해진 표정을 풀지 않았다.

"형식적인 절차일 뿐입니다."

도윤이 희원을 달래듯 준현이 했던 말을 되풀이했다.

"제가 형사님들이라면, 최지호를 조사할 거예요."

희원은 그래도 기분이 안 풀렸는지 짜증이 가시지 않은 얼굴로 부루퉁하게 내뱉었다.

"최지호요?"

"그 사람 최근 내연녀요. 애를 뱄는데 그 인간이 성가시니까 떼라고 했대요. 혹시 알아요. 그래서 홧김에 누굴 고용해 죽였을지."

"그런 건 어떻게 아셨죠?"

희원은 잠자코 곁에 있던 샤넬 핸드백을 뒤지더니 준현에게 명함 하나를 건넸다. '하나기획 장은모'라는 이름 밑에 '사설탐정. 상간자, 이혼 증거 수집 전문'이라고 적혀 있었다.

"흥신소에 가셨습니까?"

"남편이 새파랗게 어린 년한테 빠져서 이혼하자고 할지도 모르는데 손 놓고 있을 순 없잖아요."

남편한테 딱히 애정이 없는데 이혼하는 건 어지간히 두려운 모양이라고 준현은 생각했다. 하긴 희원이 매력을 느끼는 건 정상구의 재력이니, 그 재력이 자신이 아닌 다른 여자에게 가는 건 신경이 쓰였을 것이다. 만약 정상구가 최지호에게 홀딱 반해 이혼을 감행하려 했다면, 희원은 그걸 막기 위해 남편을 살해할 만큼 대담한 여자일까.

"나가기 전에 집 안을 좀 둘러봐도 될까요?"

"마음대로 하세요."

희원은 선선히 승낙했다.

준현과 도윤은 정상구의 서재부터 살펴봤다. 말이 '서재'지 책은 거의 눈에 띄지 않았다. 서가엔 경제지와 골프 잡지 몇 권만 꽂혀 있을 뿐이었다. 업무 관련 서류 같은 것도 일절 없었다. 집에 일거리를 가져오지 않거나 흔적 남기는 걸 몹시 꺼리는 사람 같았다.

'뭔가 구린 게 있는 거지.'

준현은 기분 나쁠 정도로 깔끔한 책상을 보며 생각했다.

집 안 다른 곳과 마찬가지로 정상구의 서재 역시 돈 냄새가 묻어났다. 준현은 고급스러운 시계 컬렉션과 골프채를 무심한 시선으로 훑어보았다.

"선배, 저 와이프라는 여자 정 마담 같지 않아요?"

도윤이 주위를 여러 번 둘러보며 낮은 목소리로 준현에게 속삭였다.

"정 마담?"

"왜, 영화 '타짜'에서 김혜수가 연기한 캐릭터요."

"둘이 전혀 안 닮았는데."

"아니, 그 말이 아니라 어쩐지 뒤통수 세게 때릴 스타일 같지 않냐고요. 정상구가 진짜 그런 개새끼라면, 보통 여자가 18년간 결혼 생활을 했겠어요? 어쩌면 저 여자도 임신을 미끼로 결혼하자고 들이댔을지도 몰라요."

하긴 희원의 태도로 보건대 그랬을지도 몰랐다. 하지만 그건 정상구의 죽음과 직접적인 상관은 없는 일이다.

"쓸데없는 소리 말고 뭔가 정보 될 만한 거나 찾아봐."

퉁명스러운 준현의 말투에 도윤은 입을 다물었다.

한동안 방 안엔 침묵이 흘렀다.

"선배, 여기."

20여 분 정도 흘렀을 때 도윤이 준현을 불렀다. 골프채 가방 안쪽 작은 주머니에서 무언가를 발견한 모양이었다. 꺼내보니 고급스러운 종이 재질에 심플한 금빛 로고가 들어간 명함이 몇 장 나왔다.

에버그린 투자자문회사 대표 정상구

이름과 직책 밑에는 그의 전화번호와 주소가 나란히 적혀 있었다.

"명함에 적힌 휴대폰 번호가 다 다른데요?"

도윤이 책상에 늘어놓은 명함을 보며 말했다. 개인 휴대폰 외에 업무용 전화를 따로 쓰는 경우가 더러 있다 해도 명함에 적힌 번호는 언뜻 봐도 세 개 이상은 될 것 같았다.

"어딘가 수상한데."

준현은 휴대폰으로 콜렉트콜(수신자부담전화)을 걸어 명함에 적힌 번호 중 하나와 샵 키를 눌렀다. 몇 차례 통화음이 울리더니 "지금 거신 번호는 없는 번호이거나…"라는 안내음이 흘러나왔다.

"…대포폰인 모양이네요."

도윤의 표정이 굳어졌다.

확실한 건 가입자 명의를 조사해봐야 알겠지만 저렇게 확인했을 때 신호음이나 컬러링으로 넘어가지 않고 결번 안내가 뜨면 십중팔구 대포폰이었다. 이제껏 드러난 정상구의 행적엔 뭔가 구린 곳이 있었다. 대포폰이 나온 건, 의심을 확신으로 바꾼 결정적 요인이었다.

'대체 무슨 짓을 하고 다녔던 거야.'

준현은 명함에 찍힌 '에버그린 투자자문회사'라는 글자를
뚫어지게 바라보았다.

1105호에 얽힌 비밀

에버그린 투자자문회사가 위치한 곳은 영등포구의 한 오피스텔 건물이었다. 18층 건물의 1층 로비엔 각 층에 자리 잡은 크고 작은 사무실 현판이 빼곡하게 붙어 있었다.

"에버그린 투자자문회사라는 곳은 없는데요?"

먼저 입주자 현판을 훑고 온 도윤이 말했다.

"아무래도 공친 모양이에요."

준현이 손에 든 명함을 내려다봤다. 명함엔 건물명만 적혀 있을 뿐 호수는 기재돼 있지 않았다.

"그렇진 않을 거야."

"왜 그렇게 생각하세요?"

도윤이 미심쩍은 표정으로 선배 형사를 쳐다봤다.

"새빨간 거짓말보다는 진실이 한 방울쯤 섞여 있을 때 사람들은 더 잘 속아 넘어가는 법이거든."

"네?"

준현은 도윤에게 대답하는 대신 프런트 데스크에 앉아 있는 경비원에게 다가갔다. 한창 휴대폰으로 예능 프로그램을 보고 있던 나이 지긋한 경비원이 나른한 표정으로 올려다보았다.

"에버그린 투자자문회사 정상구 씨를 만나러 왔는데요."

너무나 당당하고 단도직입적인 태도에 경비원은 준현이 정상구라는 사람과 이미 다 약속이 돼 있는 줄 착각한 모양이었다.

"누구라고 전해드릴까요?"

경비원이 인터폰을 들고 준현을 향해 물었다.

'이곳에 에버그린 투자자문회사가 있긴 있는 모양이군.' 준현이 속으로 회심의 미소를 지으며 경비원 손에서 냉큼 인터폰을 낚아채 제자리에 돌려놓았다.

"아니, 지금 뭐 하시는 거예요?"

경비원이 화들짝 놀라 소리쳤다.

"상대가 손님 맞을 수고 좀 덜어주려는 겁니다. 거기, 몇 호실이죠?"

준현이 그렇게 말하면서 형사 신분증을 꺼내 보였다. 경비원이 예상 밖의 전개에 당황했는지 말을 더듬었다.

"그, 그게…. 외부인한테 절대 함부로 알려주지 말라고 했는데."

"예전에도 누가 사무실을 알려달라며 난동을 부린 적이 있는 모양이네요. 그렇죠?"

경비원은 답을 하지 않았지만 준현은 짐작이 맞다고 생각했다.

"다시 한번 묻겠습니다. 몇 호실입니까?"

"하, 하지만, 경찰한테도 함부로 알려줘선 안 된다고…."

경비원이 난감한 표정으로 숱이 성긴 머리를 쓰다듬었다.

"하종수 씨."

준현이 경비원 왼쪽 가슴팍에 달린 이름표를 한 글자씩 또박또박 읽었다.

"지금 우리는 살인사건을 조사 중입니다. 호수를 안 알려주시면 공무집행방해로 간주하겠습니다."

"1105호에요, 1105호."

'살인사건'과 '공무집행방해'라는 단어 조합이 주는 위압감 때문인지 경비원은 서둘러 호수를 불렀다.

도윤과 준현은 엘리베이터를 타고 11층을 눌렀다.

1105호실의 유리문은 잠겨 있지 않았다. 마침 주변 다른 사무실들이 임차인 없이 비어 있는 상태라 11층 입주자는 정상구 회사 하나밖에 없는 모양이었다. 유리문 안으로 직원 몇 명이 일하고 있는 모습이 보였다.

형사들이 문을 열고 들어가자, 안에 있던 사람들이 일제히 돌아보았다. 특별히 숨기는 게 있는 눈치는 아니었지만 뜻밖의 방문객에 놀란 표정이었다.

"어떻게 오셨죠?"

서무 혹은 비서로 보이는 젊은 여성이 달려 나왔다.

"경찰입니다. 정상구 씨 관련해 여쭤볼 게 있어서 왔습니다."

도윤이 경찰 신분증을 들어 보였다.

준현은 실내 분위기가 미묘하게 바뀌는 걸 느꼈다. 다들 입을 꽉 다물고 있지만 그는 표정에 불안과 동요가 스치고 지나가는 것을 놓치지 않았다.

"대표님 일 때문에 오셨다고요?"

사무실 안쪽 방에 있던 남자가 소리를 들었는지 밖으로 나왔다. 나이는 30대 후반 정도. 키가 크고 말끔하게 생긴 남자였다. 여성들이 호감을 가질 법한 외모라는 점에선 죽은 정상구와 마찬가지지만, 정상구가 가무잡잡한 피부에 이목구비가 뚜렷하고 단단한 근육질의 체구라면 남자는 유난히 하얀 얼굴에 몸집이 호리호리했다. 로맨스 드라마에서 멋진 남자 주인공을 돋보이게 해주는, 조금 덜 멋진 친구 역할에 딱 어울릴 법한 이미지였다.

"영업은 대표님이 도맡아 하셔서 저희는 잘 모르…."

"어젯밤 정상구 씨가 사망하셨습니다. 살해당했어요."

준현이 남자의 말을 끊었다. 여기저기서 놀란 음성이 터져 나왔다.

남자는 할 말을 잃고 입을 벌렸다. 순간 얼굴색까지 창백해졌다. 만약 연기라면 아카데미 남우주연상을 줘도 아깝지 않을 정도로 꾸며낸 반응 같지는 않았다.

"사, 살해라니… 어떻게 그런."

남자가 멍한 얼굴로 말을 더듬었다.

"정상구 씨를 잘 아시죠?"

도윤이 남자에게 다가갔다.

"아, 네…. 일 관계로."

남자는 양복 안쪽에서 명함을 꺼내 도윤에게 내밀었다. '에버그린 투자자문회사 부대표 전명호'라고 적혀 있었다. 명함 한편엔 한껏 근엄한 표정을 짓고 있는 전명호의 사진이 박혀 있었다. 명함에 저런 사진을 박아 넣다니 어지간히 자기애가 강한 인간인 모양이었다.

"잠깐 말씀 좀 나눌 수 있을까요?"

명호는 딱히 내키지는 않는 눈치였지만, 상황이 상황인지라 어쩔 수 없다는 듯 형사들을 방으로 안내했다.

사용자의 개성이 느껴지지 않는 무미건조한 공간이었다. 손님 접대용 소파와 탁자, 최신형 노트북이 있는 책상을 제외하면 주변은 살풍경하리만큼 아무것도 없었다. 일부러 개인 물품은 일절 놓지 않은 걸까. 준현은 그렇게 생각하며 주변을 둘러보았다.

형사들을 보고 달려 나왔던 여직원이 눈치 빠르게 커피 두 잔을 탁자에 올려놓고 나가자, 준현이 먼저 말문을 열었다.

"정상구 씨를 마지막으로 보신 게 언제입니까?"

"그게… 사실은 어제 저녁을 같이 먹었습니다."

준현과 도윤이 서로 은밀히 눈빛을 교환했다. 살인사건이 일어난 시각이 밤 10시에서 새벽 3시 사이니 어쩌면 명호는 정상구가 살아 있을 때 마지막으로 만난 사람인지도 몰랐다.

명호도 그걸 의식했는지 거북한 표정이었다.

"저녁을 먹고 함께 귀가하셨나요?"

"아닙니다. 저녁 9시 정도에 저만 먼저 나왔어요. 애가 다쳐서 급히 병원에 가야 한다고 집사람이 호출해서요."

"어딜 다쳤길래요?"

"팔뼈에 금이 갔어요. 높은 곳에서 뛰어내렸거든요. 한창 뛰놀 나이에 사내애라 장난이 여간 심한 게 아닙니다."

명호는 묵묵히 수첩에 받아적는 형사들이 제 말을 믿지 않는다고 생각했는지 "거짓말 아니에요, 확인해보셔도 돼요"라며 병원 이름까지 불러줬다.

"식사는 둘만 하셨나요?"

준현이 다시 원래 화제로 돌아왔다.

"네."

명호가 고개를 끄덕였다.

"특별한 용건이 있었습니까?"

"그런 건 아니고 그냥 이것저것 회사 일에 대해 물어보셨어요. 대표님은 대외적인 일을 하시고, 제가 직원 관리를 전담하거든요."

"투자자문회사라고 들었는데, 정확히 무슨 일을 하는 겁니까?"

"말 그대로 고객들에게 투자 어드바이스를 해주는 거죠. 어떤 분야, 어느 종목이 수익성이 좋으니까 거기에 투자해야 한다, 이런 식으로요. 요즘 금융상품만 해도 수백, 수천 가지 잖아요. 그중에서 옥석을 가리는 게 우리 같은 전문가 역할 이고요. 바쁘거나 투자 방법을 잘 모르는 고객을 위해 자산 관리를 해드리기도 합니다."

사업 얘기가 나오니 명호의 태도가 유능한 비즈니스맨으로 돌변했다. 살인사건을 언급할 때 묘하게 주눅 들어 쭈뼛 거리던 것과는 정반대였다.

"점쟁이도 아니고 어디에 투자해야 하는지 어떻게 압니까?"

다소 냉소적인 준현의 말투를 눈치채지 못했는지 명호는 환하게 웃었다.

"기본적으로는 종목별로 지난 몇 년간 수익률을 분석해 산 출해낸 데이터에다 금리, 인플레이션 같은 현 경제 상황을 대 입해 예측하죠. 수익성이라는 게 일종의 패턴이 있거든요. 그 패턴을 읽느냐 못 읽느냐가 전문가와 아마추어의 차이죠."

"요즘은 어디에 투자해야 하나요?"

도윤이 불쑥 물었다.

준현이 날카로운 시선으로 도윤을 쏘아보았다. 어지간히

도 재테크에 관심이 많은 모양이군. 돈 벌 생각이라면 형사 따위는 일찌감치 포기하라고.

"그걸 공짜로 들으시겠다고요? 우리가 그걸로 돈 버는 회사인데."

명호가 씩 웃었다. 준현과 도윤을 빠르게 아래위로 훑어보는 그의 시선엔 '투자할 자금도 없는 것들이 무슨' 하는 비웃음이 희미하게 어려 있었다.

"정상구 씨는 어떤 분이셨습니까?"

준현의 질문에 명호의 입가에 떠올랐던 희미한 미소가 사라졌다. 회사 대표가 살해됐다는 사실을 다시금 자각한 모양이었다.

"훌륭한 사업가죠. 비전 있고, 수완도 좋고."

"돈 냄새를 기막히게 잘 맡는다고 하는 사람도 있던데."

"아, 뭐 보는 시각에 따라서 그렇게 해석할 수도 있겠네요."

"인간적으로는 어땠습니까?"

"글쎄요…. 직장 상사라 사적인 접촉은 크게 없어서."

명호는 말을 고르는 눈치였다.

"같이 일하신 지 얼마 안 됐나 봐요?"

"3년 조금 넘었나. 에버그린 설립할 때부터 함께 일했으니까요."

"그 정도 함께 했으면 고인이 어떤 분인지는 대충 아실 텐데요."

"…야심이 강한 분이죠. 목표한 건 반드시 이루려고 하고."

돈을 벌기 위해서라면 수단과 방법을 안 가린다는 말이로군, 하고 준현은 생각했다. 그걸 저렇게 돌려 말하다니 저 인간도 외교술이 장난이 아닌데.

"그렇다면 적도 많겠군요?"

"사업하다 보면 주변에 친구만 있을 순 없잖겠습니까."

명호는 딱히 부정진 않았다.

"혹시 그중에 정상구 씨를 죽일 만큼 미워하는 사람도 있을까요?"

"글쎄요…. 투자한 게 손해나서 원망하는 사람들은 더러 있을 수 있어도 죽일 정도까지는…."

"혹시 정상구 씨 고객들은 아십니까?"

명호는 고개를 저었다.

"아니요. 저희는 개별적으로 일하는 시스템이라. 대표님이 관리하는 VIP 고객 정보는 대표님만 알고 있습니다."

"혹시 정상구 씨 고객과 다른 직원의 고객이 겹친다거나."

"그럴 일은 절대 없습니다."

"그래도 만약을 위해 고객 명단을 받았으면 하는데요."

"그건 곤란합니다."

명호가 경계심이 잔뜩 어린 태도로 말했다.

"저희는 신뢰를 기반으로 일하는 곳입니다. 그런데 대표가 살인사건 피해자라고 하면…. 다들 불안해하지 않겠습니까."

"회사에 피해는 안 가게 하겠습니다."

"안 됩니다. 정 필요하시면 수색영장을 갖고 오시죠."

단호한 태도였다.

'이래서야 원.'

준현은 속으로 혀를 찼다. 더 밀어붙여봤자 부작용만 클 것 같았다. 하지만 뭔가 찜찜함을 떨쳐버릴 수 없었다. 이 회사와 정상구에게는 분명 뭔가 구린 구석이 있었다.

형사들 심문을 요리조리 잘 피해갔다고 느꼈는지 명호는 처음보다 훨씬 자신감을 되찾은 눈치였다. 얄팍한 입매에 만족감 어린 미소가 얼핏 떠올랐다.

"더 이상 질문하실 게 없으면 저는 미팅이 있어서."

입가에 미소를 여전히 머금은 채 명호가 말했다. 부드러운 입매와 달리 차가운 눈빛은 이만 가줬으면 좋겠다는 의사를 노골적으로 드러내고 있었다.

"그럼 마지막으로."

자리에서 일어서려는 명호를 준현이 불러세웠다.

"정상구 씨랑 식사하신 곳이 어디죠?"

순간적으로 경직됐던 명호의 표정이 질문 내용을 듣고 이내 누그러졌다.

"'사계'라는 일식집입니다. 위치가…."

명호가 휴대폰으로 검색한 뒤 주소를 불렀다. 정상구의 시신이 발견된 곳에서 도보로 15분 정도 떨어진 곳이었다. 도윤이 주소를 받아 적었다.

"그런데, 전명호 씨는 상사가 살해됐는데도 별로 슬퍼하시지 않네요?"

"네?"

면담이 끝났다고 생각했는지 긴장이 살짝 풀렸던 명호는 준현의 말에 순간 허를 찔린 표정이었다.

"보통은 이보다는 많이 동요하거든요. 침착하시네요."

반응을 살펴보려고 던진 말이지만 사실이었다. 명호의 태도에선 함께 일한 동료가 살해됐다는 애석함은 거의 느껴지지 않았다. 처음엔 충격, 그다음엔 자신이나 사업에 피해가 없어야 할 텐데 하는 걱정 정도밖에 엿보이지 않았다. 정상구는 한솥밥을 먹은 사람에게서도 이 정도의 인심밖에 얻지 못한 모양이다. 혹은 명호가 찔러도 피 한 방울 안 나올 만큼의 냉혈한이거나. 아니면 명호가 정상구의 죽음에 어떤 식으로든 관여했거나. 과연 어느 쪽일까.

"그, 그게 아직 실감이 안 나서."

명호가 당황했는지 말을 더듬었다.

"바쁘신데 실례 많았습니다. 다음에 궁금한 게 있으면 또 찾아오죠."

명호를 뒤로하고 준현과 도윤은 사무실을 나섰다. 좁은 통로를 이동해 문으로 향하는 동안 일제히 여러 쌍의 시선이 두 형사의 등 뒤에 달라붙었다. 아마도 안에서 무슨 이야기가 오갔는지 궁금한 모양이었다.

그중에서도 연차가 낮아 보이는 금테 안경을 쓴 깡마른 청
년이 유난히 호기심 어린 눈길로 준현과 도윤의 뒤를 좇았
다. 준현과 시선이 마주치자, 청년은 허둥지둥 제 앞에 있는
노트북 모니터 쪽으로 시선을 돌렸다.

"전명호, 인상이 어때?"

인근 편의점에서 컵라면에 물을 부으며 준현이 도윤에게
물었다. 그날 먹는 첫 끼였다. 아침부터 호출을 받고 살인사
건 현장에 가느라 식사 시간을 놓쳐버렸다. 그건 도윤도 마
찬가지였는지 컵라면이 익기 전에 삼각김밥부터 입에 욱여넣
고 있었다.

"말만 번드르르한 사기꾼 같던데요. 뭔가 감추고 있는 것
같기도 하고."

"그렇지?"

애송이라도 보는 눈은 그렇게 다르지 않다고 생각하며 준
현이 고개를 끄덕였다.

"정상구가 마지막으로 만난 사람이란 점도 걸려요. 어쩌면
일이 있어 먼저 간다고 해놓고 현장에서 흉기를 갖고 기다리
고 있었을지도 몰라요."

"하긴 둘 사이에 무슨 갈등이 있었는지 모르지. 하지만 그
랬다면 피범벅이 됐을 텐데 같이 사는 가족들이 금방 눈치챘

을 거야."

"휴게실이나 뭐 어디 적당한 곳에 들어가 옷을 갈아입었을 수도 있지 않을까요?"

"그랬을 수도 있지."

뚜껑을 닫은 컵라면에서 맛있는 냄새가 풍겼다. 면이 다 익은 모양이었다. 둘은 한동안 딱 알맞게 익은 면발을 입으로 가져갔다.

"그런데 자네는 왜 형사가 됐지? 요즘 젊은 친구들 관점으로 보면 영 별로인 직업일 텐데."

"'요즘 애들'이라고 해서 다 편한 것만 찾는 건 아니에요."

도윤이 퉁명스러운 말투로 대꾸했다.

"선배는 가만 보면 MZ세대에 편견이 있으신 것 같아요."

그런 말을 담아두지 못하고 일일이 입 밖에 내니까 그렇지. 준현은 말을 애써 속으로 삼켰다. 한편으론 도윤에게 정곡을 찔렸다는 느낌도 있었다. 도윤 이전에 강력반에 왔던 애송이는 사직서를 낸 뒤 이 말은 꼭 하고 나가겠다는 듯 준현에게 '꼰대'라고 했다. 사사건건 자기주장만 하고 남을 가르치려 든다고. 아무것도 모르는 놈을 붙잡고 가르치는 건 당연한데, 그걸 꼰대라고 부른다면 부르는 쪽이 이상한 거라고 준현은 생각했다. 그럼 강력범 잡는 험한 일을 하는 사람들이 일반 기업에서처럼 '누구 님' 하면서 후배를 떠받들어야 하나. 애초에 그런 생각을 가진 인간들은 이 업계에 발을 들이면 안 된다는 게 준현의 신조였다.

"선배."

한참 생각에 빠져 있는 준현을 도윤이 불렀다. 젓가락질을
멈춘 도윤은 고갯짓으로 준현의 뒤를 가리키고 있었다. 준현
도 뒤를 돌아보았다.

준현의 등 뒤엔 금테 안경을 쓴 깡마른 청년이 불안한 얼
굴로 서 있었다. 이따금 흘깃흘깃 주변을 둘러보는 걸로 보
아 누군가가 제 모습을 보지 않을까 걱정스러운 표정이었다.

"아, 아까 사무실에 있던."

준현이 자신과 시선을 마주쳤던 청년을 기억해냈다.

"잠깐 자리를 옮겨 얘기 좀 하실까요?"

청년이 먼저 조심스럽게 말을 꺼냈다.

잠시 얼굴을 마주 본 두 형사는 누가 먼저랄 것 없이 남은
라면 국물을 단박에 들이켜고 자리에서 일어났다.

적과 편

인근 커피숍으로 자리를 옮기고 나자 청년은 아까보다 훨씬 더 안정돼 보였다. 청년이 안내한 커피숍은 이래서야 장사가 제대로 될까 싶을 정도로 손님이 없었다. 주인 입장이라면 죽을 맛이겠지만 남 시선 신경 쓰지 않고 이야기를 나누기에 이보다 더 적절한 곳은 찾기 어려울 것 같았다. 청년은 그 장소가 익숙한 듯 전세 내다시피 한 널찍한 실내를 가로질러 제일 구석진 공간에 자리를 잡았다.

"할 말이라는 게?"

준현의 말에 청년은 재킷 안쪽에서 명함을 꺼내 건넸다.

"미래일보 사회부 한성주?"

도윤이 명함에 찍힌 이름을 미심쩍은 눈초리로 읽었다.

"그러니까, 기자라고요?"

성주가 고개를 끄덕였다. 가까이서 보니 안색이 창백하긴 해도 아직 두 뺨에 솜털이 보송보송한 것이 대학생이라고 해도 믿을 만큼 앳된 얼굴이었다. 아마 신문사에 입사한 지도 그리 오래되진 않은 모양이다.

"벌써부터 이직하려는 건 아닐 텐데 저기서 뭘 하고 있었습니까?"

준현이 조금 퉁명스러운 말투로 물었다. 그는 기자라면 딱 질색이었다. 새로 입사한 기자들은 '수습 교육'을 받는다는 명목하에 시도 때도 없이 경찰서 이곳저곳을 기웃거리며 형사들을 귀찮게 하곤 했다. 승진에 목매는 경찰대 출신 간부들은 언론을 푸대접해서 좋을 게 없으니 기자들을 비교적 우호적으로 대했다. 하지만 준현처럼 일반 공채로 들어와 우아한 관리직과는 평생 인연이 없을 이들에게 기자란 그저 파리 떼처럼 귀찮은 존재에 불과했다.

"잠입 취재 중이었습니다."

성주가 대답했다.

"잠입 취재?"

"르포 기사를 쓰려고요."

성주가 썰렁한 실내를 확인하듯 재차 둘러본 뒤 목소리를 낮췄다.

"에버그린 투자자문회사는 사실 불법 TM 조직이에요."

온라인이나 전화로 고급 재테크 정보를 알려주겠다며 일반인들을 투자자로 끌어들이고, 그렇게 포섭한 뒤에는 다양한 방법으로 사기를 처먹는 불법 텔레마케팅 조직이라는 거였다. 원래는 비상장주를 미끼로 사람들을 현혹했지만, 최근엔 코인으로 방향을 튼 모양이라고 성주는 설명했다.

"저기가 그런 데라는 걸 어떻게 알았는데요?"

"카카오톡 오픈채팅방에서 '비상장TM', '코인TM' 같은 키워드를 입력하니 구직자 면접을 보겠다는 곳이 몇 군데 뜨더라고요. 그중 하나가 저기였어요. 오픈채팅방에서 일대일 대화로 관심이 있다고 했더니 면접을 보자고 했어요."

"그래서 면접은 봤습니까?"

준현이 물었다.

"네. 형님들이 만난 전명호란 사람이랑요."

성주는 기자들이 경찰을 부를 때 쓰는 '형님'이란 호칭을 사용했다.

"그자가 뭐라던가요?"

"무조건 돈 벌 수 있게 해주겠다던데요. 자기네 한 주간 매출이라면서 5만 원권만 가득한 쇼핑백도 보여줬고. 멋모르는 사람들은 금방이라도 혹할 것 같더라고요."

하긴 번드르르한 명호의 언변을 생각하면 그러고도 남을 것 같았다.

"그래서, 취업했어요?"

"했죠. 어차피 구린 일 하는 곳이라 면접자 신상 조회 같은 것도 안 하던데요? 그냥 과거에 무슨 일 했나 정도만 물어봤어요. 그것도 진짜 궁금해서라기보단 그냥 의례적으로 하는 질문 같았고."

"저기서 구체적으로 무슨 일을 하는데요?"

준현의 물음에 성주가 한숨을 후 내쉬었다.

"한마디로 말하면, 피해자를 낚는 거예요. 텔레그램 채팅 방 같은 데다 '아직 국내에 유통되지 않은 코인에 투자할 절호의 기회다'라는 식으로 홍보해 투자금을 모으는 거죠."

"그렇게 투자금을 모은 뒤엔 잠적하고?"

성주는 고개를 끄덕였다.

준현은 입맛이 썼다. 근래 부쩍 성행하는 사기 수법이지만 온라인에서 벌어지는 일이라 단속은 어려운 상황이다. 불법 TM들은 이런 무법 지대를 잘도 골라 파고들었다. 경찰들이 아무리 발로 뛰어도 약은 범죄자들은 이런 사각지대를 기가 막히게 찾아내 그곳에 단단히 뿌리를 내리곤 했다.

"딱 보기에도 어설픈 속임수인데 그렇게 쉽게 속아 넘어가나."

이야기를 듣는 도윤은 믿기 어렵다는 표정이었다.

하지만 성주는 진지한 얼굴로 고개를 흔들었다.

"그렇게 단정할 수만은 없어요. TM들이 하는 말이 꽤 그럴듯하거든요. 우리가 판매하는 코인은 세계 10위권 안에 드는 국외 거래소에 이미 상장돼 있고, 추가로 올 하반기에 세계 5대 거래소에 상장될 예정이다, 내년 상반기쯤엔 국내 중대형 거래소 상장이 예정돼 있는데, 이미 가격이 오를 대로 오른 코인 대신 대박을 터뜨릴 신규 코인투자를 노려라, 뭐 이런 식으로요."

성주가 휴대폰으로 캡처 화면을 보여줬다.

중대 정보라 개인적으로 몰래 알려드립니다.

언제까지 박봉을 쪼개가며 패배자처럼 사실 생각인가요?

인생은 한 방입니다.

300~500퍼센트 수익을 올릴 수 있는 마지막 기회.

글로벌 대형 코인거래소 출신 전문가가 입수한,

고급 정보를 알려드리니 절대 기회를 놓치지 마세요.

"솔깃하지 않아요?"

성주가 도윤을 바라보며 말했다.

"사실 열심히 월급만 모아도 허리띠 졸라매고 살아야 하는 게 현실이니까 SNS로 이런 DM 같은 걸 받으면 혹할 수도 있죠. 게다가 가짜 기사까지 동원하면 더 속아 넘어가기 쉬울 테고."

"가짜 기사?"

"특정 업체나 상품 홍보를 기사 형식으로 쓴 거예요. '무슨 무슨 코인이 올해 안에 상장될 예정이다', '대기업도 여기에 투자했다'며 있지도 않은 언론매체랑 기자 이름까지 박아 넣고서요. 그러면 '아, 기사까지 났구나. 이거 믿을 만한 정보로구나' 착각하기 십상이거든요."

에버그린에 채용된 직원들은 입사하면 이런 사기 수법을 집중적으로 배운다고 했다. 성주는 교육을 받는 동안 범행수법을 익히다가 이 정도면 됐다 싶을 때 빠져나오려고 했는데 마침 첫날부터 형사들이 사무실에 들이닥쳤다며 운이 좋았다고 덧붙였다.

"대표가 살해당했다면서요. 저곳, 제가 아는 것보다 더 구린 게 있는 모양이죠?"

말을 마친 성주가 먹잇감을 발견한 맹수처럼 눈을 반짝거렸다. 갓 사회생활을 시작해 한창 의욕이 넘치는 모양이었다. 준현은 그런 성주를 보며 성주의 행운이 어쩌면 자신의 불운일지 모른다는 생각이 들었다. 내부고발자 정도일 거라 생각했었는데 귀찮은 기자였다니. 괜히 성주를 아는 척했다는 후회마저 일었다.

"수사 중인 사건에 대해선 말 못 합니다. 알 만한 분이 그러시네."

"그렇게 단칼에 자르지 마시고."

성주가 준현의 눈치를 보며 친근감을 가장한 미소를 흘렸다. 샌님처럼 보이는 외양과 달리 필요에 따라선 능구렁이가 될 수 있는 잠재력도 갖춘 모양이었다.

"형님, 저랑 상부상조하는 거 어떠세요? 어쩌면 도움이 될 만한 정보를 드릴 수도 있는데."

"도움 되는 정보?"

성주는 자세를 숙이면서 목소리를 한층 더 낮췄다.

"박영우라는 사람 한번 뒷조사해보세요."

"박영우?"

"살해된 사람이 정상구라고 했죠? 박영우가 그 사람한테 원한을 갖고 있었던 것 같아요."

"그걸 어떻게 알았어요?"

도윤이 못 미더운 눈초리로 성주를 바라봤다.

"제가 면접 볼 때 박영우 그 사람이 갑자기 사무실에 들이 닥쳤거든요. '정상구 어딨냐', '왜 연락이 안 되냐', '내 돈 떼 먹은 썩을 놈' 어쩌고 하면서요. 전명호가 서둘러 경비업체에 연락을 넣어 쫓아내긴 했지만, 눈치 보니 전명호도 박영우를 아는 것 같더라고요. '박영우, 야 이 새끼야. 그게 언제 적 일 인데 아직도 이러냐. 왜 잊을 만하면 한 번씩 행패야' 하는 걸 보니."

확실히 솔깃한 정보였다. 그래서 경비원이 사무실 호수를 알려달라는 말에 그렇게 긴장했던 걸까. 준현은 수첩에 '박 영우' 세 글자를 적었다.

"알려주신 정보는 감사히 받겠습니다. 그럼 이만."

준현이 의자에서 일어나려 하자 성주의 표정이 일그러졌다.

"아, 형님. 의리 없이 이러시기예요."

"'의리'라는 단어를 쓸 만큼 우리가 친하진 않은 것 같은데."

자신도 자리를 떠야 하나 말아야 하나 눈치를 보는 도윤에게 어서 뒤를 따라오라고 눈짓하며 준현이 말했다.

"원하시면 박영우 연락처도 알려드릴 수 있어요!"

"그건 또 어떻게 알았는데요?"

도윤이 살짝 감탄 섞인 어투로 물었다.

성주가 의기양양한 표정으로 씩 웃었다.

"오늘 아침에도 박영우가 전명호한테 연락했었거든요. 전명호가 탁자에 휴대폰을 놓고 잠깐 자리를 뜬 사이에. 물어볼 게 있어서 방에 들어갔다가 휴대폰 화면에 번호가 뜨는 걸 봤어요. 나중에 전명호가 돌아와 전화를 받더니 '야, 박영우. 너 작작 안 할래? 나도 모른다니까'라고 화내길래 그게 박영우 번호란 걸 알았죠."

"번호를 그 자리에서 바로 외웠어요?"

"제가 눈썰미랑 기억력이 좀 좋아요."

성주가 태연하게 대답했다.

"박영우 연락처 정도는 우리가 조사해도 바로 나와요."

제안에 구미가 당긴 도윤을 아랑곳하지 않고 준현이 냉담하게 말했다.

"그럴까요? 딱히 드문 이름도 아니고 생년월일도 모르잖아요."

"전명호한테 물어봐도 되고."

"그 사람이 순순히 얘기할까요? 발뺌하는 게 보통 고단수가 아니던데. 자기네 구린 걸 알고 있는 인물이니 절대 안 가르쳐줄걸요?"

준현은 바로 반박할 수 없었다. 하긴 성주 말대로였다.

성주가 그런 준현의 눈치를 보며 살살 구슬렸다.

"뭐, 물론 형님들도 조사하면 곧 알게 되시겠지만, 제가 형님들 고생을 덜어드리겠다는 거잖아요. 기왕 취업했는데 필요하시면 제가 형님들 끄나풀 역할을 할 수도 있고요."

"당연히 공짜는 아니겠죠?"

준현의 말에 성주는 배시시 웃었다.

"제가 무슨 자원봉사자도 아니고 그건 당연하죠. 하지만 많은 걸 바라는 건 아니고요. 정상구 사건 관련 정보만 저한테 단독으로 주시면 돼요. 저도 따지고 보면 정보 제공자니까 그 정도는 해주실 수 있잖아요?"

"그렇게 나쁜 얘기는 아닌 것 같은데요?"

도윤이 거들었다.

"전명호도 호락호락해 보이진 않던데 영장 들이밀고 억지로 입 열게 하느니 안에서 누가 정보를 물어다 주면 좋잖아요?"

준현은 잠시 생각에 잠겼다. 실리적으로 보자면 도윤의 말대로 나쁜 선택은 아닐 것 같았다. 하지만 기자에 대한 생리적 혐오감이 준현이 선뜻 제안을 받아들이는 것을 가로막았다.

"딱히 손해 볼 것도 없잖아요, 선배."

준현이 망설이는 걸 눈치챘는지 도윤이 이젠 대놓고 성주 편을 들었다. 형사들과 마주한 성주가 도윤은 이미 포섭했다고 생각했는지 기대에 찬 눈빛으로 준현을 바라보고 있었다.

"휴, 어쩔 수 없네."

준현은 마지못해 승낙했다. 성주는 자기 말대로 제법 눈썰미와 기억력이 좋고 잔머리도 잘 돌아가는 것 같았다. 보기보다 능글능글한 구석이 있는 데다 임기응변에도 능하니 잘만 하면 꽤 쓸모가 있을지도 모른다.

"제안을 받아들이는 대신 조건이 하나 있는데."

"뭔데요?"

준현이 까다로운 걸 요구할 거라 생각했는지 성주가 조금 긴장한 얼굴로 물었다.

"내가 얘기해주기 전까지 함부로 추측성 기사는 쓰면 안 됩니다."

"아, 그런 건 당연하죠."

긴장했던 성주의 표정이 단박에 풀어졌다.

"그럼 박영우 연락처는 어떻게 됩니까?"

아직 떨떠름한 뒤끝을 떨치지 못한 준현에게 성주는 휴대폰에 입력된 열한 개 숫자를 또박또박 불러줬다.

금붕어괴담

휴대폰 정보로 조회한 박영우의 주소지로 출발할 때는 이미 저녁 어스름이 어둑어둑하게 내려앉고 있을 무렵이었다. 당분간 철야 근무가 불가피한 상황이라 두 형사는 집에 들러 필요한 물건을 챙기고 잠시 쉬다가 저녁 무렵 다시 만나기로 했다.

준현의 아내는 "한동안 또 집에 못 들어오겠네"라면서 미리 꾸려놓은 속옷 등을 건넸다. 준현은 그런 아내가 고마운 한편 미안했다. 형사 일을 하면 할수록 느는 건 가족들에 대한 미안함뿐이었다.

누군가 다가오는 소리가 들리자 준현은 차창 밖을 바라봤다. 도윤이 주차된 준현의 차 쪽으로 허겁지겁 달려오는 게 보였다. 모르는 사이 잔주름이 늘어난 아내의 얼굴을 마주하고 와서인지 준현은 문득 도윤이 가족들과 같이 사는지 궁금해졌다. 아직 결혼을 안 한 것까지는 알고 있지만 그 외엔 도윤에 대해 별반 아는 게 없었다. 이제까지 내가 너무 무심했었나 싶어 조금 후회가 됐다.

"늦어서 죄송합니다!"

도윤이 벌겋게 상기된 얼굴로 서둘러 조수석에 올라탔다.

"사우나에서 쉬다 왔나?"

준현이 시동을 걸며 물었다.

"아, 아니요. 그게."

도윤은 바지 주머니에서 수첩을 꺼내 들었다.

"확인해보니 정상구랑 강희원한테 피붙이라고 할 만한 사람들이 없는 건 맞습니다. 정상구 아버지는 초등학생 때, 어머니는 고등학생 때 사망했고, 강희원은 대학교 1학년 때 부모님 모두 교통사고로 잃었고요. 양측 모두 형제는 없습니다. 그리고…."

수첩을 뒤적이며 도윤이 말을 이었다.

"전명호가 아들을 데리고 병원에 갔던 사실도 확인했습니다. 애가 하도 울어대서 간호사가 달래느라 진이 빠졌다며, 그래서 애랑 부모 얼굴을 똑똑히 기억하더라고요."

준현이 도윤의 얼굴을 물끄러미 바라봤다.

"조금 전까지 그거 확인하고 있었던 거야?"

"네. 짬 날 때 해놓으라고 하지 않으셨어요? 혹시 제가 뭘 잘못했나요?"

"아니."

준현이 피식 웃었다. 생각했던 것보다 빠릿빠릿해서 어쩌면 제법 쓸 만한 애송이일지도 모른다.

"그건 그렇고 집에 안 들렀다 와도 돼?"

"필요한 건 편의점에서 사면 되는데요, 뭐."

"그래도 속옷은….."

"편의점에 팬티도 팔아요."

"부모님이랑 함께 사나?"

"부모님은 시골에 계세요."

"그럼 형제는?"

"…형 하나요."

"아, 그럼 지금은 형이랑 같이 사는 건가?"

"그런 건 왜 물으세요?"

갑자기 도윤의 말투가 뾰족해졌다. 이따금 투덜거리거나 경솔한 행동을 하긴 해도 이렇게 날 선 반응을 보이는 건 처음이었다. 후배의 뜻밖의 태도에 준현은 속으로 움찔했다.

"…사생활이잖아요."

도윤은 그렇게 덧붙이고 창밖으로 시선을 돌렸다.

준현은 뭐라고 한마디 하려다 그냥 입을 다물었다. 그저 상대에 대해 너무 몰랐던 것 같아 물어본 것뿐인데. 요즘 애들은 걸핏하면 사생활이라면서 어디 사는지 묻지 말라, 사귀는 사람 있는지도 캐지 말라 하는데 그럼 대체 무슨 얘기를 하라는 건가. 준현은 조금 전 도윤에게 품었던 호의가 어느새 희미해지는 걸 느꼈다.

박영우의 집까지 가는 동안 차 안에 어색한 침묵만이 감돌았다.

박영우가 사는 곳은 신림동의 한 옥탑방이었다. 형사들의 예고 없는 방문에 영우는 적잖이 놀란 눈치였다.

"무슨 일로 왔는데요?"

신분증을 들이대자 영우가 잔뜩 경계하는 얼굴로 물었다.

"정상구 씨, 아시죠?"

"정상구?"

경계의 강도가 한층 높아졌다. 동시에 얼굴에 어떤 감정이 스쳐 지나갔다. 혐오 같기도 하고 증오 같기도 한.

"잘 알죠. 그런데요?"

"정상구 씨가 어젯밤 살해당했습니다."

"네에?"

영우의 눈이 저러다 곧 눈알이 튀어나오지나 않을까 싶을 정도로 휘둥그레졌다.

"안에 들어가서 얘기 좀 할 수 있을까요?"

영우는 잠시 망설이는 눈치였지만 어쩔 수 없다는 듯 형사들을 안으로 들였다.

실내는 '혼자 사는 어질러진 남자 집'의 표본을 보여주는 것 같았다. 치우지 않은 과자 봉지와 배달 음식 쓰레기, 바닥 여기저기 무신경하게 널린 옷가지로 발 디딜 틈이 없었다.

영우는 발밑에 걸리적거리는 쓰레기들을 대충 밀어내 형사들이 앉을 공간을 만들었다.

"그 인간이 죽었다고요? 어떻게요?"

먼저 말을 꺼낸 건 영우였다.

"흉기에 찔렸습니다."

"하아…."

영우가 감탄인지 신음인지 모를 소리를 냈다.

준현은 영우를 찬찬히 뜯어보았다. 서른두 살의 나이에 비해 영우는 꽤 어려 보였다. 아마 20대 중반이라 해도 먹힐 것이다. 적당히 큰 키에 적당히 근육이 붙은 호리호리한 체구, 연배가 좀 있는 어르신들이 '기생오라비' 같다고 표현할 법한 곱상한 얼굴. 나이가 훨씬 어렸더라면 아이돌 오디션 프로그램 준결승전 정도까지는 갈 법한 외모였다. 하지만 몸에 밴 경박한 태도 때문인지 이목구비 반듯한 얼굴에 왠지 모를 싼 티가 느껴졌다.

"그런데 여긴 어떻게 알고 오셨어요?"

문득 정신을 차린 영우가 물었다.

"정상구 씨와 트러블이 있었다고 들어서요."

"쳇, 누가 그딴 소리를 해요? 전명호 그 새끼가?"

"트러블이 있었던 게 아닙니까?"

울컥하는 영우에게 준현 역시 질문으로 답변했다.

"뭐, 사이가 좋았다고 할 순 없죠."

영우는 순순히 수긍했다가 갑자기 겁먹은 표정이 됐다.

"잠시만요! 그래서 오신 거예요? 내가 정상구를 죽였을까 봐? 절대 아닙니다. 죽어도 싸다고 생각하긴 하지만 죽이진 않았다고요. 어젯밤이라고 했죠? 저, 알리바이도 있어요."

"그 알리바이란 게 뭡니까?"

"호스트바에 있었어요. 거기서 근무하거든요. 다른 직원들이랑 손님들도 증언해줄 수 있어요."

준현은 왁스를 잔뜩 발라 세운 영우의 앞머리와 엷게 화장한 얼굴을 새삼스럽게 바라봤다. 제일 처음 봤을 때 떠오른 '기생오라비'라는 단어가 크게 틀리진 않았다고 생각했다.

"밤새 거기 있었나요?"

"밤 9시부터 새벽 5시까지요."

그렇다면 정상구가 살해당했을 시간에 영우는 본인 말대로 알리바이가 있다. 그 말이 거짓이 아니라면.

"정상구는 어떻게 알게 됐습니까?"

준현이 물었다.

"제가 그 인간 똘마니였거든요."

"에버그린 투자자문회사라는 데서?"

영우가 고개를 끄덕였다.

"거기서 무슨 일을 하셨죠?"

"뭐긴 뭐예요. 사기 치는 일이지."

영우는 불쑥 내뱉었다가 아차 싶었는지 형사들을 불안한

눈빛으로 바라보았다.

"저, 거기 손 털고 나온 지 오래예요. 그리고 저도 따지고 보면 피해자라고요."

"알겠으니까 계속 말해봐요."

준현은 영우를 안심시켰다. 영우가 과거에 어떤 사기를 쳤건 간에 살인범을 잡으려면 지금은 영우의 도움이 필요했다.

"TM 일을 하신 거죠?"

"아씨, 불안한데… 이거 정말 얘기해도 되나? 수사 협조해 드리는 대신 나중에 뒤통수치기 없기에요?"

준현이 가타부타 대답하지 않자, 영우는 합의가 됐다고 생각했는지 안도한 표정이었다.

"그런데 애초에 정상구랑 어떻게 알게 됐어요?"

도윤이 물었다. 전직 호스트가 어떻게 불법 TM 조직에 발을 담그게 됐는지 신기한 모양이었다. 사실 준현도 내심 궁금했던 바였다.

"아는 누님이 소개해줬어요."

"아는 누님?"

"제 예전 고객인데 정상구가 자주 드나들던 룸살롱에서 일했거든요."

준현은 속으로 '으응?' 싶었지만 내색하지 않았다.

"제가 한 번에 큰돈 벌고 싶다고 했더니 누님이 도와줄 사람을 안다며 자리를 마련해줬어요."

"누님이랑은 아직도 연락하나요?"

영우가 피식 웃었다.

"아뇨, 그게 벌써 언제 적 얘긴데. 만약 누님이랑 정상구와의 관계가 궁금하신 거라면 그쪽도 진작에 정상구랑 연락이 끊어졌을 거예요. 정상구랑은 그냥 한 번씩 잠자리만 같이했던 사이니까."

"정상구랑 만나보니 어떻던가요?"

"처음엔 괜찮았어요. 아니, 멋있었죠."

영우는 그렇게 생각한 과거의 자신이 한심하다 싶었는지 쯧 하고 혀를 찼다.

"제가 큰돈을 만지고 싶다고 했더니 정상구는 '그게 뭐 그리 어려운 일이라고' 하면서 한 달에 얼마를 벌고 싶냐는 거예요. 제가 1000만 원만 벌었으면 좋겠다고 했더니 호탕하게 '사내가 무슨 꿈이 그렇게 작냐'고. 잘만 하면 한 달에 3000만 원, 5000만 원도 번다고 했죠."

"그걸 믿었어요?"

"안 믿을 이유가 있나요."

영우가 당연하다는 듯 말했다.

"월급쟁이들은 상상 못 하겠지만 세상엔 눈먼 돈이 많아요. 호스트바에서 일하면 하룻밤에 몇백씩 펑펑 쓰는 사람들도 숱하게 봐요. 코인투자로 수십억씩 벌었다는 사람들 얘기도 뉴스에 간혹 나오잖아요. 그러니 돈 냄새 잘 맡는 사람 옆에 묻어가면 저도 한몫 챙길 수 있겠다 싶었어요. 게다가 정상구 그 인간, 말도 번지르르하고 머리부터 발끝까지 온통 명품으로 휘감고 있었으니까."

"그런데 정상구는 왜 당신을 스카웃했대요?"

도윤이 물었다.

"에버그린에선 주로 코인 홍보했다면서요? 사람들 속여먹으려 해도 뭘 좀 알아야 하는 거 아닌가? 코인에 대해 잘 알아요?"

"아, 뭘 모르시는구나."

영우가 코웃음을 쳤다.

"어차피 정해진 대사 달달 외워서 설득력 있게 전달하고, 받은 메시지만 SNS에 뿌리는 일이니까 굳이 코인에 대해 잘 알 필요도 없어요. 그런 점에서 정상구는 잔머리 하나는 진짜 잘 돌아갔어요. 저한테도 '너무 잘 알면 상대에게 확신을 심어줄 수 없으니 오히려 모르는 게 낫다'고 했거든요. 그런데 지나고 보니 그 말이 맞더라고요. 이거, 약간 사이비 종교랑 비슷해요. 현실을 모르면 물불 안 가리고 뛰어들지만 현실을 알게 되면 망설이게 돼요."

"사이비 종교라…."

준현이 무심코 영우가 한 말을 되뇌었다. 기분 탓인지 몰라도 곁에 있던 도윤이 '사이비 종교'라는 말에 움찔하는 게 느껴졌다.

"정상구는 교주 같았어요. 사람들을 현혹해 제 밑에 둔 다음 착취했거든요. 정상구에 비하면 전명호는 그래도 양반이에요. 거긴 교활하긴 하지만 적어도 사악하진 않으니까."

"정상구한테 무슨 짓을 당한 겁니까?"

"말하자면 정상구가 저한테 사기를 친 거죠."

영우가 큭큭 웃었다. 웃고 있는 입과 달리 그의 표정은 굳어 있었다.

"어이없지 않으세요? 다른 사람 사기 치라고 모아놓은 사람을 다시 등쳐먹는 거?"

"돈을 떼인 건가요?"

"떼었죠, 많이."

"얼마나?"

"글쎄. 과연 얼마나일까요."

영우는 씁쓸한 표정을 지었다.

"TM들은 기본급이 없어요. 대신 100퍼센트 성과제죠. TM들한테 돌아가는 인센티브가 30퍼센트니까 내가 3000만 원어치 매출을 올렸다면 900만 원을 가져가는 구조예요. 근데 전 한때 에버그린에서 톱을 찍는 영업왕이었어요."

"수완이 좋았나 보네."

도윤이 빈정거렸다.

"끝내줬죠."

영우는 도윤이 빈정거린 걸 눈치채지 못한 모양이었다.

"그 일 하는 데 필요한 딱 하나는 '뻔뻔함'이거든요. 매수나 매도가 뭐고 비상장사가 뭘 하는지 몰라도 사람들한테 자신감 있게 말하면 먹혀요. 게다가 전 여자들 비위를 어떻게 맞추는지도 잘 알고 있고. 아마 정상구가 절 뽑은 데는 호스트바 출신이라는 이유도 있었을 거예요."

"그런데 정상구가 무슨 짓을 했어요?"

영우가 잠시 말을 멈췄다. 다시 생각해도 화가 치밀어 오르는 모양이었다.

"첫 달에 제가 받을 인센티브는 2000만 원이었어요. 정상구가 절 고급 레스토랑에 데려가 밥을 사주며 잘한다고 칭찬해줬죠. 그러더니 2000만 원을 단박에 2억으로 만들고 싶지 않냐고 하더라고요. 그래서 방법이 뭐냐고 물었더니 자기가 찍어준 코인에 인센티브를 투자하라더군요. 아끼니까 너한테만 주는 정보인데, 그게 곧 대박이 터질 테니 조금만 참았다 더 큰돈을 만지라고요."

준현은 더 듣지 않아도 대충 상황이 어떻게 흘러갈지 짐작할 수 있었다.

"전 그 말을 그대로 믿었죠. 그래서 다음 달 인센티브도 투자했어요. 그다음 달 것도요. 한 번에 수십억을 손에 넣을 절호의 기회라 생각했거든요. 그런데 무슨 일이 일어났는지 아세요?"

준현이 잠자코 영우의 말을 기다렸다.

"제가 투자한 코인이 상장폐지가 되면서 돈이 전부 날아갔어요. 아마도 정상구는 그 돈을 시세 조작 하는 데 썼겠죠. 제가 다른 사람들한테 하던 짓을 정상구가 저한테 그대로 써먹은 거예요."

"그런데 어째서 그런 말에 속아 넘어갔어요?"

"어떤 사이코패스 새끼가 자기 직원한테까지 사기를 쳐요? 게다가 투자사기에 워낙 빠삭한 인간이라 진짜 뭔가 알짜배기 정보가 있나 싶기도 했고."

"속은 걸 알고 어떻게 했어요?"

"당연히 다짜고짜 따졌죠. 그랬더니 용돈 좀 쥐여주면서 또 번지르르한 말로 원래 투자엔 위험이 따른다는 거예요. 이번엔 미안하지만, 다음번엔 정말 목돈을 쥐게 해주겠다고, 그러니 다시 열심히 매출을 올리라더군요. 그런데 그게 잘 되나. 벌어놓은 돈을 고스란히 투자해서 생활비는 없지, 날린 돈을 생각하니 집중도 안 되지…."

매출 실적도 뚝뚝 떨어졌다고 했다. 그러다 결국엔 업무 부진을 이유로 해고됐다. 당연히 퇴직금 따위는 없었다. 영우가 받은 건 '위로금' 명목으로 받은 300만 원이 전부였다.

"이래저래 다 날려먹고 6개월간 남은 돈이 300만 원이에요. 그렇다고 어디 노동청 같은 데 신고할 수도 없고…. 이럴 줄 알았더라면 차라리 호스트 일이나 계속하고 있었던 게 낫지. 다시 돌아가니 이미 기존 고객들은 다 날아가고, 훨씬 더 어린애들이 자리를 꿰차고 있더라고요. 이 업계는 엄청 빨리 바뀌거든요."

말하다 보니 울화가 치미는지 영우는 "아, 씨발" 하고 낮게 중얼거렸다.

"그놈 때문에 밑바닥부터 다시 시작해야 하는데 이젠 나이도 있고, 앞으로 얼마나 더 일할 수 있을지도 모르겠고…."

준현은 한심함과 어이없음이 절반쯤 섞인 시선으로 영우를 바라봤다. 어쩌면 저렇게 어리석을 수가 있을까. 배가 터져 죽는 줄도 모르고 주는 대로 계속 먹이를 받아먹는 금붕어처럼 어쩌면 저렇게 눈앞의 이익만 탐낼 수가 있을까. 하지만 그런 이들이 영우만은 아니었다. 준현이 봤던 대다수의 범죄자들이 순간적 욕심에 도취돼 현실에 눈이 멀곤 했다.

"그런 이유 때문에 정상구를 협박한 겁니까?"

"협박은 무슨 협박이에요. 그냥 내 돈 내놓으라고 따진 거지. 그랬더니 제 전화를 씹더라고요."

그래서 회사를 찾아가고 전명호한테까지 항의한 거로군. 준현은 속으로 혀를 끌끌 찼다.

"아시겠죠? 제가 왜 정상구를 증오하는지. 죽은 사람한테 할 소리는 못 되지만 살해당했대도 별로 이상하진 않아요. 그 인간만 아니었어도…."

"혹시 정상구를 죽이고 싶을 만한 또 다른 사람, 있어요?"

준현이 영우의 투덜거림을 중간에서 툭 끊었다.

"한둘이겠어요."

공교롭게도 영우는 강희원과 똑같은 말을 했다.

"혹시 전명호는 어때요? 거기도 정상구가 등쳐먹으려 했다거나."

영우가 고개를 흔들었다.

"둘은 동업 관계에요. 정상구가 큰판을 짜면 전명호가 세부 계획을 만드는 식으로요. 정상구는 자기한테 효용가치가 있는 사람은 뒤통수치지 않아요."

글쎄. 그건 조사해봐야 알겠지. 준현은 명호의 얼굴을 떠올리며 속으로 그렇게 중얼거렸다.

"혹시 또 생각나는 사람은 없어요? 정상구한테 피해 입은 고객이라거나."

도윤의 말에 영우는 다시 고개를 흔들었다.

"그건 저도 몰라요. 정상구는 VIP 고객만 직접 관리했거든요. 자기 밑에 거느린 TM들은 알아서 일하도록 내버려뒀고요. 나중에 꼬리 잡히지 말라고 입사할 때 대포폰 지급한 것 말고는 별 간섭도 안 했어요."

딱히 도움이 안 되는군. 준현이 영우에게 걸었던 실낱같은 희망을 단념하려는 찰나였다. 문득 생각이 떠오른 듯 영우가 눈을 반짝였다.

"골프장에 가서 물어보시는 건 어때요? 정상구 그 새끼 한

때 골프에 미쳐서 수시로 자세 교정한다고 실내 골프장서 살 다시피 했거든요."

"골프장?"

"청담동에 있는 곳인데 사업가랑 부유층 사모님들이 자주 들락거리는 모양이더라고요. 또 모르죠. 거기서 사기 칠 대상 물색했는지도."

그럴듯한 추측이었다.

"혹시 그 골프장 어딘지 알아요?"

"네, 예전에 같이 택시 타고 가다가 거길 들른다고 중간에 내린 적이 있었거든요. 가만있자…."

박영우가 기억을 더듬더니 위치를 알려줬다.

"더는 볼일 없으시죠? 저도 이만 일하러 가야 해서."

영우가 자리에서 일어섰다.

"일하는 곳은 어딥니까? 알리바이를 확인해야 해서요."

호스트바 주소까지 적고 나니 준현도 일단은 더 물어볼 게 없었다.

"이런 말 하면 괜히 의심을 살 수도 있겠지만."

집을 나서던 영우가 무슨 생각에선지 별안간 형사들 쪽을 돌아보았다.

"정상구가 죽었다니 그래도 속이 시원하네요. 세상엔 천벌이라는 게 진짜 있나 봐요."

석연치 않은 이야기

박영우가 일러준 실내 골프장은 대로변이 아닌, 눈에 잘 띄지 않는 한갓진 장소에 자리 잡고 있었다. 다들 아마도 알음알음으로 찾아오는 곳 같았다. 연습하는 사람들 옷차림이 꽤 고급스러워 보이는 것이 영우 말대로 주머니 사정이 좋은 이들이 많이 찾아오는 모양이었다.

"어떻게 오셨죠?"

프런트에 있던 젊은 남자 직원이 준현 일행에게 물었다. 도윤이 찾아온 목적을 이야기하고 정상구의 사진을 보여줬다.

"혹시 이 사람 아세요? 여기 자주 왔다던데."

"글쎄요."

직원은 고개를 갸웃거렸다.

"본 기억이 없는데요. 일한 지 한 달밖에 안 돼서요."

그러더니 직원은 한쪽에서 연습 중인 남자를 가리켰다.

"저분한테 한번 물어보세요. 여기서 살다시피 해서요. 어쩌면 알지도 몰라요."

직원이 가리킨 남자는 키가 크고 호리호리한 체형이었다. 피부가 보기 좋게 그을린 것이 종종 필드에도 나가는 것 같았다. 나이는 30대 초중반쯤일까. 가까이서 보니 크고 뚜렷한 이목구비에 남자다운 외모였다.

"무슨 일이시죠?"

도윤이 조금 전 직원에게 했던 대로 찾아온 이유를 대고 정상구의 사진을 내밀었다.

남자는 잠시 사진을 들여다보더니 고개를 끄덕였다.

"네, 알아요. 상구 형님이잖아요. 그런데 왜 물어보세요? 형님이 무슨 일 당했어요?"

"살해당했습니다."

준현이 대답했다.

"살해요?"

남자의 눈이 휘둥그레졌다. 놀란 자신을 진정시키려는 듯 커다란 손으로 벌겋게 달아오른 얼굴을 여러 번 쓰다듬었다. 당황하는 모습이 다 큰 성인 남자라기보단 어린 소년 같았다.

"언제요? 혹시 한 달쯤 전인가요?"

"어젯밤입니다."

"어제요?"

남자가 목소리를 높였다. 더는 질문할 생각도 안 하고 입을 딱 벌리고 있는 모습이 충격으로 말을 잃은 것 같았다.

"정상구 씨랑은 어떻게 알게 됐죠?"

"여자친구 소개로요."

도윤의 물음에 남자는 그제야 정신이 돌아온 것 같았다.

"상구 형이 여자친구 이종사촌 오빠거든요."

여자친구의 이종사촌 오빠? 준현과 도윤이 말없이 서로 시선을 주고받았다.

"정상구 씨랑 가깝게 지내셨습니까?"

"아, 네, 뭐…."

남자가 고개를 끄덕였다.

"가끔 밥도 먹고, 술도 먹고 했으니까요."

"혹시 정상구 씨가 투자를 권하진 않던가요?"

"그건 어떻게 아세요?"

남자는 의아한 표정으로 되물었다.

"금전 피해는 없었고요?"

도윤의 물음에 남자는 더더욱 알 수 없다는 얼굴이 됐다.

"피해라뇨. 그냥 투자 조언을 해줬을 뿐인데요."

"그냥 조언만 한 건가요? 자기한테 돈을 맡기란 말은 안 했어요?"

"했어요. 그래서 1억을 맡겼는데…."

1억이라는 말에 준현과 도윤이 다시 남몰래 시선을 주고 받았다.

"아니, 그런데 대체 왜 그러시는지…."

형사들의 굳은 얼굴을 보더니 남자는 조금 전 정상구가 살해됐다는 말을 들었을 때보다 더 당혹스러운 표정을 지었다.

"성함이 어떻게 되시죠?"

준현이 남자에게 물었다.

"저요? 이선우인데요."

"이선우 씨, 이야기가 길어질 것 같은데 자리를 옮겨도 되겠습니까?"

선우가 묵묵히 고개를 끄덕였다. 셋은 휴게실로 이동했다. 마침 실내엔 그들 외엔 아무도 없었다.

자리에 앉은 뒤 잠시 어색한 침묵이 흘렀다. 준현이 먼저 침묵을 깼다.

"무슨 일을 하십니까?"

"그게, 주로 골프를 치는데…."

"프로골퍼신가요?"

"아뇨, 그렇다기보단…."

선우가 겸연쩍은 표정을 지었다.

"골프는 그냥 취미로 하는 거고, 실제로는 음… 그냥 건물주예요."

스스로 돈 많고 직장 없는 한량이라 고백하는 게 멋쩍었는지 선우는 연신 얼굴을 손으로 쓸어내렸다. 아마도 당황하거나 어색할 때마다 나오는 버릇인 것 같았다.

"건물주가 뭐 어때서요. 최고잖아요. 조물주 밑에 건물인데."

이제껏 얌전히 있던 도윤이 부럽다는 듯 끼어들었다.

"하고 계신 것도 까르띠에 아니에요?"

도윤이 선우가 손목에 찬 시계를 가리키며 말했다. 선우는 별로 대수롭지 않다는 표정으로 그렇다고 대답했다.

"모양 보니까 커플이 끼는 모델 같은데."

쓸데없는 수다가 길어질 기미를 보이자 준현이 날카로운 시선으로 도윤을 바라봤다. 선배의 험악한 시선을 느낀 도윤은 곧바로 입을 다물었다.

"아까 정상구 씨가 한 달 전에 사망한 거 아니냐고 하셨는데 이유가 있습니까?"

도윤이 조용해진 틈을 타 준현이 물었다.

"아, 한 달 전부터 통 안 보여서요. 연락도 안 되고 해서 해외 체류 중인 줄 알았거든요. 사업 때문에 해외 들락거릴 일이 많다더라고요."

"이종사촌이라는 여자친구분도 정상구 씨랑 연락이 안 닿았나요?"

"그게 혜영이랑…, 제 여자친구 이름이 장혜영인데요, 걔도 지금 저랑 연락이 안 돼서요."

"네? 여자친구랑 연락이 안 된다니요?"

이번엔 준현이 당황한 얼굴이 됐다. 도윤도 수첩에 둘의 대화를 받아 적다 말고 고개를 들어 선우를 힐끔 쳐다봤다.

"혜영이가 가수 지망생이거든요. 제 입으로 이런 말 하기 뭣하지만, 걔가 얼굴이랑 몸매가 좀 돼요. 그런데 요새 오디션마다 떨어지고 우울해하더니 기분 전환 겸 발리에서 한 달 살기를 하고 오겠다고 했어요. 그런데 가자마자 휴대폰을 분실했다고 이메일이 왔더라고요. 인터넷 쓰기가 쉽지 않아서 아마 돌아갈 때까지 연락이 안 될 거라고 하길래 그냥 어쩔 수 없네 했죠."

"언제 돌아온다던가요?"

선우는 이틀 뒤 날짜를 댔다.

"그럼 혜영 씨가 발리로 간 것도 한 달 전이네요? 정상구 씨랑 마찬가지로."

"네. 우연히도 그렇네요."

"그리고 둘 다 한 달 전부터 연락이 안 된다?"

"네."

선우는 준현이 왜 같은 걸 계속 묻는지 모르겠다는 얼굴로 고개를 끄덕였다. 테이블에 다시 어색한 침묵이 흘렀다.

"혜영 씨랑 사귄 지는 얼마나 되셨어요?"

"다섯 달쯤 돼요."

"아는 분 통해 만난 건가요?"

"아뇨. 클럽 파티에서 만났어요."

"혜영 씨 가족이나 친구분들은 만난 적 있으세요?"

"아까 말씀드렸잖아요. 혜영이한테서 이종사촌인 상구 형을 소개받았다고."

선우가 말귀를 잘 못 알아듣는 학생을 참을성 있게 지도하
는 교사 같은 태도로 대답했다. 그런 선우를 마주 보며 준현
은 저도 모르게 긴 한숨을 내쉬었다.

혜영이 정상구를 선우에게 소개한 건 사귄 지 세 달이 지
났을 무렵이었다.

"전에 얘기한 적 있지? 하버드랑 와튼스쿨 나와서 월스트
리트에서 일했다던 이종사촌 오빠. 자기처럼 골프 좋아해서
둘이 얘기가 잘 통할 것 같아 데려왔어. 알고 지내면 좋잖아."

"야, 너 지금 무슨 신랑 신부 소개하냐. 처음 만나는 분 앞
에서 남의 경력을 줄줄 읊어대고."

상구가 겸연쩍은 표정으로 혜영을 부드럽게 타박했다. 선
우보다 몇 살 많아 보이는 그는 엘리트답게 스마트해 보이는
인상이었다. 하지만 딱히 잰 체하는 모습은 없고 오히려 소
탈하고 서글서글해 보였다.

"말씀 많이 들었습니다. 사촌인데 혜영이랑 별로 안 닮으
셨네요?"

선우가 인사말을 건넸다.

"아, 제가 친탁을 했거든요."

상구가 씩 웃으며 답했다. 하얀 이를 드러내며 웃는 모습
이 어쩐지 배우 이병헌을 닮은 것도 같았다.

"얼굴뿐 아니라, 그게… 혜영이 너 공부 못했잖아?"

"치, 그러는 자기는 뭐 잘했나. 그리고 이래 봬도 나 미국 유학파야."

"아무도 들어본 적 없는 데서 실용음악 보컬 전공한 거 아니었어?"

"어쨌든! 자기는 그런 곳조차 다 떨어져서 부모님이 그냥 대학 보내는 거 포기했다며."

상구가 웃으며 티격태격하는 둘 사이에 끼어들어 밥이나 먹으러 가자고 했다. 어딘가 근사한 서양식 레스토랑을 고를 줄 알았던 선우의 예상과 달리 상구는 낙지볶음 전문점으로 향했다. 미국에 있는 동안 이 맛이 너무 그리웠다면서.

"형님은 이젠 미국서 아예 귀국하신 건가요?"

불판 위에 뻘건 낙지가 지글지글 타고, 반주로 곁들인 소주가 한두 잔 돌았을 무렵이었다. 선우가 상구에게 물었다.

"그렇다고 봐야지. 월스트리트가 경쟁이 너무 심한 동네라서 말이야. 돈은 많이 벌어도 사람이 피폐해지더라고."

부동산 투기로 떼돈을 번 부모를 둔 덕에 한 번도 직장 생활을 해본 적 없는 선우에겐 낯선 세계였다. 하지만 상구의 말에 적당히 장단을 맞추기 위해 그는 다 안다는 듯 고개를 끄덕였다.

"그럼 한국선 뭘 하실 예정인데요?"

"컨설팅이지. 기업에 비즈니스 조언도 하고, 자산가들 대상으로 투자 상담도 하고."

"오빠, 선우 씨 상담도 좀 해줘. 건물 월세만 해도 몇천은 되는데 아무것도 안 한다? 요새 이런 사람이 어딨어. 내가 그래서 원시인이라고 놀린다니까."

조용히 젓가락을 놀리던 혜영이 옆에서 끼어들었다.

"정말? 재테크를 전혀 안 한다고? 한국 와서 그런 사람 처음 본 것 같은데."

상구도 의외라는 표정을 지었다.

"제가 머리 쓰는 걸 별로 안 좋아해서요. 돈이 뭐 그렇게 절실히 필요한 것도 아니고."

선우가 머리를 긁적였다.

"돈 걱정 없이 편하게 살 수 있으면 그게 최고지."

상구는 그렇게 말하면서 이미 비어 있는 선우의 소주잔에 술을 따랐다.

"하지만 돈이란 많으면 많을수록 좋은 거 아닌가? 지금 가진 돈을 더 불려서 사업을 시작할 수도 있고."

"사업이요? 딱히 관심 없는데. 그냥 지금처럼 사는 게 편해요."

"그래도 나중에 결혼하면 자녀 보기 떳떳지 못할 거 아냐. 아빠가 아무것도 안 하는 한량이라는 게. 하다못해 실내 골프 연습장 체인이라도 차려놓으면 지금처럼 거기서 종일 골프만 쳐도 아무도 뭐라 못 하지. 엄연한 사장님인데."

상구의 입에서 생각지도 않은 '결혼'이라는 단어가 나오는 바람에 선우는 혜영을 힐끔 쳐다봤다. 혜영은 아무것도 모른다는 표정으로 오물오물 낙지를 씹고 있었다. 혹시 혜영이 나랑 결혼까지 생각하고 있는 건가? 그래서 정신 좀 차리라고 사촌오빠를 불러온 건가? 혜영이만 좋다고 하면 나도 결혼할 생각은 있는데…. 그렇게 생각하며 선우는 잔에 든 소주를 입에 털어 넣었다.

"투자 상담이라면, 무슨 투자에요? 주식?"

"요즘은 코인이지."

예의상 물어본 말에 상구는 단호하게 대답했다.

"아, 그거 뉴스에 많이 나오더라고요? 들어도 무슨 말인지 하나도 모르겠던데."

화제가 수익률이니 어쩌니 하는 딱딱한 쪽으로 흐를 것 같아 선우는 냉큼 다른 쪽으로 주제를 돌렸다.

"그런데 하버드나 와튼은 대체 어떤 곳이에요? 저 같은 사람은 죽었다 깨도 쳐다도 못 볼 곳이라."

상구는 하하 웃으며 대답했다.

"어떤 곳이긴, 뭐 어떤 곳이야. 거기도 다 사람 사는 데지. 난 뭐 그저 그랬어."

"왜요?"

"전 세계에서 돈 좀 있다 하는 집 자식들이 다 거기 다니거든. 나처럼 중산층 부모님 둔 애들은 눈 씻고 찾아봐도 안 보이더라고. 뭐, 그들만의 세상이랄까."

"그랬겠네요."

선우가 고개를 주억거렸다.

"한국인들도 많았어요?"

"많지. S그룹, H그룹, L그룹 3세들 다 거기 다니는걸. 처음 만났을 때 나더러 아빠가 어느 기업 총수냐고 묻더라니까. 처음엔 소시민 자녀라고 무리에 안 끼워줬는데 나중엔 뭐 다들 친해졌어."

"어떻게요?"

"공부를 가르쳐줬거든. 사실 내가 성적이 좀 괜찮은 편이라."

제 자랑 하기가 뭣했는지 상구가 말꼬리를 흐리자, 혜영이 거들었다.

"좀 좋았던 게 아니지. 오빠 '숨마 쿰 라우데(최우수장학생)' 였다며? 자기 그거 알아? 숨마 쿰 라우데라는 거, 한국에서 수석 졸업이랑 마찬가지다?"

"하버드를 수석으로요? 우와."

선우가 감탄사를 내뱉었다.

"에이, 다 지난 일인데."

상구가 멋쩍어하며 손사래를 쳤다.

"하여튼 개인적으로 그 학교들 다니면서 좋았던 건 고급 인맥 쌓은 것 정도? 거기서 만났던 사람들이 다 사업 파트너가 되고 정보도 주고 하니까. 지금 클라이언트들 상대하는

데 도움이 많이 되지."

"근데 직접 영업하는 것도 아니고 컨설팅인데 그런 사람들이 어떻게 도움이 돼요?"

상구는 아까 보여줬던 매력적인 미소를 다시 한번 지어 보였다.

"코인 가격이 어떻게 오르내리는지 알아?"

선우는 고개를 흔들었다.

"그거, 코인을 만든 사람들이 뒤에서 다 조종하는 거야. 일반인들은 그것도 모르고 이게 수익성이 좋다, 저게 전망이 있다, 이런 얄팍한 말에 현혹돼 제 돈을 박아 넣는 거고. 그런데 그걸 만들고 조종하는 사람들과 친분이 있다? 그럼 아예 게임 끝인 거지."

"그렇겠네요."

어느새 선우는 상구의 말에 서서히 빨려들고 있었다.

"그럼 형님은 코인을 조종하는 사람들을 아신다는 거죠?"

상구가 은근히 목소리를 깔았다.

"혹시 나카무라 사토시라고 들어봤어?"

선우는 이번에도 고개를 흔들었다.

"비트코인 창시자라고 알려진 1975년생 일본인이야. 비트코인은 들어봤지?"

"그럼요. 아무리 무식해도 설마 그것도 못 들어봤겠어요."

"그 나카무라 사토시라는 사람이 누군지 아무도 몰라. 철저하게 베일에 가려져 있거든. 그런데 실제로 그가 누군지 알아?"

"누군데요?"

상구가 주위를 둘러본 뒤, 선우의 귓전에 대고 조용히 속삭였다.

"일론 머스크."

"네?"

선우가 저도 모르게 소리를 질렀다가 입을 틀어막았다.

"그게 정말이에요?"

"그럼 정말이지. 내가 와튼스쿨에 다닐 때 일론이 펜실베이니아대 경제학과를 다녔거든. 그때도 워낙 괴짜로 유명했는데 우연히 학교 식당에서 만나 친해진 거야. 그래서 지금도 한 번씩 연락을 주고받는 사인데, 언젠가 술자리에서 술김에 얘기해주더라고. 사람들이 전부 자기한테 속고 있다고 킬킬거리면서."

"우와."

선우는 세계적인 사업가를 이름으로 부르는 상구를 존경스러운 눈초리로 바라보았다. 심지어 그의 입에서 나오는 '일론'이라는 영어 발음조차 원어민의 혀에 버터 발린 그것과 똑같았다.

"비트코인뿐만 아니라 국내에서 발행하는 코인들도 뒤엔다 재벌들이 있어. 겉으로 드러나지 않지만 큰돈을 거머쥘

수 있으니까. 그런데 다들 그걸 모르고 한탕 벌겠다며 덤벼들어 결국 가진 사람들 배나 불려주는 거고."

"그건 좀 불공평한데요."

"세상 이치가 원래 그래."

상구가 말하며 소주를 원샷했다.

"그렇게 말하는 자신도 만원 지하철로 출퇴근하며 쥐꼬리만 한 월급 버는 사람들이 보면 불공평하다고 할걸?"

"그건 그래요."

선우가 순순히 수긍했다.

"요는 게임의 법칙을 아는 사람이 이긴다는 거야."

상구는 유쾌한 대화 상대였다. 호쾌하고 털털해서 다가가기도 좋았다. 선우는 상구와 차츰 가까워졌다. 혜영까지 껴서 만나기도 했지만 이따금 단둘이 만난 적도 있었다. 몇 번인가 만났을 때 선우는 코인에 투자해보고 싶다는 말을 꺼냈다. 하지만 어떻게 시작해야 할지 모르겠다는 선우의 말에 상구는 자신에게 돈을 맡기면 대신 관리해주겠다고 제안했다.

태생적으로 귀찮은 걸 싫어하는 선우는 그 말에 혹해 선뜻 1억 원을 건넸다. 사실 그 정도는 없어도 크게 아쉬울 건 없었다. 게다가 소위 '게임의 법칙'을 아는 상구에게 돈을 맡겨서 밑지는 일은 없을 것 같았다.

"조금 더 하지 그래? 몇십 배로 불려줄 수 있는데. 지금 여유도 있잖아."

상구는 그렇게 말했지만 아들을 영 못 미더워하는 부모님
이 돈을 관리하고 있어 여윳돈이 별로 없다는 선우의 말에
더는 토를 달지 않았다.

"수익이 나려면 최소 한 달은 기다려야 해. 사업상 해외 출
장이 잦아서 자주 연락은 못 하지만 매월 말마다 수익 현황
을 얘기해줄게."

상구의 말에 선우는 알겠다고 했다. 그렇게 대박을 기원하
며 술잔을 기울이다 헤어진 둘은 그 뒤론 따로 연락을 주고
받지 않았다. 그게 한 달 전 일이다.

"그 얘길 다 믿었다고요?"

선우가 이야기를 마치자, 준현이 말릴 새도 없이 도윤이
물었다.

"일론 머스크니 뭐니 그런 건 어떻게 봐도 사기잖아요."

"사기라뇨. 그럴 리 없어요."

선우는 말도 안 된다는 얼굴이었다.

"제가 상구 형 은행 잔고도 봤는데요? 술 취해서 형한테
대체 재산이 얼마냐고 물었더니 은행 사이트에 공인인증서로
직접 접속해서 보여줬어요. 은행 잔고만 1000억인 사람이 저
한테 사기를 왜 쳐요."

"그거 자체가 사기예요! 그딴 거 얼마든지 조작해서 만들

수 있어요."

도윤이 답답하다는 표정으로 말했다.

"어떻게 전혀 의심을 안 해봤어요? 돈 건넨 뒤로 정상구랑 여자친구가 나란히 잠적했는데."

"잠적이라니요···. 그리고 상구 형은 혜영이 사촌인데."

"아니, 그러니까, 상식적으로 정상구랑 장혜영이 사촌이겠냐고요!"

속이 터진 도윤이 결국엔 언성까지 높였다.

"그게, 그러니까, 형사님이 하신 말씀은···."

그제야 비로소 머릿속에 위기 경보가 울린 듯 선우가 당황하며 말을 더듬었다. 그때 준현의 휴대폰이 울렸다. 받아보니 후배 수호였다.

"정상구 대포폰이 추가로 발견됐습니다."

수호가 즉각 보고했다.

"어디서?"

"회원으로 등록한 고급 헬스클럽 개인 로커 안에서요. 두 대였습니다. 행여 집에 놔두면 들킬지 모른다고 생각했나 봐요. 용의주도한 놈입니다."

"알았어. 디지털 포렌식 해서 피해자 리스트 만들어봐."

준현이 통화를 끝냈을 때까지 선우는 여전히 얼떨떨한 얼굴로 자리에 앉아 꼼짝도 하지 않고 있었다.

"저기··· 정말로 제가 속은 걸까요? 상구 형님이 혜영이랑 짜고 칠 속인 거예요?"

망연자실한 얼굴로 형사들에게 매달리는 선우는 누군가에게 엄마를 뺏긴 어린아이 같았다.

"장혜영이라는 사람 인상착의는 어떻게 됩니까? 사진은 없어요?"

대답 대신 준현은 선우에게 물었다. 선우는 힘없이 고개를 흔들었다.

"없어요. 걔는 헤어스타일, 옷차림, 메이크업이 완벽하지 않으면 절대 사진 안 찍어요. 나중에 데뷔하고 나서 흑역사로 남을지도 모르니까. 그래도 이럴 줄 알았으면 사진이라도 남겨놓을걸."

"SNS도 안 해요?"

"안 해요. 자기 일기장에나 쓰면 될 일을 왜 남들한테 공개하냐면서요. 인스타에 시시콜콜 일상 공유하는 애들은 죄다 바보라고 했어요."

준현은 다시 깊은 한숨을 내쉬었다. 선우를 면담하면서 이미 몇 번째 내쉬는 한숨이었다.

"혹시 생각나는 게 있으면 이쪽으로 연락 주시죠."

넋 나간 모습으로 앉아 있는 선우에게 두 형사는 명함을 건네고 서둘러 자리를 떴다.

신데렐라의 추락

정상구에 대해 물어볼 게 있다는 준현의 전화를 받았을 때 한연주는 가슴이 이상하게 술렁거렸다. 오랫동안 잊어버리고 있던 이름이었다. 아니, 잊어버렸다고 착각했을 뿐 사실은 결코 잊어버린 적 없는 이름인지도 모른다. 어쨌건 간에 제 인생을 송두리째 바꿔놓은 사람이니까.

연주는 준현이 궁금해하는 게 무엇인지 전화로 물어보지 않았다. 어차피 만나면 알게 될 일이다. 게다가 형사가 정상 구라는 이름을 언급한 이상, 정상구가 연루된 일이 무엇이건 간에 그리 좋은 일은 아닐 거라는 예감이 들었다.

약속 장소는 자신이 파트타임으로 근무하는 대형마트 인근 커피숍으로 잡았다. 그런데 하필 약속이 할인 행사 마감 시간과 겹치는 바람에 연주는 20분 정도 지각을 하고 말았다. 준현이라고 말한 초로의 남자와 그 아들뻘로 보이는 젊은 남자는 꽤 오래전부터 기다리고 있었는지 이미 주문해 마시고 있던 커피가 바닥을 드러내고 있었다.

"우선 주문부터 하시죠."

준현이 연주에게 메뉴를 건넸다.

잠시 메뉴를 살펴보던 연주의 시선이 한동안 그곳에 머물렀다.

"…결정하셨나요?"

계속 뜸을 들이는 연주가 갑갑했는지 준현이 넌지시 독촉했다.

"블루마운틴이 있네요."

연주가 어딘지 모르게 아련한 눈빛으로 말했다.

"네?"

"예전에 즐겨 마셨어요. 지금은 비싸서 자판기 커피 말곤 안 마시지만."

마침 직원이 주문을 받으러 오자, 준현은 연주가 방금 말한 블루마운틴을 주문했다.

직원이 떠나자 테이블엔 잠시 가벼운 침묵이 떠돌았다.

"정상구는 어떻게 알게 되셨습니까?"

연주는 대답 대신 준현을 똑바로 쳐다봤다.

"왜요? 그 인간이 혹시 또 누군가를 속여먹었나요?"

잠시 주저하던 준현은 사실대로 대답했다.

"사실은, 살해당했습니다."

"…살해!"

연주는 저도 몰래 손으로 입을 틀어막았다. 좋은 일은 아닐 거라 예상했지만 그래도 형사의 입에서 '살해'라는 말이 나올지는 미처 몰랐다.

직원이 특유의 향이 나는 블루마운틴을 가지고 와 연주 앞에 내려놓았다. 연주는 천천히 손을 뻗어 잔을 입으로 가져갔다. 손이 부들부들 떨리는 바람에 잔 속에 든 커피가 출렁거렸다.

"…정상구한테 사기당한 게 맞으시죠?"

준현이 연주의 눈치를 살피며 조심스럽게 물었다.

연주는 그가 왜 그런 질문을 하는지 이해했다. 지금 제 모습은 남들 눈에 연인을 잃어버린 사람처럼 보일 것이다. 그리고 그런 짐작이 완전히 엇나간 건 아니었다.

"사랑했었어요."

연주의 입에서 툭 튀어나온 건 본인도 생각지 못했던 말이었다.

"네?"

준현이 허가 찔린 표정을 지었다.

"…지금도요?"

동요하는 연주를 미심쩍은 눈길로 쳐다보던 도윤이 당혹스러워하는 준현을 대신해 물었다. 연주가 씁쓸하게 웃으며 고개를 흔들었다.

"설마요."

"그런데 왜?"

기다렸다는 듯 물어보는 도윤에게 준현이 '너 좀 가만 안 있을래' 하는 눈길을 보냈다. 하지만 정작 연주는 별로 개의치 않았다.

"꽤 오래전에 어떤 영화를 봤어요. 제목도, 배우도 다 잊어먹고 지금은 줄거리만 어렴풋이 기억나요."

준현은 아무런 추임새 없이 연주가 말을 잇길 기다렸다.

"의붓아버지한테 오랫동안 성적 학대를 당하던 소녀가 결국엔 의붓아버지를 죽인다는 내용이었어요. 다른 장면은 다 잊어먹었는데 의붓아버지의 숨이 끊어진 걸 확인한 소녀가 다리에 힘이 풀렸는지 주저앉아 오열하던 장면 하나만큼은 지금도 똑똑히 기억나요."

연주는 잠시 말을 멈추더니 정상구와 그 영화가 대체 무슨 관계가 있는지 도통 모르겠다는 표정을 짓고 있는 도윤을 돌아보았다.

"영화 속 소녀가 과연 자신을 학대한 남자가 죽은 게 슬퍼서 울었을까요?"

도윤도, 준현도 대답하지 않았다. 연주 역시 형사들로부터 답을 기대한 게 아니었다. 답은 자신이 가장 잘 알고 있었으니까. 지금 감정이 이렇게 요동치는 건 드디어 모든 게 끝났다는 안도감과 자신을 옭아매는 대상으로부터 풀려났다는 해방감, 하지만 그럼에도 불구하고 돌이킬 수 없는 과거에 대한 회한이 한데 섞여 밀물처럼 몰려왔기 때문이다. 아마도 영화 속 소녀가 그렇게 느낀 것과 마찬가지로.

한때는 제 모든 걸 버릴 정도로 정상구를 사랑했고 나중엔 그 사랑의 무게 만큼이나 그를 증오했다. 시간이 흐르고 증오심이 차츰 옅어지면서 이제는 정상구에게서 벗어날 수 있게 됐다고 생각했다. 하지만 그건 착각이었다. 자신은 어쩌면 죽을 때까지 그의 그림자에서 벗어날 수 없을 것이다. 영화 속 의붓아버지가 소녀에게 그랬던 것처럼 정상구는 내 인생을 망쳐버린 사람이니까. 아무리 발버둥 쳐도 그로 인해 한번 정상적인 궤도를 이탈한 인생은 다시 원래대로 돌아가지 못할 테니까. 그런 의미에서 정상구의 죽음은 가까운 피붙이나 친구의 죽음 못지않게 충격적이었다.

"죽었다니…."

방금 들은 말이 아직도 믿기지 않는지 연주가 되뇌었다.

"속이 시원할 줄 알았는데 왜 이렇게 심란한지 모르겠네요."

그렇게 말하며 연주는 여전히 떨리는 손으로 커피잔을 입술에 가져갔다.

연주가 정상구를 만난 곳은 와인 동호회였다. 의사 와이프들이 모여 만든 친목 모임인데, 마침 회장을 맡은 이가 유명 소믈리에들과 친분이 있어 이따금 그들을 불러 강연과 와인을 즐기곤 했다. 연주 역시 그 모임의 멤버였다.

사실 연주는 와인에 큰 관심이 없었다. 술을 잘 마시지 못

할뿐더러 이름도 어렵고, 좋다는 걸 마셔봐도 특별히 뭐가 좋다는 건지 알 수 없었다. 와인에 대해 이러쿵저러쿵 아는 척하는 사람들을 볼 때면 잰 체하는 것 같아 희미한 반감까지 느꼈다. 연주로선 편의점에서 살 수 있는 캔맥주가 훨씬 뒷맛도 깔끔하고 좋았다. 하지만 남편 재현은 그걸 '교양의 차이'라고 불렀다.

"이런 데서 배운 사람이랑 못 배운 사람 차이가 나는 거야. 못 배웠으면 가서 좀 배워. 상류층 여자들이랑 어울리며 견문도 좀 넓히고."

재현의 말에 기분이 상한 연주는 '고작해야 의사 와이프들 모임이잖아. 나도 당신이랑 결혼했으니 이미 상류층 여자 아냐?'라고 반박하려다 입을 다물었다. 재현이 한 말의 의미가 무엇인지 이미 알고 있었으니까. 남편이 말한 상류층 여자의 정의는 돈 많은 집에서 태어나 고등 교육을 받고 친정의 경제력이나 자신의 사회적 지위로 남편의 위신을 세워주는 여자를 의미했다. 한마디로 자신이 갖지 못한 모든 것을 가진 여자들. 그런 여자들의 대척점에 서 있는 자신은 시어머니와 시누이들이 속닥거린 것처럼 그저 남편 잘 만난 '신데렐라'에 불과했다.

처음 그들이 뒤에서 자신을 가리켜 신데렐라라고 부르는 걸 들었을 때 연주는 마음에 상처를 입었다. 하지만 지금은 어떤 면에서 맞는 말이다 싶어 고개가 끄덕여졌다. 신데렐라에게 베풀어진 마법은 자정까지만 유효한, 찰나의 것이었다. 그 시간이 지나면 모든 게 누더기로 돌아가버린다. 환상에 도취돼 있던 자신이 비루한 현실을 직면하게 된 것처럼. 재현이 자신을 여전히 몽롱하게 취한 상태로 두고 싶어 와인 동호회를 권하는 것인지도 모를 일이었다.

그리 내키지는 않았지만 결석할 만한 변명거리도 딱히 없어서 연주는 매번 등 떠밀리듯 동호회에 참가했다. 공통의 화제 하나 없는 사람들 사이에 섞여 몇 시간만 고개를 주억거리다 보면 또 한 번 그렇게 모임이 종료되곤 했다. 연주는 그날도 그런 날 중의 하나일 거라고 예상했다.

"앉아도 괜찮죠?"

간단한 강연이 끝나고 각자 편하게 모여 앉아 와인을 마시며 대화를 나눌 무렵이었다. 훤칠한 호남형의 남자가 연주 옆자리로 다가왔다. 허락을 구하는 물음에 연주는 가볍게 고개를 끄덕였다. 그때는 가볍게 이름을 밝히는 그 남자가 자신의 마음에 그토록 큰 파문을 일으킬지 미처 몰랐다.

"수줍음을 많이 타나 봐요? 다른 분들이랑 별로 대화를 안 하시네요."

먼저 말을 붙인 사람은 정상구였다.

연주가 무리에서 겉도는 건 꼭 수줍음 때문만은 아니었다. 몇 번이나 동호회에 참석했건만 함께하는 사람들이 영 불편했다. 모두 국내 명문대나 해외 대학을 나오고, 이름만 들으면 알 만한 직장에 다니고 있었다. 더러는 자신 같은 전업주부도 있었지만, 다들 부잣집에서 곱게 자라 지금은 '사모님'이라는 호칭이 맞춤옷처럼 잘 어울리는 여자들이었다. 남편이 '상류층 여자'라 부르는 바로 그 여자들.

중산층보다 좀 더 기우는 가정 출신에 전문대를 나와 병원 수납계에서 근무했던 자신 같은 사람은 단 하나도 없었다. 연주가 그들을 불편하게 여기는 것과 마찬가지로 그들 역시 연주를 껄끄럽게 여기는 눈치였다.

"의사 사모님들과 친해지기 어려워서요."

연주가 냉소적으로 대답했다.

"그러는 본인도 의사 사모님 아니세요? 여긴 그런 모임이라고 들었는데."

정상구가 장난스러운 표정으로 물었다.

"그럼 그쪽도 의사 사모님이신가요?"

연주의 말에 정상구는 재미있다는 듯 웃음을 터뜨렸다.

"오늘 강연한 소믈리에가 제 친구예요. 전 재미있을 것 같아 따라와본 거고요."

"그럼 무슨 일을 하세요?"

별 관심은 없었지만, 연주는 예의상 정상구에게 물었다.

정상구는 호주머니에서 명함을 꺼내 연주에게 내밀었다.

'에버그린 투자자문회사 대표.' 세상 물정이 어두운 연주는 명함을 봐도 그게 어떤 일인지 감이 잘 오지 않았다.

"안 주셔도 괜찮아요. 어차피 전 집에만 있는 사람이라 갖고 있어봐야 쓸 데도 없고."

정상구는 묘한 미소를 지으며 연주에게 건넸던 명함을 도로 집어넣었다.

그렇게 시작된 대화는 생각 외로 즐거웠다. 정상구는 화술이 좋았다. 자연스럽게 대화를 이끌어가면서 연주가 거기에 끼도록 유도했다. 화제가 다양해서 그냥 이야기를 듣고 있는 것도 즐거웠지만 어쩌다 연주가 이야기할 때면 정상구는 세상 중요한 일이라는 듯 진지한 태도로 귀를 기울였다. 이런 관심을 받는 게 대체 얼마 만일까. 연주는 저도 모르게 가슴이 설렜다.

한때는 남편 재현도 저런 눈빛으로 자신을 바라본 적이 있었다. 결혼하기 전, 전문대를 졸업한 직후 재현의 병원에서 근무했을 때. 둘의 연애는 재현의 열렬한 구애로 시작됐다. 재현은 자기보다 많이 처지는 연주의 집안도, 배경도, 학벌도 모두 상관없노라고 했다. 하지만 결혼 이야기가 오가면서 상황은 달라졌다. 재현의 부모님은 절대 연주를 며느리로 들일 수 없다고 완강히 반대했다. 자식 이기는 부모 없다고 아들 고집에 못 이겨 결국 두 손 들고 허락하긴 했지만, 그들은 끝끝내 연주를 향한 싸늘한 시선을 거두지 않았다.

결혼은 현실이라더니 달콤한 환상이 걷히자 재현의 애정

도 서서히 변하기 시작했다. 친구나 동료의 아내와 연주를 비교하는 일이 잦아졌던 것이다. 누구 아내는 능력이 좋아서 자기보다 돈을 더 번다던데, 누구는 처가가 돈이 많아 병원을 열어줬다는데. 당신은 집에서 하는 게 뭐 있어? 공부 좀 해, 부부 모임 같은 데서 무식한 소리로 사람 부끄럽게 만들지 말고.

마법이 걷히고 현실을 보게 된 신데렐라는 이런 기분이었을까. 재현의 입에서 '부끄럽다'는 말이 나올 때마다 연주는 참담한 기분에 사로잡혔다.

아이가 좀처럼 들어서지 않아 찾아간 산부인과에서 연주가 불임 판정을 받은 이후, 재현의 마음은 돌이킬 수 없을 정도로 급속히 식어갔다. '부끄럽다'는 말에 이어 '당신이 해준 게 뭐야?'가 재현이 자신을 공격할 때 내뱉는 단골 레퍼토리가 됐다.

어느 날, 남편의 휴대폰에서 그의 불륜 흔적을 발견했을 때 연주는 화가 났다기보다 올 게 왔다는 생각마저 들었다. 하지만 더 안 좋은 건 남편이 딱히 부인조차 하지 않았다는 사실이었다.

"그래서 뭐 어쩌라고? 당신도 내 덕분에 이런 걸 누리고 있잖아."

재현은 고급 가구로 채워진 널찍한 주상복합아파트를 가리키며 말했다. 재현의 능력 없이는 그런 걸 누릴 수 없다는 사실을 연주도 잘 알고 있었다. 그러니 재현의 구박과 냉대를 감내해야 한다고 생각했다. 하지만 때로는 마음 한구석이 허전해지는 기분을 어쩔 수 없었다.

"우리, 다른 데로 자리를 옮길까요?"

한창 분위기가 무르익을 무렵, 정상구는 제안했다. 둘은 운전을 해서 바다가 바라보이는 교외까지 나갔다. 오랜만에 바다를 보니 갑갑했던 연주의 마음에도 한 줄기 숨통이 틔었다. 바닷바람을 쐬며 해변을 거닐고, 싱싱한 회와 조개구이를 먹었다. 연주는 오래전 남편과 연애하던 때로 돌아간 것 같았다.

"우리, 전화번호 교환할까요? 한 번씩 이렇게 연주 씨 만나고 싶은데."

헤어질 무렵, 정상구가 그렇게 말했다. 이래도 되나 망설여지긴 했지만 결국 연주는 정상구와 연락처를 주고받았다. 거기서부터가 시작이었다. 둘은 급격히 가까워졌다. 아니, 연주가 정상구에게 마음을 연 속도가 빨랐다고 하는 게 더 적절한 표현일지도 몰랐다. 그래도 정상구가 처음부터 호텔에 데려가려는 목적으로 자신에게 접근했다면, 연주는 아마도 거부감을 느끼고 한발 물러섰을 것이다. 하지만 정상구는 서두르지 않았다. 여유를 가지고 서서히 연주와의 거리를 좁혀왔다. 어느 날 그가 단둘이 오붓하게 시간을 보낼 수 있는 곳으로 가자고 속삭였을 때도 거절하지 않았다. 그 무렵, 연주는 그에게 완전히 홀딱 빠진 상태였다.

정상구와 비밀스러운 만남을 지속하는 동안 연주는 이제 껏 몰랐던 감정을 깨달았다. 자신이 재현을 진심으로 사랑한 적이 없다는 사실이었다. 그저 언젠가는 결혼이라는 걸 해야 한다고 생각했고, 무작정 달려드는 재현의 구애와 얼마쯤 그 가 보장해 줄 미래에 현혹됐을 뿐이다.

하지만 정상구는 달랐다. 그를 만나지 않을 때면 늘 그와 의 기억을 떠올리며 그리움으로 지냈고, 그가 곁에 있을 때 면 조금 뒤 헤어져야 한다는 생각에 마음이 아팠다. '사랑은 열병'이라는 말을 연주는 그제야 이해할 수 있었다. 정상구 가 원한다면 연주는 모든 걸 버릴 수도 있다고 생각했다. 체 면, 안락한 생활, 어쩌면 자기 자신까지도.

하지만 정상구는 모든 걸 버리고 자신에게 오라는 말을 결 코 하지 않았다. 그 역시 아내가 있었고, 이혼까지 고려하기 엔 여러 가지 장애물이 존재했다. 그래도 연주는 만족했다. 그가 자신을 아내로 맞이하지 않더라도 그저 옆에서 달콤한 꿈을 즐길 수만 있다면 그것만으로 충분하다고 생각했다.

"자기, 여윳돈으로 투자할 생각 없어?"

둘이 몰래 만나고 제법 시간이 흘렀을 무렵, 연주와 호텔 침대에 나란히 누운 정상구가 물었다.

"투자?"

"아주 대박 칠 아이템이 있거든."

"그게 뭔데?"

"'코인'이라고 들어봤어?"

연주는 고개를 흔들었다.

정상구는 차근차근 설명했다. 이미 수익성이 한계점에 도달한 다른 투자 상품들과 달리, 그게 왜 '블루오션'인지, 어째서 수익률이 300, 400퍼센트라는 경이적인 수치를 기록할 수 있는지. 정상구의 설명에 따르면, 코인은 로또나 마찬가지였다. 결코 꽝이 날 일이 없는 로또. 요즘엔 코인투자로 대박을 터뜨린 사람들이 수두룩하다고 했다.

"내가 뭘 안다고 투자를 해."

"자기가 직접 할 필요가 없지. 돈만 있으면 전문가가 대신해주는 편이 훨씬 더 안전하고. 곁에 전문가 놔뒀다가 뭐 해?"

정상구가 손으로 앞가슴을 탁탁 쳤다.

"유망한 상품이 있는데, 이게 곧 상장 예정이야. 상장만 하면 완전 초초대박이라고. 그래서 투자자들을 모으는 중인데 자기도 해라. 다른 건 내가 알아서 다 해줄게."

"나, 돈 없어."

"저번에 남편 병원 리모델링 할 거라고 하지 않았어?"

정상구는 그렇게 말하며 제 어깨에 연주를 머리를 뉘었다.

"하지만… 남편이 그걸 쓴 걸 알면."

"빌려달라는 게 아니라 투자라니까. 그것도 대박 날 투자.

남편이 자기 사사건건 무시한다며? 그러니 보란 듯이 돈 벌어서 코를 납작하게 해줘."

수익률 어쩌고저쩌고했던 것보다는 조금 더 솔깃한 제안이었다. 며칠 전에도 남편은 "당신이 뭘 안다고 그래. 내가 벌어다 주는 돈으로 편히 먹고사는 주제에"라고 했다. 오랜만에 생신이라 안부전화를 걸었을 때도 시어머니는 "재현이한테 잘해. 니가 어디서 언감생심 의사 사모님 소리 듣고 살겠니"라는 말을 잊지 않았다. 전화를 끊으면서 연주는 저도 모르게 이를 악물었다.

나도 돈 벌 능력이 있다는 걸, 당신들이 생각하는 것처럼 그렇게 못나고 무능한 존재가 아니라는 걸 보여주고 싶었다.

"정말 확실히 돈 벌 수 있는 거야?"

연주가 물었다.

"그럼. 내가 이걸로 자수성가한 사람인데. 자기, 나 못 믿어?"

하긴 정상구의 옷차림이나 씀씀이를 보면 확실히 성공한 사업가 같았다. 예전에 그는 연주에게 자신 역시 별 볼 일 없는 집에서 태어나 실력 하나로 지금 자리까지 왔다고 고백한 적이 있었다. 그 덕에 돈 많은 집 딸과 결혼했는데 태생부터 '아가씨'로 자란 아내는 흙수저 출신 남편을 은근히 무시한다고 했다. 그 말에 연주는 정상구와 동질감을 느꼈다. 어쩌면 둘은 닮은 꼴이기에 서로에게 끌렸을 수도 있다고 생각했다. 지금 정상구가 투자를 권유하는 이유도 자신을 무시하는 남편 앞에서 기를 세워주려고 그런 것인지도 몰랐다.

하지만 한편으론 괜한 분란을 일으킬 것 같아 두려웠다. 재현과 시댁 식구들의 무시는 하루 이틀 일이 아니다. 그냥 그러려니 넘기면 될 일이다. 정상구만 곁에 있어주면 그까짓 것들은 다 잊어버릴 수 있다. 연주는 그렇게 생각했다.

"괜찮아. 난 자기만 있으면 돼."

연주가 정상구의 목을 끌어안았다.

"그동안 내내 생각해봤는데."

별안간 정상구가 보기 드물게 망설이는 태도로 어렵게 입을 열었다.

"우리, 결혼하지 않을래? 지금 사는 사람들이랑 서로 정리하고."

"그게 무슨 말이야?"

연주가 화들짝 놀라 침대에서 몸을 일으켰다. 너무도 듣고 싶었던 말이었지만 막상 정상구 입에서 그 말을 들으니 좀처럼 실감이 나지 않았다.

"어차피 우리 둘 다 배우자한테 애정도 없잖아. 이번에 크게 떡상하면 나도 걔한테 얼마 떼주고 헤어지려고. 자기도 남편이 유책배우자니 어쩌니, 물고 늘어지면 위자료가 필요하잖아. 투자로 돈 벌어서 남편한테 위자료 좀 떼주고 나한테 와."

정상구는 진지한 표정이었다.

"지금 한 말, 정말이야?"

"아까부터 왜 계속 사람 의심하고 그래. 왜? 나한테 오는 거 싫어?"

"그게 아니라 너무 갑작스러워서…."

연주가 고개를 흔들었다. 정상구가 그녀를 다시 끌어당겨 품에 안았다.

"알아, 갑자기 그런 말 듣고 혼란스러운 거. 지금 당장 결정하지 않아도 돼. 시간을 들여서 천천히 생각해봐."

연주의 머리칼을 손으로 부드럽게 쓰다듬으며 정상구가 덧붙였다.

"그리고 남편 콧대 납작하게 누른 다음 이혼 도장 찍는 것도 한번 상상해보고."

정상구와 헤어져 집에 돌아오는 길에 연주는 곧바로 결단을 내렸다. 사실 망설이고 말고 할 것도 없었다.

그래, 이런 무의미한 결혼 생활 따위 깨끗하게 끝내고 정상구에게로 가자. 혼자 살 능력도 없는 여자가 이혼하면 어떻게 살 거냐고 하겠지. 그러면 당당하게 보여주는 거야. 당신이 사사건건 깔아뭉개는 나도 생각처럼 그렇게 무능하진 않다고. 나를 진심으로 사랑해주고 걱정해주는 남자도 존재한다고.

정상구 정도의 경제력이라면 위자료 정도야 얼마든지 대준다고 할 수도 있었을 것이다. 하지만 그는 직접 돈을 내주는 대신 사사건건 자신을 무시하는 남편 앞에서 자존심을 살릴 수 있는 방법을 내게 알려줬다. 돌이켜보면 바보스럽기 짝이 없지만 당시 정상구에게 콩깍지가 씐 연주는 진심으로 그 말을 믿었다.

병원 리모델링용으로 모아둔 재현의 3억 원을 정상구가 알려준 계좌에 입금하는 순간만큼은 연주도 잠시나마 죄책감을 느꼈다. 그런 죄책감에 맞서기 위해 연주는 이건 잠시 빌리는 것뿐이라고 되뇌었다. 정상구 말대로 그게 300억까지 불어난다면 곧장 빌린 3억은 남편 계좌에 도로 채워 넣을 생각이었다. 그러면 남편은 자신이 돈을 빼 썼다는 사실을 눈꼽만치도 눈치채지 못할 것이다.

한편으론 자신이 조만간 벌어들일 돈이 시어머니가 늘 생색내는 '남편 돈'을 종잣돈으로 했다는 사실을 굳이 그들 모자에게 알리고 싶지 않았다. 만일 남편이 네가 무슨 돈이 있어 투자 같은 걸 했냐고 묻는다면, 결혼 전 모아뒀던 비상금으로 그간 소소하게 재테크를 했었다고 둘러댈 생각이었다. 그러다 마침내 대박을 쳤다고.

하지만 대박을 치긴커녕 연주가 받아든 결과는 쪽박이었다. 돈을 입금했다는 메시지를 보낸 뒤 정상구에게서 별안간 연락이 끊겼다. 휴대폰으로 연락해도 전화를 받지 않았다. 감쪽같이 사라졌다. 그제야 연주는 깨달았다. 자신이 속았다는걸. 정상구가 자신에게 접근한 건 처음부터 다른 목적이 있어서였다는걸.

연주는 절망했다. 정상구가 자신에게 했던 말들이 모두 돈을 노린 속임수였다는 사실을 도저히 받아들일 수 없었다. 세상이 눈앞에서 와르르 무너지는 것 같았다. 실제로도 연주가 속했던 세상은 막 무너져내리려 하고 있었다.

재현은 돈이 없어진 걸 확인하고 길길이 날뛰었다. 대체 네가 뭘 안다고 경솔하게 투자 같은 걸 하냐고, 혹시 누군가의 꼬드김에 빠진 건 아니냐고 했다. 연주가 딱히 부정하지 않자, 재현은 미심쩍은 얼굴로 추궁했다.

"혹시, 그 사람 남자였어?"

연주는 대답하지 않았다. 그러자 재현의 표정이 단박에 일그러졌다.

"너, 혹시 그 남자와 그렇고 그런 사이였어?"

이번에도 연주는 침묵을 지켰다. 사실을 아니라고 부정해봤자 달라지는 건 없었다. 게다가 솔직히 말하자면 재현이 어떻게 나오든 연주는 전혀 개의치 않았다. 그가 자신을 때리든 죽이든 마음대로 하라고 하고 싶었다. 정상구에게 배신당한 자신은 이미 죽은 것이나 마찬가지였다.

재현은 찬찬히 연주의 표정을 살피더니 침묵을 긍정의 의미로 받아들였다. "이런 씨발!" 소리를 지르며 재현이 연주가 등지고 선 벽을 주먹으로 내리찍었다. 벽이 움푹 팰 정도로 힘을 실어서. 연주가 그토록 폭력적인 재현의 모습을 본 건 그때가 처음이자 마지막이었다. 재현은 소름 끼칠 정도로 차가운 목소리로 연주에게 당장 집에서 나가라고 했다. 한순간 연주는 자신에 대한 재현의 애정이 아직 남아 있었던 게 아닌가 생각했다. 하긴 그런 것 따윈 이제 와서 아무래도 좋았지만.

얼마 후 연주 앞으로 이혼 서류가 날아왔다. 연주는 잠자코 서류에 사인했다. 재현은 원칙대로라면 연주가 유책배우자라 자신이 위자료를 받아야 하지만 그것까진 요구하지 않겠다고 했다. 자신이 바람을 피웠던 사실은 모조리 잊어버린 것 같았다. 그래도 연주는 별다른 반발을 하지 않았다. 그런 일로 재현과 싸우기엔 몸과 마음이 너무나 지쳐 있었다.

연주는 맨몸으로 쫓겨나다시피 집을 나왔다. 친정 부모님은 이미 모두 돌아가셨고, 남동생은 결혼해 어린 아들을 두고 있었다. 연주가 몸을 의지할 곳은 없었다. 집을 나올 때 들고 온 여유 자금은 얼마 못 가 금방 바닥이 났다. 먹고살려면 일자리를 구하는 수밖에 없었다. 선택지는 많지 않았다. 그렇게 나이도 많고 딱히 할 줄 아는 게 없는 그녀를 받아준 곳이 바로 지금 일하고 있는 대형마트였다.

아침에 일어나 밥을 먹고 단칸방을 치우고 출근하는 일을 기계적으로 반복했다. 진열대에 물건을 배열하고 계산대에서 상품 바코드를 찍는 일은 단조로웠지만, 오히려 그 단조로움 덕분에 일에 집중할 수 있어 좋았다. 기계적으로 무심하게 일을 하는 동안엔 괴로운 생각을 잊을 수 있었으니까.

어느새 연주에게도 쉬는 시간에 잡담을 나눌 동료가 하나둘 생겼다. 자신을 필요로 하는 곳에서 누군가에게 도움이 되는 일을 하고 있다는 만족감이 좋았고, 의사 사모님이었던 때와는 비교할 수도 없지만 내 손으로 버는 월급을 세는 재미도 쏠쏠했다. 시간이 흐르면서 연주는 어쩌면 지금의 삶도 그렇게 나쁜 건 아닐지도 모른다고 생각하기 시작했다. 풍요롭진 않지만 자기 자신에게 솔직해진 현재의 생활이 마음에 들었다.

참으로 아이러니한 일이라고 연주는 생각했다. 자신을 나락으로 떨어지게 만든 남자가 안락한 새장 속에선 상상해보지도 못했던 새로운 인생을 찾도록 도와준 격이었다. 그런 의미에서 정상구는 이가 갈리게 밉고 원망스럽지만, 그렇다고 오롯이 증오할 수만도 없는 복잡미묘한 존재였다. 하지만 그에 대한 자신의 감정이 어떠하든 간에 단 하나만은 분명했다. 정상구가 좋은 의미에서건 나쁜 의미에서건 자신의 인생을 송두리째 뒤바꿔놓은 인물이라는 점. 그렇게 보면 정상구는 전남편만큼이나, 아니 그 이상으로 자신에게 중요한 인물임에 틀림없었다.

준현은 말을 마친 연주를 물끄러미 쳐다보았다. 다소 지치고 초췌해 보이긴 하지만 40대 초반인 연주는 꽤 미인이었다. '고전적인 미인'이라는 표현에 딱 어울릴 법한 이목구비에 뼈대가 가느다랗고 체구가 아담했다. 전남편 재현이 그녀에게 열렬히 구애했다는 것도 충분히 이해가 갔다. 그런데 '의사 사모님'이라는 수식어에 딱 걸맞는 이런 단아한 여자가 정상구의 얕은꾀에 그렇게 홀딱 넘어가다니.

"남편은 정상구에 대해 알고 계셨습니까?"

연주는 고개를 저었다.

"아뇨, 이미 끝난 일인데 얘기할 필요가 없었어요. 게다가 남편 성격에 누군지 알면 반드시 찾아내 죽이겠다고 했을 거고. 그 사람, 평상시엔 얌전한데 은근히 질투가 심하고 뒤끝이 있었거든요."

순간적으로 어떤 생각이 준현의 머리를 스치고 지나갔다. 단순한 가정이지만, 만약 연주의 전남편이 어찌어찌해서 정상구의 신원을 알아냈다면 아내와 불륜을 저지른 사내를 죽이려 했을까. 범인은 정상구의 급소를 정확히 노렸다고 했는데.

"남편분 전공이 뭐죠?"

"외과요. 성형외과."

그렇다면 메스를 쓴다는 이야긴데. 준현은 "흉기는 날이 20센티미터 정도 되는 칼이야"라고 했던 동훈의 말을 떠올렸다.

"더 물어볼 거 없어?"

준현이 곁에 앉은 도윤을 돌아보았다.

"16일 밤에 뭘 하셨어요?"

잠깐 기억을 더듬던 연주가 퍼뜩 고개를 들어 도윤을 쳐다봤다.

"설마, 제가 죽였다고 생각하세요?"

"그게… 뭐 어쨌든 동기는 있으시니까요."

도윤이 다소 난처한 표정으로 중얼거렸다.

"그 동기라는 게, 정상구에 대한 증오인가요?"

연주가 어이없다는 얼굴로 피식 웃었다.

"그렇다면 잘못 보셨어요."

"정상구한테 아무런 원한이 없다고요?"

도윤은 도저히 믿기지 않는다는 얼굴이었다.

"그럴 리가요."

연주가 절레절레 고개를 저었다.

"하지만 그 사람에 대한 감정을 증오라는 말 한마디로만 설명하긴 어려워요."

도윤이 여전히 알쏭달쏭한 표정을 지우지 않자, 연주가 한숨을 쉬고서 설명했다.

"누군가 새장에 키우던 새가 지겨워져서 버렸다고 쳐요. 난생처음 야생으로 나온 새는 몇 번이고 죽을 고비를 겪긴 했지만 결국엔 자유를 찾았어요. 그러면 그 새는 자신을 버린 사람을 미워해야 할까요, 고마워해야 할까요?"

도윤이 아직도 이해가 안 되는지 멍한 표정으로 연주를 쳐다봤다.

"형사님은 이런 걸 이해하기엔 아직 너무 젊으시네요."

연주가 쓸쓸한 미소를 지었다.

"그러니 알아달라고 하진 않겠어요. 하지만 분명한 건, 예전이었다면 몰라도 지금 저는 그 사람을 죽일 정도로 강렬하게 미워하진 않아요."

연주는 그렇게 말하고는 다시 커피잔으로 손을 뻗었다. 연주의 손은 더 이상 떨리지 않았다. 이제는 완전히 식어버린 커피를 음미하듯 홀짝이던 연주가 마침 생각났다는 듯 말했다.

"그리고, 아까 물어보신 질문에 답하자면 16일 밤엔 야간 근무를 했어요."

"확실합니까?"

"의심스러우면 동료들한테 물어보시든지요."

침착하게 대답하는 연주에게선 경계하는 빛 따위는 조금도 찾아볼 수 없었다.

덫을 놓는 자

"이건 뭐 수법이 종잡을 수 없네요."

연주와 헤어지고 카페를 나오면서 도윤이 투덜거렸다.

"꽃뱀을 끼워 넣어 바보한테 사기를 치질 않나, 그런가 하면 또 제비처럼 돈 많은 유부녀를 홀리질 않나. 항상 공범이랑 함께 사기 친 건 아닌가 봐요."

연주는 정상구의 사촌동생이라는 장혜영을 모른다고 했다. 정상구와는 항상 둘이서만 만났고, 그 사이에 누군가 끼어든 적은 한 번도 없었다고.

"한연주한테선 애정을 미끼로 돈을 뜯어내는 수법이었으니 장혜영을 끼워 넣기 힘들었겠지."

"하긴 그건 그래요."

준현의 말에 도윤이 순순히 수긍했다.

"여자 얘기가 나온 김에 정상구의 진짜 내연녀 최지호도 캐봐야겠어. 강희원이 사설탐정한테 뒷조사를 의뢰했다고 했으니 탐정사무소를 찾아가면 집 주소를 알 수 있겠지."

준현은 주차장 쪽을 향해 걸음을 옮겼다. 그런데 어쩐 일인지 도윤은 평상시처럼 잽싸게 뒤쫓아오지 않고 뭉그적거리고 있었다.

"왜 그래? 안 따라오고?"

준현이 짜증 섞인 목소리로 말했다.

"저⋯."

도윤이 준현의 눈치를 살피더니 손가락으로 제 휴대폰 액정화면을 가리켰다.

"지도 앱을 보니까 정상구랑 전명호가 저녁을 먹었다는 식당이 이 근처인데요? 박영우한테 가기 전에 거기 들렀다 가는 게 동선상 더 편할 것 같아서요."

준현이 쯧 혀를 찼다.

"그런 거라면 망설이지 말고 얘길 하라고."

아직 탐정 사무실이 문을 닫기엔 이른 시간이다. 그러니 지리적으로 가까운 식당에 먼저 가서 정상구와 전명호의 알리바이를 확인하는 게 확실히 더 효율적이긴 했다. 어차피 식당은 반드시 찾아가봐야 할 곳이니. 준현은 주차장 쪽으로 향하던 발걸음을 반대 방향으로 돌렸다.

일식당 '사계'는 마침 브레이크타임이라 한산했다. 주방장이 요리하는 중앙의 오픈 키친을 중심으로 반원형을 그리는 카운터 형태의 테이블에 손님 좌석은 고작 여섯 석 정도. 손님은 적게 받고 가격은 비싸게 부르는 식당인 모양이었다.

준현과 도윤이 쪽빛 포렴을 열고 들어가자 머리가 희끗하고 체형이 꼿꼿한 초로의 남자가 식당 한쪽 구석에 있는 주방에서 얼굴을 내밀었다.

"죄송하지만 저녁 영업은 오후 6시부터인데요."

"여쭤볼 게 있어서 왔습니다."

준현이 경찰 신분증을 내밀었다.

"혹시 엊저녁에 온 이 손님 기억하십니까?"

강희원에게서 얻어온 사진 속 정상구는 카메라를 향해 자신만만하게 웃음 짓고 있었다. 아마 저 때만 해도 훗날 자신이 어느 주택가 뒷골목에서 피살되리라곤 꿈에도 생각 못 했을 것이다.

주름이 팬 남자의 얼굴에 몇 가닥 더 깊은 주름이 졌다. 기억을 더듬고 있는 모양이었다.

"아, 기억납니다. 남자 일행분이랑 함께 오셔서 오마카세 정식을 시키셨죠."

"일행이 혹시 이 사람입니까?"

도윤이 전명호의 명함 사진을 내밀었다.

"네, 사진이 실제보다 더 잘 나오긴 했지만 이분이 틀림없네요."

남자가 고개를 끄덕였다.

전명호가 저 말을 들었다면 뭐라고 하려나. 준현은 슬며시 웃음이 나오려는 걸 애써 참았다.

"둘 다 몇 시부터 몇 시까지 계셨나요?"

"가만있자, 이분들 성함이 어떻게 되죠?"

도윤이 이름을 불러주자, 남자는 예약 기록을 들췄다.

"7시 30분에 오셨네요. 두 분이 예약한 시간에 함께 오셨
으니까. 저쪽 구석 자리에 나란히 앉아 식사하시다가 이분이
먼저 자리를 뜨셨어요."

남자가 명호의 사진을 가리키며 말했다.

"틀림없습니까?"

"네, 전화를 받더니 디저트는 필요 없다며 나갔거든요. 마침
다 만들어놓은 참이라 그럴 거면 좀 빨리 알려주지 싶었죠."

남자의 말은 믿어도 될 것 같았다.

"그게 몇 시쯤이죠?"

"아마 9시쯤 됐을 겁니다. 대략 1시간 30분쯤 뒤에 마지막
코스가 나가거든요."

"그럼 다른 사람은?"

"이분은."

남자가 정상구 사진을 가리켰다.

"이왕 시켜놓은 사케가 아깝다면서 혼자 다 마시고 가겠다
고 하셨어요. 준마이 다이긴죠였거든요."

준현은 마셔본 적은 없어도 이 술이 사케 등급 중 최고란
사실은 알고 있었다. 고급은 한 병에 20만 원이 넘는다고 하

던데. 자신이 정상구였다 해도 병을 끝까지 다 비우고 자리를 뜰 것 같았다.

"둘이 분위기는 어떻던가요? 말다툼을 하거나 하진 않았습니까?"

"아니요? 제법 화기애애한 분위기였습니다."

"혹시 대화 내용은 기억하세요?"

"저기, 뭣 때문에 그러시는지…."

남자가 경계 반 호기심 반 어린 표정으로 물었다.

"엊저녁에 이 사람이 살해당했거든요."

준현이 정상구의 사진을 손으로 짚으며 답했다.

"아마도 가게를 나서서 귀가하던 길에 당한 것 같습니다."

"세상에, 그런 일이…."

남자가 놀라 눈을 크게 떴다.

"그날 함께 있던 일행이 피해자가 마지막으로 만난 사람입니다."

"…그렇군요."

남자는 눈살을 찌푸리며 고개를 절레절레 흔들었다.

"유감스럽게도 별로 기억나는 게 없네요. 마침 그 시간에 다른 테이블에 단골이 오셔서 주로 그분이랑 이야기를 나눴거든요. 이 손님들 역시 별로 방해받고 싶어 하지 않는 눈치였고요."

겸연쩍은 표정을 짓던 남자가 주방을 향해 "윤성아, 형태야 좀 나와봐라!"하고 소리쳤다.

20대 중후반, 갓 스물이 돼 보이는 청년 둘이 형사들 앞에 섰다. 나이가 조금 더 많아 보이는 쪽은 몸집이 작고 통통했고, 어린 쪽은 보통 키에 찌지도 마르지도 않은 체구였다. 둘다 스쳐 지나가면 금세 잊어버릴 정도로 평범한 외양이었는데, 통통 체구는 생김새답게 성격이 느슨해 보이는 반면, 보통 체구는 습관인 듯 한쪽 다리를 달달 떨고 있는 것이 조바심 잘 내고 주의가 산만한 인상이었다. 주방 보조로 보이는 둘이 미리 주방에서 재료 밑손질을 하면 남자가 오픈 키친에서 요리하는 방식으로 일을 하는 모양이었다.

"너네들 혹시 어제 저기 앉아 있던 손님분들 무슨 얘기 하셨는지 들은 게 있니?"

"없는데요. 일이 많이 밀려서요. 넌 뭐 들은 거 있냐?"

통통 체구가 보통 체구에게 물었다. 보통 체구는 낯을 가리는지 대답 대신 조용히 고개만 흔들었다.

"이거 어떡하나. 도움이 못 돼서."

남자가 겸연쩍은 듯 머리를 긁적였다.

"혹시나 뭔가 생각나시는 게 있으면 이쪽으로 연락 주십시오."

준현이 남자에게 명함을 건넸다. 남자는 말없이 명함을 받았지만 과연 다시 연락할 일이 있으려나 하는 표정이었다. 준현이 보기에도 이곳 종업원들이 나중에라도 여러 손님 가운데 하나에 불과했던 정상구나 전명호에 대해 결정적인 단서가 될 만한 기억을 떠올려줄 것 같진 않았다.

문을 닫고 나서는 준현의 등 뒤로 "나형태, 정신 똑바로 안 차릴래? 집중을 안 하고 멍하게 있으니 툭하면 손이나 베이지" 하는 남자의 꾸지람 소리가 들렸다.

가게를 나서서 몇 걸음 걸어갔을 때 도윤이 별안간 "어?" 하는 얼빠진 소리를 냈다.

"저 사람, 이선우 아니에요?"

죽은 정상구의 첫 번째 피해자 선우였다. 도윤이 가리킨 곳은 사계에서 그리 멀지 않은 곳에 자리 잡은 2층 건물이었다. 선우는 아래위로 상가가 들어선 그곳 1층 치킨집에서 막 걸어 나오던 참이었다. 그 역시 준현 일행을 보더니 걸음을 멈췄다.

"아, 이런 데서 또 뵙네요."

그렇게 말을 꺼낸 선우는 조금 얼떨떨한 표정이었다. 예상치 않은 만남이어서인지 처음 만났을 때와 달리 당황한 기색마저 있었다.

"일 때문에 잠깐 근처에 들렀습니다. 선우 씨는?"

"뭐, 별건 아니고 임대료가 밀려서…. 저 건물이 제 거거든요."

선우는 겸연쩍은 얼굴로 방금 나온 건물을 바라봤다.

"부럽네요. 건물주 인생."

딱히 비꼰 뜻으로 한 말은 아니었는데 선우는 준현의 말에 이상하게 어쩔 줄 몰라 하는 눈치였다.

"딱히 그렇지도 않아요. 입주자들 요구가 많아서 수시로 들러 수리보수를 해줘야 해서…."

불평을 늘어놓던 선우는 형사들 앞에서 배부른 소리를 했다 싶었는지 얼굴을 붉혔다.

"그럼 여기 자주 들르셔야겠네요."

선우는 "네, 아무래도…" 하더니 쑥스러운 표정으로 뒷머리를 긁적이다가 갑자기 생각난 듯 불쑥 말했다.

"사실이더라고요. 제가 사기당한 거."

"…."

"혜영인 전화번호도 해지하고 상구 형 번호로도 연락이 안 되고. 다들 저더러 바보라는데 제가 아마 눈이 멀었었나 봐요."

준현과 도윤이 무슨 말을 해야 할지 몰라 침묵을 지키자 선우는 허둥지둥하며 말했다.

"바쁘신데 괜히 제가 두 분 붙잡고 있는 것 같네요. 그럼 전 이만 가보겠습니다."

선우가 가볍게 고개를 숙이고 떠나자, 도윤은 한숨을 쉬며 고개를 절레절레 흔들었다.

"세상 진짜 불공평하지 않아요? 누구는 살인범 찾느라 집에도 못 들어가고 발에 땀 나게 뛰어다니는데 누구는 한가하게 돈이나 걷으러 다니고. 저렇게 팔자가 늘어졌으니 1억 원이나 사기당해놓고 지가 사기당했는지도 모르지."

하지만 준현의 귀에는 도윤의 푸념이 잘 들어오지 않았다.

'자주 들른다라…. 그럼 혹시 범행이 있던 날도?'

준현은 멀어지는 선우의 뒷모습을 한참 동안 바라보았다.

사설탐정 장은모의 사무실을 방문하기 전, 그가 사무실에 있는지 확인하기 위해 준현이 미리 전화를 걸었다. 그러자 전화를 받은 이는 아마도 준현을 내담자로 오해했는지 그날 오후엔 시간이 쭉 비어 있으니 언제든 찾아오라고 했다. 강희원에게서 받은 명함에 찍힌 주소대로 찾아가니 10평 남짓한 오피스에 홀로 앉아 있던 남자가 고객을 맞으려고 일어섰다. 준현과 비슷한 연배인 50대 초반으로 보였다.

"보험 관련 조사를 의뢰하러 오셨습니까?"

건장한 체구의 남자 둘이 함께 들이닥쳐서 그렇게 지레짐작한 모양이었다.

"장은모 씨 맞으시죠?"

준현이 제 신분을 밝혔다.

"아시다시피 이건 합법적인 일인데요."

경찰 신분증을 본 은모는 뭔가 켕기는 게 있는지 방어적인 자세로 나왔다.

"강희원 씨 소개로 왔습니다."

"강희원 씨?"

"남편 정상구의 내연녀 뒷조사를 의뢰했다면서요."

"아아."

기억이 떠올랐는지 은모는 안심한 표정이 됐다가 다시 미심쩍은 표정으로 돌아갔다.

"그런데 그걸 왜 알려고 하십니까?"

"정상구가 살해당했거든요."

"살해?"

은모의 눈에 순간적으로 놀라움이 스치고 지나갔다. 하지만 그 놀라움의 정도는 이제껏 형사들이 만난 다른 사람들만큼 크지는 않은 것 같았다.

"흠… 그래서 주변 조사를 하다가 저한테까지 오신 거군요."

은모는 그제야 납득이 간다는 얼굴이었다.

"강희원 말로는 내연녀 최지호가 여간내기가 아니라던데?"

"아, 뭐 그렇죠."

은모가 묘한 미소를 지었다. 작고 마른 체구에 탈모가 시작됐는지 머리숱이 듬성듬성한 남자였다. 족제비를 연상시키는 생김새에 전체적인 분위기가 어딘지 모르게 교활한 빛이 감돌았다.

그래도 제법 눈치는 빠른지 은모는 형사들이 뭐라고 요청하기도 전에 책상 속에 차곡차곡 정리된 서류철을 뒤지더니 사진 몇 장을 뽑아 테이블에 늘어놓았다. 사진 속엔 정상구와 젊은 여자의 모습이 찍혀 있었다. 정상구와 함께 호텔에서 나오는 사진, 인적 드문 공공장소에서 허리에 팔을 두르고 진한 키스를 나누는 사진…. 누가 봐도 연인 관계임을 알 수 있는 사진들이었다.

"이 여자가 최지호입니까?"

준현이 확인하자 은모가 고개를 끄덕였다.

사진 속 여자는 모델처럼 날씬하고 허리 부근까지 오는 긴 생머리를 하고 있었다. 이목구비가 자세히 보이진 않지만 농염하고 원숙미가 나는 강회원과는 대조적으로 청순가련형의 이미지였다.

"스물여섯 살. 잘 안 팔리는 온라인 광고모델이죠. 정상구랑 어떻게 만났는지는 몰라도 정상구가 이 여자한테 홀딱 빠진 건 분명해요. 최지호한테 25평짜리 아파트를 사줬으니까요. 부동산 중개소에선 둘이 나이 터울이 많이 지는 부부로 생각하던데요."

"아주 사랑꾼 납셨네."

준현은 쓴웃음을 지었다.

"임신한 최지호에게 정상구가 애를 떼라고 요구한 것도 사실인가요?"

은모는 다시 고개를 끄덕였다.

"최근 들어 부쩍 산부인과에 드나들더군요. 그래서 임신이 아닌가 의심했는데 주차장에서 둘이 다투는 걸 보고 알았죠. 최지호는 정상구를 이혼시키고 자기랑 결혼하길 바라는데 정상구는 별로 그럴 생각이 없어 보였습니다."

"그렇다고 아내랑 사이가 썩 좋아 보이지도 않던데."

도윤이 혼잣말처럼 중얼거렸다.

"실리적인 이유 아니겠습니까? 이혼하면 소송이다, 재산 분할이다, 번거로울 테고 정상구 입장에선 그냥 지금처럼 본처랑 내연녀를 오가며 사는 게 좋았을 테죠."

그래서 앙심을 품은 최지호가 정상구를 해코지하려는 계획을 세웠을까? 준현은 사진 속 여자를 물끄러미 바라보았다. 벌레 한 마리 못 죽일 것 같은 가냘픈 여자였다. 하지만 사람을 외양으로만 판단할 순 없는 법이다.

"강희원은 이 사실을 알고 어떻게 반응하던가요?"

"변호사를 알아보는 것 같았습니다."

"남편이랑 이혼할 생각이었다?"

은모가 씩 웃었다.

"그건 절대 아닐 겁니다. 상간자 위자료라고 해봤자 고작 3000만 원인데요. 정상구가 재산을 어딘가에 빼돌려놨을 테니 재산분할도 쉽지 않을 테고. 다만 자기한테 유리한 증거를 어떻게 이용할지 상담하려는 눈치였습니다."

하긴. 강희원은 그러고도 남을 여자라고 준현은 생각했다.

"그런데…."

준현의 눈치를 살피며 은모가 말꼬리를 흐렸다.

"아마도 최지호를 찾아가보실 테니 미리 털어놓자면…."

준현은 은모가 말을 잇길 기다렸다.

"그게, 때로는, 고객 의뢰를 받고 뒷조사를 하다가 상대에게 들키는 경우가 있거든요."

말하기가 껄끄러운지 매끄러운 은모의 언변이 어눌해졌다.

"그럼 최지호가 강희원이 제 뒷조사하는 걸 알아버렸단 말입니까?"

"네."

은모는 겸연쩍은 얼굴로 순순히 시인했다.

"미행하다 들킨 모양이에요."

"최지호 반응은 어땠습니까?"

은모는 한참 뜸을 들이다 결국 마지못해 털어놓았다.

"수임료를 2배로 줄 테니 강희원 뒷조사를 해달라더라고요."

"대단한 여자네."

준현이 피식 웃었다.

"여간내기가 아니라고 했잖습니까."

"그래서 이중 첩자 노릇을 하셨습니까?"

한껏 비아냥거리는 말투로 준현이 물었다.

"다 먹고살자고 하는 일이니까요."

비굴함과 어색함이 섞인 가짜 웃음을 흘리며 은모가 대답했다.

"그래서 이번엔 강희원을 파니까 뭐가 나오던가요?"

은모가 다시 묘한 웃음을 지었다.

"바람을 핀 건 남편만이 아니었습니다."

"강희원한테도 남자가 있었다?"

"있는 정도가 아니라 꽤 복잡하던데요. 오히려 내연녀만 있는 정상구 쪽이 더 깨끗해 보일 정도로요."

아주 끼리끼리 노는구만. 준현은 실소를 터뜨렸다. 정상구와 강희원은 전형적인 쇼윈도 부부였던 모양이다. 그런데 정상구도 아내의 외도를 눈치채고 있었을까.

"강희원과 내연남을 찍은 사진은 없습니까?"

"그건 최지호가 가져갔습니다. 원본까지요."

"무슨 의도로?"

"뭐, 둘 중 하나 아니겠습니까. 그걸로 강희원과 담판을 짓거나, 정상구한테 보여주며 이혼을 종용하거나."

진짜 여간내기가 아니로군. 준현은 다시 한번 생각했다.

"당연히 강희원은 이 사실을 모르겠죠?"

은모는 고개를 끄덕였다.

준현은 골똘히 생각에 잠겼다. 정상구가 아내의 외도를 알았다면 최지호의 의도대로 이혼하려 했을까. 그러면 강희원은 어떻게 반응했을까. 호락호락 당하고 있을 여자가 아니다. 어떻게든 자신한테 불리한 일을 막으려 했을 것이다. 설령 남편을 죽이는 한이 있더라도.

"최지호가 사는 곳은 어딥니까?"

도윤이 은모가 불러주는 주소를 받아적는 사이, 준현의 휴대폰이 울렸다. 발신자 번호를 보니 미래일보 한성주였다.
준현은 사무실 밖으로 나와 전화를 받았다.

"형님, 지금 어디 계세요?"

성주의 다급한 목소리가 들렸다.

"정상구 피해자라는 사람이랑 함께 있는데 혹시 괜찮으시
면 이쪽으로 오실래요?"

"정상구 피해자? 거기가 어딘데요?"

성주가 전에 만났던 한적한 커피숍 이름을 댔다. 서둘러
가면 15분 안에 도착할 만한 거리였다.

준현은 서둘러 전화를 끊고 피해자가 기다리는 커피숍으
로 향했다.

되갚을 수 없는 인생

60년 남짓한 세월 동안 김민철은 규칙 준수를 철칙으로 여기고 살아왔다. 이제껏 그 흔한 신호위반 딱지조차 뗀 적 없을뿐더러 성년이 되기 전까지 술 한 모금 입에 대지 않았다. 고등학생 시절, 또래 친구들이 부모님 몰래 장식장에서 양주를 몰래 꺼내 홀짝거린 일화를 무용담처럼 늘어놓을 때도 그런 일탈은 자신과 무관하다고 여겼다.

주변 사람들은 민철을 가리켜 '법 없이도 살 사람'이라고 했다. 대개는 칭찬의 뜻으로 그렇게 말했지만 때로는 융통성 없고 답답한 사람이라는 비아냥거림도 섞여 있었다. 민철은 사회가 정한 규범에서 벗어나지 않는 자신의 생활방식을 은근히 자랑스럽게 여겼다. 그랬기에 경찰서에 불려가는 일 따위는 죽을 때까지 없으리라 확신했다. 하지만 지금 민철은 사기사건에 연루돼 형사들을 만나고 있는 자신이 한없이 낯설게 느껴졌다.

준현이 명함을 건넸을 때 민철은 겸연쩍은 표정으로 희끗

희끗 센 머리를 들어 준현을 마주 봤다.

"전… 명함이 없습니다. 퇴직했거든요."

쓸모없는 사람이라는 걸 인정하는 말 같아 민철은 자격지심에 고개를 푹 떨궜다.

"괜찮습니다. 성함은 어떻게 되시죠?"

민철은 또박또박 제 이름을 댔다.

"성주 씨는 어떻게…?"

민철이 뭐라고 설명할지 망설이는 찰나, 다행스럽게도 성주가 끼어들었다.

"제가 출근길에 오피스텔 건물 밖에 서계시는 걸 우연히 봤거든요. 그런데 몇 시간 뒤 잠깐 편의점에 가려고 나와보니 계속 근처에서 서성이시길래 느낌이 딱 와서 물어봤죠. 혹시 에버그린 투자자문회사 찾는 거 아니냐고. 그래서 얘기하다가 피해자라기에 바로 여기로 모시고 와서 형님한테 연락한 거예요."

'잘했지?'라고 으스대는 태도로 성주가 말했다.

"일 안 하고 이런 데서 노닥거려도 괜찮아요?"

준현이 무뚝뚝한 말투로 성주의 말허리를 잘랐다.

"늦점 하러 나온 길이라 괜찮아요. 그리고 마음에 안 들어봤자 자르기밖에 더하겠어요? 어차피 오래 다닐 곳도 아닌데."

성주는 태연한 얼굴이었다.

준현은 성주에게서 몸을 돌려 민철을 돌아봤다.

"투자사기를 당하신 거 맞죠?"

멍하게 넋을 놓고 있던 민철은 그 말에 퍼뜩 정신이 돌아왔는지 고개를 끄덕였다.

"어떻게 된 일인지 설명 좀 해주시겠습니까?"

"우연히 이상한 카톡 메시지를 받았어요."

민철은 긴장을 누그러뜨리려는 듯 앙상하게 마른 손을 마주 비비며 이야기를 시작했다.

한밤중에 받은 메시지엔 '고수익을 올릴 수 있는 정보를 알려드립니다'라고 적혀 있었다. 처음엔 무작위 스팸문자라고 생각해 그냥 삭제하려고 했다. 하지만 문득 제일 상단에 적힌 수신인 이름에 시선이 닿았다.

'김민철 님께.'

민철은 잠시 망설였다. 메시지를 보낸 사람이 나를 알고 있는 걸까. 휴대폰에 저장되지 않은 번호인데. 기억은 안 나지만 혹시 어딘가에서 만났던 사람은 아닐까. 메시지 말미에는 관심이 있으면 이 번호로 연락하라고 적혀 있었다.

여러 차례 망설이다 민철은 그 번호로 전화를 했다. 메시지를 보고 연락했다는 민철의 말에 전화를 받은 남자는 반가워하는 눈치였다.

"혹시 저희 만난 적이 있던가요?"

"아, 모르시겠어요?"

남자는 섭섭한 기색이었다.

"이장규 씨 상가(喪家)에서 인사드렸잖아요. 술이 많이 취하셔서 기억을 못 하시나 보네."

확실히 석 달 전 고등학교 동창 장규가 심근경색으로 급사하는 바람에 상가에 갔던 적이 있다. 너무 황망한 죽음이라 다들 술을 꽤 마셨다. 이젠 친구 부모님 장례식이 아니라 본인 장례식에 가야 할 때가 온 거냐며, 인생 참 별거 없다고 동창들끼리 푸념도 많이 했다. 하긴 그때 만났던 사람이라면 누군지 기억이 안 나는 것도 무리는 아니었다.

"에버그린 투자자문회사 대표, 이래도 생각 안 나세요? 조만간 명예퇴직한다고 어디 투자할 수익성 좋은 종목 아는지 물어보셨는데. 그래서 제가 연락드린 거거든요."

여전히 머릿속은 지우개로 깨끗하게 지운 것처럼 아무것도 기억나지 않았다. 하지만 남자가 한 말은 다 사실이었다. 최근 25년간 다니던 제조 관련 중소기업에서 명예퇴직한 것도, 수익성 좋은 투자 방법을 찾고 있었던 것도. 죽은 장규가 금융업계에서 일했으니 전화를 건 남자도 아마 일 쪽으로 장규와 인맥이 닿은 모양이었다.

사실 얼마 전까지만 해도 '투자'라는 말은 고지식한 민철의 사전엔 없는 단어였다. 하지만 이젠 상황이 달라졌다. 명예퇴직해서 수입이 없어진 것도 이유지만, 그보다 더 큰 이유는 외동딸 연우가 조만간 결혼을 앞두고 있다는 사실이었다.

딸 연우는 손이 많이 가지 않는 아이였다. 어린 시절부터 시키지 않아도 공부를 곧잘 했고, 다들 '취업난'이라고 하는 와중에도 큰 어려움 없이 대기업에 입사했다. 사교육 한번 시킨 적 없지만 반듯하게 자란 연우가 민철에겐 유일한 자랑이요, 희망이었다.

연우는 결혼 문제에서도 부모 속을 썩이는 일이 없었다. 친구 소개로 만난 예비 신랑은 연우와 같은 학교를 졸업한 정형외과 의사였다. 주변에선 참하고 똑소리 나는 딸이 남편감마저 야무지게 골랐다며 부러워했다.

하지만 상견례를 앞두고 안사돈을 만난 뒤부터 아내 정옥이 한숨을 짓는 일이 잦아졌다. 가부장적이고 집안일에 무심한 민철조차 정옥의 뚜렷한 변화를 느낄 정도였다. 참다못해 정옥에게 뭐가 문제냐고 물었더니 뜻밖의 대답이 돌아왔다.

"연우 혼수 때문에 그러죠."

"혼수? 집은 사돈댁에서 마련한댔잖아?"

정옥은 말귀를 못 알아듣는 남편이 한심한지 다시 작게 한숨을 내쉬었다.

"그러니 우리도 그에 걸맞은 성의 표시를 해야 할 거 아니에요. 그쪽에선 병원 개업할 돈은 우리가 대 줬으면 하는 눈치던데."

"병원 여는 데 얼마나 드는데?"

"하기에 따라 다르겠지만 이것저것 다 하면 10억은 훌쩍

웃돌 것 같아요."

"뭐, 얼마?"

민철은 저도 모르게 목소리가 높아졌다.

"우리한테 그런 돈이 어딨어?"

"그러니 내가 한숨 쉬는 거 아니에요."

정옥이 대답했다. 여느 때와 달리 정옥의 목소리는 살짝 가시가 돋친 것 같았다. 마치 무능한 남편을 힐난하는 것처럼.

"병원을 못 열어주면 하다못해 연우 시댁 친척들한테 명품 백이라도 하나씩 사서 돌려야 할 텐데."

"그래, 그럼 백이라도 사서 돌려. 한 100만 원쯤 하나?"

"당신, 무슨 그런 세상 물정 모르는 소릴 하는 거예요!"

더는 못 들어주겠는지 짜증 섞인 목소리로 정옥이 소리를 빽 질렀다. 민철은 정옥이 그런 신경질적인 반응을 보인 게 언제였는지 머리를 굴려봤지만 좀처럼 생각이 나질 않았다.

"샤넬백만 해도 700만 원은 한다고요. 안사돈은 에르메스만 드는 모양이던데."

가방 하나 가격이라고는 믿어지지 않는 금액에 민철은 입이 떡 벌어졌다. 짐작건대 에르메스는 샤넬보다 비싼 모양인데, 민철은 머리가 지끈거려 그 금액은 듣고 싶지조차 않았다.

"그런 거 다 허례허식이야. 부모들 허영심이 빚어낸 망조라고. 우리 연우는 그런 것 안 해가도 시부모님들 예쁨을 듬뿍 받을 애야."

정옥은 민철을 빤히 쳐다보다가 기가 찬다는 듯 고개를 절레절레 흔들었다.

"에휴, 내가 말을 말아야지. 저 양반은 혼자 조선 시대 산다니까."

그때까지만 해도 민철은 아내가 과잉반응을 보인 거라고 생각했다. 뉴스에서 종종 혼수 갈등 문제를 보긴 했지만, 일부 몰지각한 사람들 사이에서나 벌어지는 일이라고 생각했다. 하지만 상견례 이후 민철은 제 믿음이 틀릴 수 있다는 사실을 처음으로 깨달았다.

"우리 희철이가 욕심이 참 없어요. 결혼만 하면 병원 열어 준다는 집도 많았는데 하필 친구 소개로 연우를 만나서. 연우는 복도 많지."

안사돈 될 여자의 말에 곁에 있던 정옥이 꾸중 들은 아이처럼 움츠리는 모습을 민철은 놓치지 않았다.

"넉넉한 살림은 아니지만 딸 아이는 어디 내놔도 못 배웠다는 말 안 듣게 키웠습니다. 시집가도 사돈어른들께 절대 폐는 끼치지 않을 거예요."

정옥이 떨리는 목소리로 말했다.

"글쎄요. 주변을 보니 집안 수준이 비슷한 가정에서 만난 애들일수록 잘 살더라고요. 그런데 한쪽이 기울면 아무래도…."

"그런 얘기는 이쯤에서 그만하지."

계속 이어질 것 같은 안사돈의 푸념을 바깥사돈이 툭 잘랐다. 안사돈은 샐쭉해져서 "내가 어디 못 할 말 했어요?"라고 대들었지만, 바깥사돈이 불편한 표정으로 헛기침을 하자 더는 아무 말도 하지 않았다.

민철은 저도 모르게 곁눈질로 연우의 표정을 살폈다. 연우는 정옥보다 훨씬 더 불편하고 기가 죽은 얼굴로 어쩔 줄 몰라 하고 있었다.

집으로 돌아온 민철은 정옥과 대판 싸웠다. "그렇게 말끝마다 돈 돈 하는 집안에 연우를 시집보낼 수 없다"는 민철에게 정옥은 "부모가 돼서 딱히 해준 것도 없는데 모처럼 딸한테 굴러들어온 행운까지 걷어찰 거냐"며 바락바락 악을 썼다. 결국엔 더는 들을 수 없었던 연우가 울면서 그만하라고 애원할 때까지 싸움은 계속됐다.

그날 이후 민철은 태어나 처음으로 남들이 다 한다는 '투자'에 관심을 가지게 됐다. 어쩌면 다른 이들 말마따나 자신이 너무 고지식하게 살았던 것인지도 모른다. 일찍부터 남들처럼 재테크와 투자에 신경을 썼더라면, 하나뿐인 딸자식이 그렇게 초라해지진 않았을 거라는 후회 때문에 가슴이 아팠다.

그래, 이젠 현직에서 물러나 변변한 사회적 지위도 없는데 연우가 시댁 어른들 앞에서 기죽지 않도록 할 수 있는 한 최대한 신경 써서 시집보내야겠다고 마음먹었다. 그랬기에 수익성 좋은 종목 투자 건으로 연락했다는 낯선 남자의 말을 여느 때처럼 흘려들을 수 없었다.

"기억을 못 하셔서 좀 그렇긴 하지만 일단 한번 뵙죠? 이런 건 직접 만나 뵙고 설명드리는 게 좋을 것 같은데."

남자는 민철이 혹하는 걸 눈치챈 것처럼 시원시원한 어조로 말했다.

내심 뭔가 꺼림칙하긴 했지만 민철은 그러자고 했다. 보이스 피싱이라거나 사기성 짙은 스팸메일이라면 저쪽에서 대면 만남을 요청할 리가 없다. 게다가 무슨 얘기를 하는지 들어만 보는 건 별반 해 될 것도 없어 보였다. 만약 이게 정말 좋은 기회라면 의심하고 몸을 사리다가 손에 들어온 기회를 놓쳐버릴지도 모른다. 어차피 지금은 시간도 남아도는데 만났다가 시간 낭비라는 것이 판명되더라도 딱히 아쉬울 게 없었다.

이틀 뒤 둘은 캐주얼한 이자카야에서 저녁을 먹었다. 남자는 맞춤 정장처럼 보이는 고급 양복 차림으로 약속 장소에 나타났다. 그는 에버그린 투자자문회사 대표라고 찍힌 명함을 내밀었다. 깔끔한 디자인에 회사명과 직함, 연락처만 적힌 명함이었다.

"얼굴 보니 기억나세요?"

남자가 시원스럽게 웃었다. 막상 마주하고 보니 과연 어디선가 본 듯한 느낌도 들었다. 제법 인상이 좋은 남자였다. 말솜씨가 좋고 고객 접대에도 익숙해 보였다.

남자는 원래 민철이 관심을 기울이던 부동산 대신 코인투자를 권했다. 이제 목돈을 쥘 곳은 코인밖에 없다면서. 사실 코인은 민철에게 신세계였다. 일단 개념부터가 잘 이해가 가질 않았다. 가상화폐라고? 그런데 그걸로 어떻게 돈을 번다는 거지? 하지만 현실 세계에선 그걸로 돈을 버는 사람들이 차고 넘치는 것 같았다. 일단 쭉쭉 오르는 수익률이 이를 입증해주고 있었다.

어떤 코인은 수익률이 451퍼센트 올랐다며 남자는 민철에게 웹사이트를 보여주기도 했다. 그의 말대로였다. 다른 건 몰라도 그런 정보는 조작할 수 없을 거라는 생각에 반신반의하던 민철의 마음도 마침내 코인 쪽으로 돌아섰다. 가상자산 거래소 앱에서 매수 평균가를 수정하거나, 포토샵으로 수익률을 고쳐 넣거나 하는 방법이 존재한다는 사실을 민철은 사기를 당한 후에야 처음 알게 됐다.

민철이 코인에 투자한 이유는 또 있었다. 과거 회사 측에서 퇴직금 중간 정산제도를 도입하는 바람에 25년간 근무했음에도 불구하고 퇴직할 때 민철 손에 들린 건 고작 1억 원 남짓이었다. 그 돈으로는 변변한 꼬마 빌딩 하나 사기 어려웠다. 어차피 부동산 투자가 물 건너간 상황에서 민철의 눈엔 주식이나 코인이나 둘 다 고만고만한 위험자산으로 보였다. 그러니 남자의 말처럼 가능성이 큰 코인투자가 더 합리적인 판단 같았다.

늦게 배운 도둑질이 무섭다고 고지식하기만 한 민철은 생애 첫 투자에서 자신도 깜짝 놀랄 만한 대담한 일을 감행했다. 퇴직금 전액을 투자해버린 것이다. 극과 극은 통한다는 사실을 민철은 자신이 직접 체험해보고 실감했다.

조만간 목돈이 들어올 꿈에 부풀어 지내던 민철이 현실의 쓴맛을 보게 된 건 얼마 후 등산 모임에서 고등학교 동창들을 만난 뒤였다. 오랜만에 만난 동창들에게 장례식장에 온 에버그린 투자자문회사 대표 이야기를 꺼냈더니 모두 그런 사람은 본 기억이 없다고 고개를 갸웃했다. 이 많은 사람 중에 한 명 정도는 기억할 법도 한데…. 그때부터 민철은 기분 나쁜 불안감에 휩싸였다.

곧이어 그 막연한 불안감은 현실이 됐다. 퇴직금을 코인에 털어 넣었다는 민철의 고백에 다들 기가 차는지 입을 딱 벌렸다. 요새 코인 사기가 기승을 부린다던데 그것도 사기 아니냐, 자기들한테 물어라도 보지 세상 물정 어두운 주제에 왜 겁도 없이 그런 짓을 했냐…. 다들 이구동성으로 떠들어댔다. "수익률 캡처한 사진까지 다 봤다. 엉터리가 아니다"라고 주장하던 민철은 "그게 사기꾼들이 자주 하는 수법 중 하나야. 넌 어떻게 뉴스도 안 보고 사냐"라는 친구의 말에 그저 입을 헤벌릴 수밖에 없었다.

그제야 민철은 자신이 엄청난 짓을 저질렀다는 사실을 깨달았다. 당황한 민철은 더 늦기 전에 지금이라도 에버그린 대표가 가르쳐준 거래소 입금계좌에서 투자금 전액을 출금하려 했다. 하지만 출금은 막혀 있고 돈을 인출할 방법은 없었다. 애당초 거래소 입금계좌라는 말도 거짓이었다.

민철은 혼비백산해 대표에게 전화를 걸었다. 하지만 없는 번호라는 통화 연결음만 나올 뿐이었다. 문자메시지를 보내도 답이 없었다. 민철을 등쳐먹은 남자는 바람처럼 사라졌다.

정옥은 펑펑 울면서 민철을 탓했다. 민철은 하염없이 눈물 흘리는 정옥을 보며 '집안 대소사는 남자 결정'이라고 굳게 믿었던 자신의 고루한 사고방식을 후회했다. 이럴 줄 알았으면 정옥에게 상의라도 한마디 할걸. 이런 일은 여자들이 훨씬 더 잘 안다던데. 하지만 후회해봤자 이미 배는 떠나간 뒤였다.

얼마 후, 남자친구와 데이트를 하러 나간 연우가 얼굴이 흙빛이 된 채 집에 돌아와 예비 신랑이 이쯤에서 헤어지자고 하더라며 펑펑 울었다. 정옥은 그길로 자리에 드러누웠다. 민철은 자신이 사기당한 일이 딸 아이의 파혼에 어느 정도인지는 몰라도 얼마간 영향을 미쳤다고 직감했다. 민철은 아내와 딸을 볼 면목이 없었다.

집에 있어봤자 갑갑한 분위기를 견딜 수 없어 민철은 아침부터 밤까지 밖을 싸돌아다녔다. '무늬만 출근'을 시작하고 나니 예전에 무심히 넘겼던 탑골공원 노인들이 더는 예사롭게 보이지 않았다. 자신의 처지가 오갈 곳 없는 저 노인들과 마찬가지라는 서글픈 생각이 들었다.

"그런데 에버그린 사무실은 어떻게 찾아오셨어요? 명함에 주소도 없었다면서."

준현이 잠시 민철의 말머리를 잘랐다.

"얼마 전에 공원에서 우연히 그놈을 봤거든요."

먼발치에서였지만 도저히 잘못 볼 수 없는 얼굴이었다. 민철이 꿈에서도 찾아 헤매던 얼굴이었으니까. 반드시 찾아 요절을 내겠다고 수만 번 다짐했던 얼굴이니까. 하지만 마음과는 달리, 그를 발견하자 민철은 당장에 달려가 먹살을 잡을 수 없었다. 가슴이 떨리고 다리가 후들거려서 자리에서 발을 떼지 못했다.

겨우 정신을 차렸을 때 '그놈'은 벌써 저만치 앞서 걸어가고 있었다. 민철은 서둘러 뒤를 밟았다. 그와 대면했을 때 어떻게 하겠다는 생각도 없었다. 이런 사기꾼, 내 돈 내놓으라고 고래고래 고함을 칠지 면상을 후려갈길지. 그저 하얘진 머릿속으로 그의 뒤만 쫓을 뿐이었다.

그놈은 민철이 따라붙는 걸 까맣게 모르는 눈치였다. 여느 때처럼 비싼 양복을 걸치고 유유자적 걸음을 옮겼다. 그런데 저만치 앞서 걷던 그놈이 별안간 영등포에 있는 오피스텔 건물 안으로 들어갔다. 따라잡을 수 있는 거리가 아닌지라 민철은 속수무책으로 바라볼 수밖에 없었다.

건물 안엔 사무실들이 너무 많았다. 그놈이 어디로 갔는지는 알 방법이 없었다. "에버그린 투자자문회사"라고 이름을 대자, 초라한 민철의 행색을 아래위로 잠시 훑어본 경비원은 "그런 곳은 없다"고 고개를 흔들었다. 그 말이 사실인지 아닌지 알아낼 방법은 단 하나밖에 없었다. 그저 근처에서 기다리는 것뿐이었다.

하지만 그날의 잠복은 공을 칠 수밖에 없었다. 딸 연우한테서 전화가 왔기 때문이다. 연우는 울먹거리면서 엄마가 쓰러져 병원으로 실려갔다고 했다. 민철은 서둘러 연우가 불러준 병원으로 향했다. 다행히 정옥에게 큰 병은 없었다. 의사는 정옥의 심신이 지친 데다 심한 빈혈이 있다고 했다. 민철이 퇴직금을 홀랑 날려먹고 연우가 파혼한 뒤, 자리에 누워 식사도 하는 둥 마는 둥 했으니 딱히 놀라운 일도 아니었다.

충분히 안정을 취한 정옥이 퇴원한 날부터, 민철은 틈만 나면 오피스텔 건물 앞으로 가 기다렸다. 놈이 그 건물에 들어간 걸 보면 그곳과 뭔가 인연이 있다는 추론은 틀림없어 보였다. 계속 기다리다 보면 언젠가는 놈과 마주칠 수 있을 거라고 생각했다. 고지식한 성격답게 민철은 인내심이 강한 편이었다. 놈을 만나기 위해 언제까지고 기다릴 자신이 있었다.

그러다 만약 정말로 그놈을 다시 만난다면 어떻게 할까. 자신이 어떻게 행동할지는 민철 스스로도 짐작하기 어려웠다. 그저 마음이 가는 대로 결정할 생각이었다.

열흘이 넘었을 때 그놈 대신 깡마른 청년 하나가 자신에게

다가와 말을 걸었다. 혹시 에버그린 투자자문회사를 찾아온 게 아니냐고. 그게 바로 한성주였다.

이야기를 마친 민철은 목을 축이려고 테이블에 놓인 물잔에 손을 뻗었다. 민철이 물잔으로 고개를 숙이자, 듬성듬성한 머리숱 사이로 벌건 두피가 준현의 시야에 들어왔다. 한평생 고지식하게만 살아오다 한순간 실수로 모든 걸 날려버린 왜소한 남자가 몸을 움츠린 모습을 보니 측은한 마음이 들었다.

그런 준현의 마음을 읽은 것인지 별안간 민철이 고개를 번쩍 들고 준현을 바라봤다.

"형사님, 부탁이 있는데요."

"뭔가요."

준현이 민철을 마주 봤다.

"잃어버린 돈까진 못 찾더라도 그놈이 콩밥을 먹게는 해주시겠죠?"

준현은 잠자코 고개를 저었다.

"그렇게는 안 될 것 같은데요. 이미 죽었거든요."

"네?"

성주에게서 그런 말은 전해 듣지 못했는지 민철이 화들짝 놀랐다.

"그저께 살해당했습니다."

"사, 살해라니…."

허둥거리는 민철을 향해 준현이 물었다.

"말이 나온 김에 여쭤보는 건데 혹시 그저께 밤 10시부터 새벽 3시 사이에 뭘 하셨습니까?"

"그땐 당연히 그냥 집에 있었는데…."

거기까지 말한 민철은 자신이 의심받기 딱 좋은 입장이라는 걸 비로소 깨달았는지 얼굴이 하얗게 질렸다.

"전 절대로 그놈 안 죽였습니다! 그랬으면 건물 앞에서 놈이 나타나길 기다릴 필요도 없었겠죠!"

억울한 표정으로 두 손을 내젓는 모습이 괜히 얘기를 털어놨다고 후회하는 눈치였다.

"저처럼 당한 사람이 어디 한둘이겠습니까!"

"김민철 씨를 의심한다는 게 아닙니다. 의례적인 절차일 뿐이에요."

준현이 민철을 진정시켰다.

하지만 민철은 찜찜한 얼굴로 이번엔 성주를 쏘아봤다. 왜 살인사건이 일어났다는 사실을 미리 알려주지 않았냐고 원망하는 눈빛으로.

"정상구 주변 인물들을 하나씩 조사하느라 그런 거니까 너무 신경 쓰지 마세요."

민철의 시선에 켕겼는지 성주가 달래듯 말했다.

"김민철 씨 말고도 정상구에게 앙심을 품을 만한 사람은 많습니다."

도윤도 한마디 던졌다.

"정상구요?"

민철이 갑자기 어리둥절한 얼굴이 됐다.

"정상구가 누굽니까?"

나머지 셋이 일제히 민철을 바라봤다.

"제가 만난 남자는 그런 이름이 아닌데요."

준현은 갑자기 등골이 서늘해지는 걸 느꼈다. 민철의 이야기를 듣는 동안 뭔가가 어긋나 있다는 느낌이 들었는데 그 이유를 비로소 알 것 같았다. 사기 문자나 전화 같은 수법은 정상구의 방식이 아니었다. 그건 박영우 같은 일개 TM들이나 주로 할 법한 일이었다. 정상구는 그렇게 무작위로 희생자를 찾는 게 아니라 목돈을 투자할 수 있는 신원 확실하고 재력 있는 인물들만 소수 선별해 접촉했다.

"김민철 씨가 만났다는 남자, 이 사람 아닙니까?"

준현이 서둘러 정상구의 사진을 꺼내 들이밀었다.

민철은 고개를 가로저었다.

"아닌데요. 이 사람은 40대 중반은 돼 보이는데요. 그놈은 겨우 30대 중후반 정도예요. 생김새도 완전히 다르고요."

"다시 한번 잘 보세요. 틀림없습니까?"

"틀림없다니까요. 이건 착각할 수가 없어요."

일동이 잠시 침묵했다.

"하지만 에버그린 투자자문회사 대표는 이 사람인데…."

잠시 후 성주가 멍하니 중얼거렸다. 민철은 화들짝 놀라 눈을 크게 떴다.

"이 사람이 대표라고요?"

준현이 민철을 향해 물었다.

"그놈 이름은 뭡니까? 이름 기억하시죠?"

"그걸 어떻게 잊어먹겠습니까."

민철이 이를 악물며 대답했다.

"안현수라고 했습니다, 안현수."

사칭범

"그렇다면 안현수라는 자가 정상구를 사칭했다는 건가."

준현이 깊은 한숨을 내쉬었다. 일이 점점 복잡하게 꼬여가는 것 같았다.

"대체 안현수는 누굴까요?"

도윤이 물었다. 도윤 역시 혼란스러운 표정이었다.

"모르지. 하지만 정상구랑 뭔가 인연은 있을 거야. 에버그린의 존재를 아는 걸 보면 거기서 근무했었던 직원일 수도 있고."

준현이 넋이 나간 듯 서 있는 민철을 돌아봤다.

"혹시 안현수랑 찍은 사진 같은 게 있을까요?"

민철이 고개를 흔들었다.

"그럼 그자가 어떻게 생겼는지 최대한 자세히 말씀해주실 수 있습니까?"

"음… 키는 대충 저 정도고."

곁에 서 있는 성주 키를 가늠하며 민철이 답했다.

"176센티미터예요."

성주가 눈치 빠르게 대답했다.

"체격은 조금 마른 편이었어요. 피부는 약간 가무잡잡하고 서글서글한 인상에…. 휴, 어렵네요."

민철이 머리를 긁적였다.

이래서야 도무지 특징이랄 게 없는데. 준현이 그렇게 생각하는 찰나, 민철이 갑자기 생각난 듯 다급하게 외쳤다.

"아, 왼쪽 팔에 화상 흉터가 있어요."

"화상 흉터?"

"두 번째 만났을 때인가. 일교차가 심해서 낮 기온이 계절에 안 맞게 높았는데, 안현수가 더웠는지 무심코 와이셔츠 소매를 걷어 올리더라고요. 볼 생각은 없었는데 그냥 눈에 띄었죠. 제가 쳐다보는 걸 눈치채고는 슬그머니 다시 소매를 내리더라고요."

도윤이 민철의 말을 받아적었다.

"상처는 컸어요?"

"별로 크진 않았어요. 500원짜리 동전 정도? 그래도 늘 가리고 다닌 걸 보면 본인한테는 콤플렉스였나 봐요."

늘 가리고 다녔다면 그걸 아는 사람들이 몇이나 될까. 기껏 찾아낸 특징이 무용지물이 돼버릴까 봐 준현은 살짝 초조해졌다.

"혹시 다른 특징은요?"

민철은 열심히 머리를 쥐어짜는 기색이었지만 별로 떠오르는 게 없는지 가로로 고개를 저었다.

준현이 낮게 한숨을 내쉬었다.

"어쩔 수 없지. 에버그린에 가서 확인해보자고."

"전명호가 순순히 말해줄까요?"

도윤이 미심쩍은 얼굴로 물었다.

"되든 안 되든 시도는 해봐야지."

준현이 성주를 돌아봤다.

"전명호, 지금 사무실에 있죠?"

"제가 나올 때까진 있었어요."

성주가 고개를 끄덕이더니 덧붙였다.

"전 여기 더 있다 갈게요. 괜히 형님들과 같이 들어갔다가 의심받을 수도 있고."

"그런 건 알아서 하세요."

준현이 서둘러 가게를 나서려 했다.

돌아서는 준현을 민철이 "저기…" 하고 작은 목소리로 불러세웠다. 준현이 서두르던 발걸음을 멈췄다.

"그놈, 아니 안현수 꼭 잡아주실 거죠?"

준현을 바라보는 민철의 시선은 간절했다.

"제가 날린 퇴직금, 그건 그냥 돈이 아니에요. 제 희망이었어요. 안현수가 그걸 부숴버렸다고요."

준현은 뭔가 대답할 말을 찾다가 결국 적절한 말을 찾지 못하고 가볍게 고개를 끄덕였다.

에버그린 투자자문회사가 있는 건물에 도착한 형사들은
이번엔 곧장 1105호로 향했다. 성주 말대로 전명호는 제 방에
있었다. 준현과 도윤이 안으로 들어서자, 명호는 순간적으로
눈살을 찌푸렸지만 이내 입가에 영업용 미소를 띠었다.

"이번엔 또 무슨 일로 오셨습니까?"

"혹시 안현수라는 사람을 아십니까?"

"안현수?"

명호가 고개를 갸웃했다.

"그런 이름은 들어본 적이 없는데요."

연기라기엔 제법 자연스러운 태도로 명호가 대답했다.

"왼쪽 팔에 화상이 있다고 하면 기억하시겠어요?"

"전혀요."

"그렇다면 이건요?"

준현이 민철에게서 받은 명함을 명호의 얼굴 앞에 들이밀
었다.

"에버그린 투자자문회사 안현수, 이게 대체 뭡니까?"

명함에 적힌 글자를 읽은 명호가 노골적으로 어이없다는
표정을 지었다.

"글쎄요. 누군가 이곳 대표라고 사칭하고 다녔나 보죠."

"대체 이게 어디서 났죠?"

명호의 눈빛이 험악해졌다.

"그건 말해드릴 수가 없습니다."

"여기 이름을 팔고 다니는 사람이 있는데도요?"

"수사 중인 사건이라서요."

"좋네요, 경찰이라는 거. 본인들은 여기저기 캐묻고 다니면서 정작 자기네들은 뭘 물으면 입을 꾹 다물어도 되고."

발끈해서 뭔가 한마디 하려는 도윤을 준현이 눈짓으로 진정시켰다.

"어쨌든 안현수라는 사람, 여기 직원이 아니라는 거죠?"

명호가 고개를 흔들었다.

"에버그린 직원들은 이런 종이 명함 자체를 안 만들어요. 기본적으로 일이 전부 비대면이거든요. 게다가 코로나로 비대면 근무가 더 강화되기도 했고."

"하지만 정상구 씨랑 전명호 씨는…."

"대표님은 회사 홍보랑 영업을 하시니까요. 저는 영업을 안 뛰지만, 사회생활 하다 보면 필요할 때도 있으니까."

듣고 보니 그렇긴 하겠다고 준현은 생각했다. 불특정 다수를 대상으로 온라인상에서 주로 활동하는 TM들이 굳이 명함을 팔 이유가 없다. 공연히 사람들을 만나고 명함을 뿌리고 다녔다간 꼬리를 밟힐 우려도 있다. 정체를 알 수 없는 안현수라는 자가 명함에 회사 주소를 쓰지 않은 이유도 아마 그래서였을 것이다. 대포폰으로는 제 신분이 노출되지 않겠지만 피해자들이 주소를 알았다간 회사로 찾아와 항의할 수도 있으니까.

반면 돈 좀 있는 사람들을 직접 낚으러 다녔던 정상구는 보기에 그럴듯한 명함이 필요했을 것이다. 골프장이나 비싼 식사 자리에서 만난 부유층에 명함을 들이밀며 접근하기 위해서. 대부분의 사람은 명함에 나와 있는 상대의 사회적 지위를 확인하고, 전화번호나 이메일 외 주소 같은 데는 별로 신경 쓰지 않는다. 그래도 만일의 경우를 대비해 허위 주소를 기재하기보다는 실제로 존재하긴 하지만, 직접 찾아가기는 어렵도록 애매하게 주소를 적어 넣었을 것이다. 돈 많은 자산가 중에 김민철처럼 밤낮으로 미행해 건물 앞에 대기하는 집요하고 한가한 이는 어지간해선 없을 테니까.

"더 이상 물어볼 게 없으시면 이 정도로 하시죠. 그리고 앞으로 간단한 용건이면 전화로 해주세요. 자꾸만 찾아오시면 업무에 방해가 되거든요."

명호의 냉랭한 목소리에 준현은 골똘히 하던 생각을 멈추고 현실로 돌아왔다.

다리를 꼰 채 소파에 깊이 몸을 파묻은 명호는 얼굴에 성가시다는 기색이 역력했다. 준현은 팔짱을 꼬고 자신을 바라보는 명호의 거들먹거리는 태도에 슬며시 부아가 치밀었다.

'그래, 언제까지 그렇게 거드름 피울 수 있는지 한번 보자.'

준현은 치밀어오르는 감정을 억누르며 물었다.

"그렇다면 혹시 장혜영이란 여자는 아세요? 정상구 씨랑 가까운 사이였던 것 같은데."

차마 '공범'이라는 표현은 쓸 수 없어 준현은 슬며시 에둘러 물었다.

"장혜영? 전혀 모르겠는데요."

명호는 퉁명스럽게 대답한 뒤 "아직도 더 질문할 게 남아 있으세요?"라고 되물었다.

"그럼 마지막으로 여기서 안현수를 아는 직원이 있는지 한 번 물어봐도 되겠죠?"

"마음대로 하세요. 하지만 헛수고일 겁니다."

명호는 그렇게 말하며 어서 방에서 나가라고 독촉하듯 자리에서 일어섰다.

명호의 말대로 에버그린 사무실엔 안현수를 안다는 사람은 하나도 없었다. 서너 명 남짓한 직원들은 다들 새로 채용돼 교육 중이었고, 다른 직원들은 모두 재택근무라고 했다. 준현이 직원들 전원의 신상을 요청하자 명호는 처음엔 난감한 표정을 지으며 거절했지만, 준현이 수사상 필요하다고 강하게 나오자 마지못한 얼굴로 "자료 취합하느라 시간이 좀 걸릴 테니 나중에 다시 오라"고 대꾸했다.

사무실을 나온 준현은 도윤을 데리고 인근 편의점에 가서 설탕이 잔뜩 들어간 캔커피를 마셨다. 카페인과 당분이 한꺼

번에 몸속으로 흘러들어오자 며칠 동안 쌓인 피로가 조금은 풀리는 것 같았다.

"안현수라는 놈, 뭔가 수상해요."

도윤이 달달한 커피를 한 모금 마시며 말했다.

"정상구를 죽인 게 안현수 아닐까요?"

"수상한 건 사실이지만, 그렇게 보긴 일러."

준현이 대답했다.

"하지만 정상구랑 뭔가 접점이 있다는 건 확실해."

"김민철 씨 친구분 장례식장에 갔었다는 것도 거짓말 같은데 어떻게 신상 정보를 알았을까요?"

준현은 조용히 고개를 흔들었다.

"아마도 그 둘이 어디선가 만난 건 맞는 것 같아. 피해자가 기억 못 할 뿐이지."

"대체 어디서 만난 거야."

도윤이 혼잣말처럼 중얼거렸다.

준현이 다 마신 캔커피 깡통을 우그러뜨리며 말했다.

"어쩌면 우리가 찾는 안현수란 자가 안현수가 아닐 수도 있어."

"그게 무슨 말씀이세요?"

"직함도 사칭했잖아. 이름이라고 가명 쓰지 말란 법 있나."

"하긴 그러네요. 아, 그럼 대체 어떻게 찾지…."

도윤은 골똘히 생각에 잠겼다.

"자네, 돼지국밥 좋아하나?"

생뚱맞은 준현의 물음에 도윤이 영문을 모르겠다는 표정으로 쳐다보았다.

"아직 박영우를 찾아가기엔 시간이 좀 이른 것 같으니 그 사이에 잠시 배나 좀 채우자고."

"…박영우?"

잠시 어리둥절하던 도윤은 마침내 준현의 말뜻을 이해했는지 "저 돼지국밥 완전 좋아합니다"라면서 히죽 웃었다.

박영우가 근무하는 호스트바는 강남 한복판에서 살짝 떨어진 호젓한 골목에 자리 잡고 있었다. 가게 간판조차 없었다. 다들 이런 곳을 용케도 알고 찾아온다 싶을 정도였다. 어쩌면 이곳을 찾는 이들이 되도록 타인의 시선을 끌고 싶어 하지 않기 때문에 일부러 그런 걸 수도 있었다.

형사들 호출을 받고 불려 나온 영우는 전에 만났을 때보다 한층 더 꾸민 모양새였다. 잘 빠진 양복 차림에 옅게 파운데이션을 바른 얼굴은 TV에 나오는 여자 연예인들처럼 잡티 하나 없이 희고 고왔다.

"이렇게 직장에 불쑥 찾아오시는 건 반칙이죠."

영우는 부루퉁한 표정이었다.

"다들 이상하게 본다구요."

"그래요? 더 이상하게 보도록 해줄까요? 코인사기업체에서 일했다고 하면 동료들이 뭐라고 할 것 같습니까?"

준현이 가차 없이 어깃장을 놓았다. 그 말에 영우의 얼굴빛이 창백하게 변했다.

"아, 왜 또 그러세요. 알았어요. 말씀해보세요. 왜 절 찾아오신 거예요?"

영우가 형사들을 서둘러 가게 밖으로 끌고 나왔다.

"혹시 안현수라는 사람 알아요?"

"안현수요? 모르겠는데."

고개를 젓는 영우에게 도윤이 안현수의 명함을 보여줬다.

"이게 뭐야? 대박! 에버그린 투자자문회사 대표?"

영우는 명함을 앞뒤로 뒤집어보며 큭큭 웃었다.

"아, 이거 진짜 걸작이네. 누군지 몰라도 정상구 뒤통수를 때린 놈도 다 있고."

"아마도 에버그린에서 일했던 사람일 것 같은데, 혹시 몰라요?"

영우가 고개를 저었다.

"제가 아는 사람 중에 안현수는 없어요. 하긴 거기서 제가 만난 사람들이라고 해봐야 정상구, 전명호, 그리고 나랑 비슷한 시기에 채용됐던 사람들 몇 명 정도니까."

"비슷한 시기에 채용됐던 사람들?"

"함께 TM 교육을 받았거든요. 말이 좋아 TM 교육이지, 사실은 사기 치는 법이지만."

"그 사람들 이름은 뭐예요?"

"서로 데면데면해서 지금은 이름도 얼굴도 가물가물해요. 교육 기간 이후엔 서로 만날 일도 없었고. 딱 한 명, 안준영이라고 저보다 네 살 많은 신입이랑 초반에 술이 떡이 되도록 마셔본 것 외에는요."

"혹시 그 동기 중에 여자는 없었어요? 장혜영이라고."

도윤이 끼어들었다.

"장혜영이라고요? 처음 들어보는 이름인데. 동기든 아니든 간에 아는 TM 중 여자는 아예 없어요."

"동기 중에서 안준영이라는 사람과는 제법 가깝게 지냈나 봐요?"

준현이 다시 질문 공세를 이어갔다.

"딱히 그렇지도 않아요. 그냥 그쪽이 저랑 친해지고 싶은 눈치여서 몇 번 만나준 게 다예요."

"친해지고 싶은 눈치였다?"

"TM들 채용하는 건 원래 전명호 일이거든요. 그런데 전 정상구 연줄로 들어왔으니 대표랑 친분이 있다고 생각했나 봐요. 어딜 가나 조직의 실세한테 기대 줄 서려는 인간들 많잖아요. 안준영도 그런 부류라서요. 따지고 보면 우리 입사 동기 아니냐며 연락처를 교환하자고 엄청 친한 척하더라고요."

"그런데 둘이 술은 왜 떡이 되도록 마신 거예요?"

"그런 건 왜 물어보세요?"

빨리 자리로 돌아가야 하는데 별 쓸데없는 걸 다 궁금해한다는 표정으로 영우가 준현을 바라봤다.

"사소한 정보라도 나중에 도움이 될 수 있으니까."

"아무런 소용 없을 것 같은데."

영우는 그렇게 구시렁거리긴 했지만 어서 형사들을 보내버리고 싶었는지 술술 털어놓았다.

"안준영이 저한테 상담할 게 있다면서 불러냈거든요. 도통 실적이 오르질 않는데 어떻게 해야 하냐고. 그땐 제가 한창 잘나갈 때였으니까 노하우라거나 뭐 그런 게 듣고 싶었나 봐요."

거기까지 말한 영우는 피식 웃었다.

"그런데 사실 그런 거 알려줘봤자 안준영한텐 아무런 소용도 없었을 거예요."

"어째서요?"

"재능이라곤 코딱지만큼도 없었거든요."

영우가 대답했다.

"이렇게 말하긴 좀 그렇지만, 사기 치는 데도 다소간 재능이 필요해요. 대담할 땐 대담해야 하고, 치밀할 땐 치밀해야 하고. 그런 면에서 정상구는 타고났죠. 하지만 안준영은 얼치기예요. 배포는커녕 요령도 없고. 욕심은 많은데 조심성이 부족해서 '저 새끼, 저러다 콩밥 먹기 딱 좋겠는데' 싶은 적도 많았어요."

"평가가 꽤 박하네요."

준현이 다소 냉담한 어투로 말했다.

"안준영을 별로 안 좋아했나 보죠?"

"네."

우영은 순순히 수긍했다.

"왜요?"

"누구를 싫어하는 데 꼭 무슨 이유가 있어야 해요? 그래도 굳이 이유를 대라면, 안준영은 뭔가 좀 뒤틀린 데가 있었어요."

자신은 마치 올곧은 청년이라는 투였다.

"뒤틀린 데라고요?"

"피해의식 같은 거요. 돈 많은 사람들을 동경하면서도 또 한편으론 증오하고. 전 그런 건 없거든요. 그냥 부러우면 부러운 거지."

만약 안준영이 그런 캐릭터였다면, 혹시 그가 품고 있는 가진 자에 대한 증오심이 정상구를 죽일 결심으로 이어졌을까? 준현은 수첩에 적은 '안준영'의 이름 밑에 밑줄을 두 줄 그었다.

"게다가 또 은근히 사람 차별까지 하던데요? 제가 호스트바 출신이란 걸 알고 나서 대놓고 무시하는 기색이 역력하더라고요. 그러는 자기는 무슨 재벌 3세 혼외자라도 되나. 기껏해야 전직 휴대폰 대리점 직원 했던 게 무슨 대단한 벼슬이라고."

어쩌면 영우가 안준영을 싫어하는 이유는 안준영이 색안경을 끼고 자신을 바라봐서인지도 몰랐다. 안준영에 대한 영우의 평가는 다소 걸러서 들어야겠다고 준현은 생각했다.

"그런데 안준영은 어쩌다 에버그린에 발을 들이게 됐답디까?"

"돈 때문이죠, 뭐."

다른 이유가 뭐 있겠냐는 듯 영우가 대답했다.

"자세한 건 몰라도 형편이 많이 쫄리는 눈치였어요. 오죽하면 투잡을 뛰었겠어요."

"투잡이요?"

"알고 보니 다니던 휴대폰 대리점을 관두고 온 게 아니더라고요. 교육받을 때도 대리점에 휴가를 내고 왔다나 뭐라나. '죽기 살기로 매달려서 실적 올려도 모자랄 판에 그게 뭐냐, 이러니 실적이 안 오르지'라고 핀잔을 줬더니 그 뒤로 얼마 안 가 대리점은 관뒀다고 하대요. 그래도 한동안 두 가지 일을 병행했으니 대단하다면 대단하죠. 보육원 출신이라 그런지 살아보겠다고 이 악물고 아등바등하는 건 있더라고요. 뭐, 그건 리스펙해요."

"안준영한테 부모님이 없습니까?"

"그렇댔어요."

영우가 고개를 끄덕였다.

"안준영이 상담할 게 있다고 절 부른 날, 그럴 생각은 없었는데 어쩌다 보니 분위기에 휩쓸려 둘이 진탕 마셨어요. '아,

이거 위험한데' 하고 보니 눈앞에서 안준영이 취해 신세 한
탄을 하고 있더라고요. 어릴 때부터 부모도 없이 고생을 지
지리 했는데 이젠 한 방에 크게 벌어 편하게 살고 싶다면서.
그걸 보니 좀 안쓰럽긴 하더라고요. 나도 흙수저긴 마찬가지
지만 그래도 부모란 사람들이 있긴 있었으니 안준영 처지랑
비교하면 양반이다, 싶었죠."

먼저 정신을 잃은 건 상대적으로 술이 약한 안준영 쪽이었
다. 몸을 가눌 수 없을 정도로 만취한 안준영에게서 겨우겨
우 주소를 알아낸 영우가 택시를 불러 집까지 태워다줬다고
했다.

"혹시 지금도 안준영이랑 연락이 닿나요?"

"그럴 리가요."

영우가 피식 웃었다.

"얼마 뒤에 제가 호스트바 출신이란 걸 털어놨더니 금세
데면데면하게 굴던데요? 자기가 먼저 신상을 터놓길래 내 딴
엔 제법 친해진 줄 알고 얘기한 건데. 제가 정상구 들이받고
회사 나간 후론 일체 아는 척도 안 했어요. 뭐, 이젠 자기한
테 효용가치가 없다는 얘기겠죠."

거기까지 말한 영우는 갑자기 생각났다는 듯 제 무릎을 탁
쳤다.

"아, 그러고 보니 에버그린을 나온 뒤로 딱 한 번 안준영이
저한테 연락한 적이 있었어요. 왜 그랬는지 아세요?"

준현은 잠자코 영우의 말을 기다렸다. 애초에 답을 기대한 건 아니었는지 영우는 자기가 물은 말에 금세 자기가 대답했다.

"돈을 빌려달라더라고요. 나 참, 어이가 없어서. 연락 딱 끊어버릴 땐 언제고 무슨 낯짝으로 그런 부탁을 하는 건지. 어차피 저도 제 코가 석 자라 빌려줄 돈도 없었지만 있었대도 거절했을 거예요. 그 새끼는 그런 새끼예요."

"혹시 안준영이 정상구에게 원한을 품었을 가능성은 없습니까?"

"글쎄요."

영우는 말을 멈추고 잠깐 생각에 잠겼다.

"딱히 떠오르는 건 없는데 정상구가 저한테 했듯 안준영도 등쳐먹었다면 그럴 수 있죠. 찐따 같은 놈이지만 뒤끝이 장난 아니라서 한번 앙심 품으면 상대를 죽일 수도 있을 거예요."

"꽤 자신 있게 말씀하시네요."

"술자리에서 안준영한테 들은 게 있거든요."

영우의 표정이 진지해졌다.

"중학생 때 다니던 학교 일진 패거리가 담뱃불로 자기 팔목을 지졌었대요. 보육원 출신이라 만만하게 보고 괴롭힌 거죠. 물론 졸라 억울한 일이긴 한데, 그 패거리들이 학교 졸업한 뒤로 어디서 뭘 하는지 다 꿰고 있더라고요. 아무리 시간이 지나도 때가 되면 반드시 갚아줄 거라면서요."

"자, 잠시만!"

준현이 영우의 말을 중간에서 잘랐다.

"담뱃불로 팔목을 지졌다고요?"

"…네, 그런데요?"

"그게 오른쪽입니까, 왼쪽입니까?"

영우가 눈살을 찌푸리고 기억을 더듬었다.

"왼쪽이었을 거예요, 아니 왼쪽이 맞아요. 왼쪽 팔목에 조금 큰 동전만 한 화상 자국을 보여줬으니까."

"찾았어!"

준현이 저도 모르게 외쳤다.

"안현수가 안준영이었어! 저 가짜 명함에 쓴 건 본명이 아니라 가명이라고!"

"안현수가, 안준영이라고요?"

영우가 반신반의하는 표정으로 명함과 준현을 번갈아 바라보았다.

"혹시 안준영 사진 같은 건 안 갖고 있어요?"

준현이 영우를 돌아봤다.

"사진이라…. 연락처는 아직 안 지웠으니 카톡 프사 같은 거라면 있을지도 모르는데."

영우가 제 휴대폰을 뒤졌다.

"아, 있다!"

안준영의 카카오톡 프로필엔 환하게 웃고 있는 본인 사진

이 걸려 있었다. 어린 시절부터 고생깨나 했다는 이야기를
영우에게서 듣지 않았더라면 유복한 가정에서 걱정 없이 자
랐겠다 싶을 법한 인상이었다. 햇볕에 그을렸는지 가무잡잡
한 피부에 이목구비가 뚜렷해서 잘만 입혀놓으면 젊고 유능
한 사업가처럼 보일 수도 있는 외양이었다.

"그 사진 캡처해서 나한테 좀 보내줘요."

준현이 영우에게 지시한 뒤 곧장 민철에게 전화를 걸었다.
몇 번 신호음이 울린 뒤 민철이 "여보세요" 하고 전화를 받
았다.

"지금 사진을 하나 보낼 테니 확인해주시겠어요? 그게 안
현수가 맞는지 아닌지."

사진을 보내고 얼마 후 수화기에서 "맞습니다, 안현수가
맞아요!"라는 민철의 목소리가 들렸다.

"하나 더 여쭤볼 게 있습니다."

"뭡니까?"

안현수를 찾아냈다는 흥분 때문인지 민철은 아까보다 훨
씬 고조된 음성이었다.

"저 혹시 안현수한테서 문자를 받기 전에 휴대폰을 바꾸셨
나요?"

"아… 그러고 보니."

민철은 기억을 더듬는 눈치였다.

"그 무렵에 바꾼 게 맞아요. 주변에서 낡았다며 하도 바꾸

라고 성화래서요. 그런데 그건 어떻게 아셨어요?"

"혹시 휴대폰을 바꿀 때 대리점 직원한테 개인적인 얘기도 하셨나요?"

"개인적인 얘기랄 게…. 그냥 어떤 요금제를 할지 묻길래 조만간 명예퇴직을 하니까 요금 부담이 제일 적은 걸로 해달 라고 한 것밖에는."

"그리고요? 다른 얘기는 더 안 하셨어요?"

"글쎄요…. 그런데 그런 건 왜 물으시죠?"

어리둥절한 민철에게 대답도 하지 않고 준현이 다시 세차게 물었다.

"혹시 그때 친구분 장례식 얘기도 하지 않으셨나요?"

민철은 머리를 쥐어짜는지 끙 하는 신음을 냈다. 한참 뒤 수화기 너머로 "아!" 하는 감탄사가 들렸다.

"맞아요! 새 기기 개통에 필요한 서류를 작성하고 있는데 동창 한 놈이 상가엔 언제 갈 거냐고 해서 한 10분쯤 통화를 했었어요. 그런데 혹시…."

민철도 이제야 뭔가 짚이는 게 있는 모양이었다. 수화기 너머로 조금 전의 '아'와는 다른 종류의 '아' 하는 감탄사가 들려왔다. 이번엔 탄식 같기도, 신음 같기도 한 '아'였다.

"어쩐지 어디선가 본 것 같더라니. 안현수, 그 대리점 직원 이었던 거죠?"

민철이 이것저것 길게 질문할 태세이기에 준현은 대충 대화를 마무리하고 전화를 끊었다.

고개를 들어보니 맞은편에서 영우가 흥미진진한 표정으로 통화를 듣고 있었다.

"와, 대박. 진짜 안현수가 그런 짓을 했다고요?"

"예전에 안준영한테 택시를 잡아줬다고 했죠? 그 만취했던 날?"

준현이 영우의 말에 대답 대신 질문을 했다.

"혹시 카카오 택시 앱에 이용 행선지 기록 남아 있어요?"

"잠시만요."

영우가 부랴부랴 앱을 열었다.

"네, 남아 있어요. 주소가…."

불러주는 주소를 다 받아적은 준현은 서둘러 대로변에 주차해둔 차 쪽으로 달려갔다.

6평의 용의자

형사들이 안준영의 집 앞에 도착했을 때는 이미 다른 방문객들이 먼저 도착해 있었다. 어둠 속에서 한 무리의 남자들이 문 앞에 모여 있는 모습이 보였다. 한눈에도 인상이 별로 좋지 않은 사람들이었다.

"이봐, 안에 있으면서 없는 척하지 마! 날짜가 지났다고! 그렇게 집 안에 틀어박혀 있으면 우리가 호락호락 물러날 줄 알아?"

"돈을 빌렸으면 갚아야 할 거 아냐! 정 없으면 멀쩡한 니 눈깔이라도 내놔야지."

얼굴에 길게 흉터가 있는 남자가 별안간 문을 발로 쾅 걸어찼다.

"이 새끼야! 돈 떼먹으면 어떻게 되는 줄 알지? 신원미상 변사체 하나 만드는 건 식은 죽 먹기야. 죽어도 곱게는 못 죽을 줄 알아!"

내뱉는 말들을 들어보니 사채업자인 모양이었다.

"안준영 씨 만나러 왔습니까?"

준현이 일행에게 다가가 물었다.

"그런데? 형씨는 누구셔?"

가죽 재킷을 입은 험상궂게 생긴 남자가 눈을 치켜떴다.

"혹시 아는 사람이라면 마침 잘됐네. 저 새끼가 내뺐는지 안에서 뒈졌는지 답이 없어서, 형씨가 안준영 돈 좀 대신 갚아줘야 쓰겠는데."

가죽 재킷 곁에 있던 덩치 큰 남자가 이죽거리며 형사들에게 다가왔다.

준현이 대답 대신 신분증을 내보였다. 일순 침묵이 흘렀다. 일행 중 누군가 "아, 씨발. 짭새 아냐" 하고 나지막하게 중얼거렸다.

"혹시 안준영 새끼가 저 안에 있으면서 주거침입이니 뭐니 그런 걸로 신고한 거라면 우린 잘못 없습니다. 법대로 해보라고 그래요. 돈 빌리면 갚아야 하는 게 법 아닙니까? 대체 누가 잘못한 거냐고!"

잠시 당황하던 가죽 재킷이 딱히 꿀릴 게 없다고 생각했는지 금방 원래의 껄렁한 태도로 돌아가 도리어 큰소리를 쳤다.

"안준영이 사채를 빌려 썼나 보죠?"

"그런데요?"

"얼마를 빌렸습니까?"

"3000만 원."

"지금은 얼마죠?"

가죽 재킷이 히죽 웃었다.

"제3금융권이다 보니 이자율은 좀 높지 않겠습니까. 그래도 급한 사람이 다 감안하고 우리한테 돈을 빌리는 거고."

준현은 더는 캐묻지 않았다. 사채업자들이야 부르는 게 이자율이니 지금쯤 갚을 돈이 수억 원대로 불어 있다고 해도 놀랄 일은 아니었다.

"그런데 안준영이 이 자식, 돈은 안 갚고 벌써 어딘가로 튄 것 같습니다. 뭔가 느낌이 싸해요."

덩치가 닫힌 문을 턱짓으로 가리키며 덧붙였다.

"마지막으로 안준영 씨한테 온 게 언제죠?"

"열흘 전이요. 다음에 찾아올 때도 안 갚으면 그때는 적어도 손가락 한두 개 사라질 줄 알라고 으름장을 놨는데."

그런데 이렇게 뒤통수를 쳤다며 덩치가 침을 탁 뱉었다.

'열흘 전이라고⋯.'

준현이 문 앞에 달린 우편함을 바라봤다. 집을 비운 지 꽤 됐는지 각종 우편물이 가득 차서 더는 들어갈 구석도 없었다.

"근데 경찰이 여기 어쩐 일이요? 저 새끼, 뭔가 사고라도 쳤나요?"

분위기상 자기들 때문에 신고받고 여기 온 게 아니라는 걸 눈치챘는지 어깨가 넓고 얼굴이 넓적한 남자가 물었다.

준현이 가타부타 대답을 않자, 사채업자들도 그쯤에서 한

발 물러서는 게 좋겠다고 판단한 모양이었다.

"오늘은 돈 받을 수 있을까 했는데 다 글렀네. 거기다 경찰까지 뜨고. 일진이 사나워서 이쯤에서 그냥 파하는 게 낫겠어."

무리의 리더 격인지 가죽 재킷이 그렇게 말하자 다른 이들도 동의하는 눈빛으로 슬금슬금 자리를 뜨려 했다.

"기왕 여기까지 왔으니 그냥은 가지 말고 수사 협조 좀 하고 가시죠."

준현이 그들을 붙잡았다.

"수사 협조? 대체 뭔 일인데 그래요?"

그때 준현의 휴대폰이 울렸다. 발신자는 과학수사팀 정동훈이었다.

"안준영 관련해서 저 양아치들한테 뭔가 아는 게 있나 좀 물어보고 있어. 혹시 모르니 연락처 받아놓는 거 잊지 말고."

준현이 도윤에게 작은 소리로 지시한 뒤, 좀 떨어진 곳으로 가서 전화를 받았다.

"지금 전화 받기 힘든 상황인가?"

시계를 보니 벌써 한밤중이었다.

"아냐, 말해. 무슨 일인데?"

"정상구 국과수 부검 결과가 나와서 알려주려고. 사망 시각이 좁혀졌는데 대략 자정 무렵이래. 복부부터 찔린 다음에 경동맥 절단으로 사망한 것도 맞고. 치명상을 입은 뒤 즉사했어."

"흉기는?"

"브랜드나 종류는 특정하기 어렵지만 날 길이 20센티미터 정도 칼이래."

"범인에 대한 건 없어?"

"지문은 안 나왔어. 칼로 위협해서 지갑을 먼저 뺏은 뒤 목을 그었거나, 지문이 안 남게 장갑을 끼고 있었거나 둘 중 하나일 텐데, 후자일 가능성은 희박해."

"어째서?"

"현장에서 정상구 혈흔이 아닌 혈흔이 검출됐거든."

준현은 침을 꿀꺽 삼켰다. 더러는 가해자가 피해자를 찌를 때 칼 손잡이에서 손이 미끄러져 자신도 상처를 입는 경우가 있다. 대개 초범인 경우가 많지만 초범이 아니더라도 '오버 킬'에 가까울 정도로 상대를 난자하거나 자칫 흥분하면 실수를 저지르고 만다.

"혈흔에서 DNA를 추출해 전과자 데이터베이스와 대조해 봤는데 거기엔 없었어."

"그렇다면 일단 전과자는 아닌 거로군."

"그래. 정상구랑 같이 있던 사람은 전과자가 아닌 B형 남자야. DNA로 확인 가능한 특정 질병 같은 건 없었고."

준현은 고맙다고 한 뒤 전화를 끊었다.

큰 단서는 아니지만 그래도 범인의 범위가 B형 남자로 좁혀졌다. 정상구를 죽이고 싶은 이유가 있는 B형 남자. 머릿속으로 이제껏 만났던 남자들을 하나씩 떠올려봤다. 모두 정상구를 죽일 만한 나름의 이유가 있었다. 하지만 손에 상처를 입은 사람은 없었다. 아직 만나보지 못한 안준영 외에는.

곧장 박영우에게서 받은 안준영의 휴대폰 번호로 전화를 걸었다. 통화 연결음 대신 "전화기가 꺼져 있어…"라는 안내음이 흘러나왔다. 이래선 기지국이 휴대폰 소지자 위치추적을 할 수 없다. 준현은 쯧 하고 혀를 찬 뒤 뭐라도 단서가 있을까 해서 내용물이 가득 쌓인 우편함을 뒤지기 시작했다. 인근 헬스장 개업광고 전단, 부동산 홍보지, 각종 고지서….

준현의 눈길이 그중 하나에 멎었다. 시선은 여전히 우편물에 고정한 채, 준현은 자주 거는 통화목록에서 강력반 후배 정수호의 이름을 찾아 통화 버튼을 눌렀다.

"이 사람 혈액형 좀 알아봐줘. 아마 기록이 남아 있을 거야."

수호가 전화를 받기가 무섭게 준현은 안준영의 이름과 헌혈 날짜를 불러줬다. 안준영이 예전에 헌혈을 했는지 우편함엔 적십자가 보낸 감사 우편이 도착해 있었다.

"다른 정보는 더 없나요?"

"휴대폰 번호를 불러줄 테니 그걸로 개통자 신상 조회를 해봐."

수호가 알겠노라고 한 뒤 전화를 끊었다. 통화가 끝나자 도윤이 준현에게 다가왔다.

"사채업자들한테 물어봤는데 다들 안준영에 대해 딱히 아는 건 없더라고요."

"하긴 금전 거래만 하는 사이니 그럴 만하지."

주위가 조용해진 것 같아 둘러보니 사채업자들은 그새 자리를 뜨고 어느새 안준영 집 앞엔 그들 둘만 남아 있었다. 준현은 도윤에게 방금 자기가 알게 된 사실을 전해줬다.

"만약 안준영이 B형이라면 그놈이 용의자가 되나요?"

"지금 현재로선."

준현이 고개를 끄덕였다.

도윤이 진지한 얼굴로 닫힌 문을 바라보았다. 강력반에서의 첫 사건 해결이라는 고지가 바로 눈앞에 있다고 생각한 모양이었다.

"사실 지금 상황에서 제일 의심스러운 건 안준영이에요. 대표를 사칭하고 다닌 것도 그렇고. 휴대폰까지 꺼놓고 잠적한 건 정상구를 죽인 뒤 겁이 나서 숨은 게 아닐까요?"

"꼭 그렇게 볼 순 없지. 사채업자 등쌀에 어딘가로 피신한 걸 수도 있고."

"하긴."

고개를 끄덕이던 도윤이 한숨을 내뱉었다.

"하, 그런데 대체 어디서 그놈을 찾죠?"

준현도 막막하긴 마찬가지였다. 안준영에겐 가족이 없으니 가족한테 찾아갈 수도 없고, 안준영의 친구나 지인을 찾기엔 가진 정보가 너무 부족했다. 그렇다고 안준영에게 대외적으로 공개할 수 있는 직업이 있었던 것도 아니니 넓은 모래사장에 파묻힌 바늘 하나 찾는다는 심정으로 신변을 파헤쳐볼 수밖엔 없을 것 같았다.

"저기…."

문득 등 뒤에서 누군가가 부르는 소리가 들렸다. 돌아보니 나이 지긋해 보이는 노부부가 불안한 표정으로 형사들 뒤에 서 있었다.

"무슨 일로…?"

준현의 물음에 남편이 머뭇거리며 "그쪽이야말로 무슨 일로 여기 계십니까?"라고 되물었다. 준현이 신분을 밝히자, 부부의 얼굴엔 안도한 기색이 역력했다.

"여차하면 바로 경찰에 신고하려 했는데."

아내가 가슴을 쓸어내리며 말했다.

"두 분은 늦은 시간에 어떻게 여기 오셨습니까?"

준현이 다시 물었다.

"저희는 이 집 주인입니다."

남편이 대답했다.

"여기 건너편 빌라에 사시는 분이 우리 교회 집사님인데 '소영 아빠네 세입자 집 앞에 깡패들이 몇 시간이나 난동을 부리다 갔다'고 연락하셨더라고요. 대체 어떻게 된 일이냐면서요. 세입자한테 연락해도 휴대폰도 꺼져 있고 걱정돼서 확인차 한번 와봤어요."

"안준영 씨, 여기 산 지 얼마나 됐습니까?"

"1년 조금 안 됐죠."

아내가 "10개월째예요" 하고 남편의 말을 정정했다.

"안준영 씨를 잘 아십니까?"

남편이 고개를 저었다.

"방만 내줬을 뿐 아는 건 별로 없어요. 우리야 월세만 꼬박꼬박 잘 내면 어떤 사람인지 상관할 바 아니니까요."

"집세는 꼬박꼬박 잘 내던가요?"

"사실 그게."

아내가 끼어들었다.

"이번 달에 아무 말도 없이 일주일씩이나 늦더라고요? 예전에도 몇 번 늦은 적은 있었지만 그때마다 이번엔 죄송하지만 좀 늦을 것 같다고 양해는 구했었거든요. 그런데 이번엔 아무 말도 없이 늦길래 며칠 전에 연락했었는데 전화를 안 받아서."

혹시나 월세를 떼먹고 야반도주라도 한 건 아닌가 싶었다고 이야기했다.

"그래도 설마 했었는데 이런 난리통에 집에 있었으면 기척이라도 했을 테고, 연락까지 두절한 걸 보니 정말 짐 싸서 도망친 게 아닌가 싶어서 살펴보러 왔어요."

아내가 말을 마치자, 남편이 걱정스러운 얼굴로 물었다.

"그런데 형사님들은 무슨 용건으로 오셨습니까? 혹시 여기 살던 사람, 무슨 사건에 휘말린 건가요?"

"집을 확인하러 오셨으니 열쇠는 가지고 있으시겠네요?"

남편의 질문에 대답하는 대신 준현이 물었다. 아직 정확하게 밝혀진 것도 없는데 안준영이 살인사건에 연루됐을지도 모른다는 말로 노부부의 마음을 괜히 더 심란하게 만들고 싶진 않았다.

"네, 그거야 가져왔죠."

아내가 핸드백에 있는 열쇠를 꺼내 보였다.

"저희 먼저 들어가서 좀 살펴봐도 되겠습니까?"

"아, 네. 그러시죠."

남편은 찜찜하던 차에 잘됐다는 듯 흔쾌히 열쇠를 건넸다.

준현이 문을 열고 방 안으로 들어갔다. 체감상 6평 정도 될 듯한 방은 단출했다. 낮은 밥상 하나와 가재도구 약간, 옷장과 이부자리. 꼭 필요한 것만 갖춘 살림살이였다. 그래도 영우네 방처럼 어지럽진 않은 걸 보니 제때 청소는 하고 살았던 모양이다.

붙박이로 보이는 옷장에 걸린 옷 역시 계절별 정장과 재킷 한두 벌 정도가 고작이었다. 옷장 서랍 안엔 양말과 속옷류가 차곡차곡 접혀 있었다.

"옷들이 그대로 있는데요?"

도윤이 서랍을 들여다보며 말했다.

준현이 말없이 미니 냉장고 문을 열었다. 유통기한이 벌써 며칠씩 지난 반찬거리들이 냉장고 속에서 시들거나 썩어가고 있었다. 가장 최근에 산 것으로 보이는 반찬 제조일이 이 주 전인 걸로 보아 적어도 그때까지는 안준영이 이곳에서 생활한 모양이었다.

세면대와 변기, 샤워기만 설치된 좁은 욕실에도 안준영이 쓰던 칫솔과 면도기는 그대로 남아 있었다. 작심하고 이곳을 떠난 사람 방이 아니라 잠시 근처에 물건을 사러 나간 사람의 방 같았다.

"그런데 선배, 안준영이 도망간 거 맞을까요?"

도윤도 준현과 비슷한 생각이었다.

"일단 휴대폰을 두고 간 게 말이 안 되잖아요."

"뭐? 휴대폰이 그대로 있다고?"

도윤이 개켜놓은 이불 옆에 있는 휴대폰 한 대를 가리켰다. 충전기가 연결돼 있어 100퍼센트 충전된 상태였다. 예비용인지 충전기가 두 개씩이나 바닥에 하릴없이 나뒹굴고 있었다.

준현이 안준영의 개인 번호로 전화를 걸었다. 여전히 전화기가 꺼져 있어 연결할 수 없다는 안내 음성이 나왔다. 반면 방 안에 있는 전화기는 벨소리도, 진동도 들리지 않았다.

"번호가 달라."

"아, 그럼…."

"십중팔구 대포폰일 테지."

범죄 증거가 되는 대포폰조차 놔두고 어디론가 사라졌다라. 도윤 말대로 안준영이 도망갔다고 보기 어려운 대목이었다. 석연치 않은 마음으로 준현은 실내에 남은 안준영의 흔적들을 꼼꼼히 살펴보았다. 준현의 시선이 방 한구석에 있는 쓰레기통에 꽂혔다. 쓰레기가 가득 차지 않게 자주 내다 버렸는지 내용물이 거의 없는 바닥에 핏물을 닦은 휴짓조각이 구겨져 있었다. 구깃구깃하게 접은 종이 사이로 핏자국이 말라붙어 있었는데 선홍빛에서 갈색으로 변한 것이 꽤 오래전에 흘린 피 같았다. 일회용 반창고 포장지도 함께 눈에 띄었다.

"흐음…."

준현이 잠시 생각에 잠겼다. 저 피는 정상구를 죽였을 때 난 상처에서 흐른 피일까. 만약 안준영이 정상구를 죽였다면 그건 사전에 계획한 게 아니라 우발적으로 저지른 범죄 같았다. 그렇지 않았더라면 이렇게 옷가지며 세면도구까지 고스란히 놔둔 채 자취를 감추진 않았을 것이다. 어쩌면 울컥해서 홧김에 범죄를 저지른 뒤 겁에 질려 집으로 돌아왔다가 허겁지겁 어딘가로 내뺐을 수도 있겠다고 생각했다. 제 범죄의 흔적이 남아 있을 대포폰조차 챙기는 걸 잊어먹고서.

도윤이 다가왔다.

"노트북이 안 보이는데요?"

"샅샅이 뒤져봤어?"

도윤은 고개를 끄덕였다.

"있을 만한 데는 다 찾아봤어요. 그런데 아무 데도 없어요."

주로 온라인으로 희생자를 낚는 TM들에게는 컴퓨터가 필수다. 집에 데스크톱이 없는 걸 보니 안준영은 노트북을 사용한 게 확실했다. 그런데 노트북은 없다라. 혹시 황급히 도망치는 와중에도 정신이 들어 범행증거가 담긴 노트북은 가져간 걸까. 그럼 대포폰은? 도무지 안준영의 행동엔 일관성이 없어 보였다.

삐리리리.

준현의 휴대폰이 울렸다. 좁은 방 안이라 그런지 벨소리가 유난히 울림이 컸다.

"여보세요, 선배?"

전화를 건 이는 정수호였다.

"말씀하신 대로 안준영 혈액형을 조회해봤는데요."

준현이 초조한 마음으로 수호가 말을 잇길 기다렸다.

"B형입니다. RH+ B형."

"알았네, 고마워."

준현이 전화를 끊었다.

"결과가 나왔대요?"

도윤이 준현의 곁으로 바짝 다가붙었다.

"B형이 맞다는군."

"아, 그럼…."

"그래."

준현이 고개를 끄덕였다.

"이제부터 정상구 살인사건의 유력 용의자는 안준영이야."

꼬리 물기 게임

안준영의 행적을 조사하기 위해 형사들이 제일 먼저 들른 곳은 김민철이 그를 만났던 강서구의 휴대폰 대리점이었다.

"무슨 일로 오셨을까요?"

싹싹한 태도로 묻는 여직원을 지나쳐 준현은 안쪽에 앉아 있는 중년 남자에게로 다가갔다.

"이곳 점장이신가요?"

"그런데요?"

남자가 대답했다.

"여기 근무했던 안준영에 대해 여쭤볼 게 있어서요."

"…무슨 일이신지?"

도윤이 간단하게 신분과 용건을 밝히자, 뿔테 안경 사이로 보이는 점장의 가느다란 눈이 조금 더 가늘어졌다. 점장은 슬슬 머리가 벗겨지기 시작하는지 헤어라인이 이마 뒤쪽으로 조금 물러나 있었다.

"안준영, 말씀이시죠."

이야기를 다 들은 점장이 도윤이 말한 내용을 다시 복습하는 투로 말했다.

"속을 알기 어려운 친구였죠."

한참 할 말을 고르던 점장이 입을 열었다.

"어떤 면에서요?"

"이렇게 작은 공간에서 함께 일하다 보면 싫든 좋든 서로에 대해 많이 알게 되거든요. 밥도 자주 같이 먹고. 그런데 그 친구는 낯을 가린다고 해야 하나, 일정한 거리를 둔다고 해야 하나. 하여튼 가까워지기 힘든 캐릭터였어요."

"그럼 고객 응대엔 잘 안 맞았을 것 같은데요?"

"딱히 그렇지도 않았어요. 고객들한텐 친절하게 잘했거든요. 그러다 우리끼리 있으면 또 원래 상태로 돌아가고. 온오프 스위치 같은 게 있어서 켜졌다 꺼졌다 하는 느낌이었죠."

"그래도 업무적으로는 별로 불만이 없으셨나 보군요."

"대체로는요."

점장이 애매하게 수긍했다.

"하지만 이 일을 오래 해온 사람 눈에는 보이거든요. 마음에서 우러난 건지 작위적인 건지. 그 친구는 후자였어요. 물론 반복적으로 일하다 보면 기계적으로 대응한다거나 친절을 과장한다거나 하는 부분이 있을 수 있지만 그 친구는 처음부터 그랬어요."

"혹시 가까운 사람 얘기도 하던가요? 친구나, 애인이나."

점장은 고개를 가로저었다.

"아까도 말했지만, 별로 자기 얘기를 안 하는 친구라서요. 하지만 그냥 느낌만으로 얘기하자면, 주변에 그리 친한 사람은 없는 것 같았어요."

예상은 했지만 역시 안준영 뒤를 쫓는 건 만만치 않을 것 같았다. 준현은 갈 길이 멀겠다고 생각했다.

"안준영 관련해서 사소한 거라도 기억나는 일 없으세요?"

점장은 골똘히 생각하더니 "아" 하고 얼굴을 들었다.

"예전에 어떤 젊은 남녀 커플이 함께 매장에 들렀던 적이 있어요. 그때 그 친구가 휴대폰 교체를 맡았었는데, 커플이 가고 나서도 한참 밖을 쳐보더라고요. 여자 쪽이 제법 미인이어서 혹시나 마음이 있는 건가 했죠. 농담 삼아 '반하기라도 한 거야?' 했더니 그게 아니라 남자를 본 거라고 하더라고요. 자기 연봉도 넘는 명품 시계를 차고 있더라면서요."

"부러웠을 수도 있죠. 비슷한 또래였으면."

도윤이 말했다.

"그건 그렇죠. 그래서 제가 웃으며 '부러워?' 그랬더니 '아니요, 죽여버리고 싶어요' 하더라고요. 제가 깜짝 놀라 할 말을 잃고 있었더니 '그러면 저 시계도 내 것이 되잖아요?'라길래 이 친구 혹시 사이코패스인가 싶었어요. 그제야 제가 놀란 걸 눈치챘는지 어색하게 웃으면서 '농담이에요'라고 얼버무리긴 했는데, 전 죽여버리고 싶다고 했을 때 그 친구의 섬

183

뜩한 표정을 잊을 수가 없어요."

준현은 박영우가 했던 말을 떠올렸다.

'안준영은 뭔가 뒤틀린 구석이 있어요. 돈 많은 사람들을 부러워하면서도 증오한다고요.'

어쩌면 그 평가는 맞는 말인지도 몰랐다. 그래서 에버그린에 들어왔고 몰락의 길을 걷기 시작했을 것이다. 하지만 안준영이 사채까지 써야 할 정도로 돈이 궁했던 건 무슨 이유에서였을까. 정상구를 죽인 것도 그에게 돈을 요구하다 벌어진 일이었을까.

"사실 안준영은 저보다는 저 친구가 더 잘 알 거예요. 업무도 같았고."

점장이 아까 준현이 매장에 들어올 때 인사했던 여직원을 가리켰다. 여직원이 입고 있는 작은 도트무늬 원피스 가슴 부위엔 '서주희'라는 이름표가 달려 있었다. 예쁘지는 않지만 애교스러운 인상에 턱선까지 오는 짧은 커트 머리가 썩 잘 어울렸다. 나이는 20대 후반 정도로 보였다.

"주희 씨, 안준영 씨에 대해 뭐 생각나는 거 없어?"

점장의 말에 주희는 살짝 얼굴을 찌푸렸다.

"생각나는 건 있는데 별로 유쾌한 기억은 아니라서요."

"어떤 거라도 상관없습니다."

준현의 말에 주희는 마스카라를 길게 바른 눈을 몇 번 깜빡거렸다. 이걸 말해야 하나 말아야 하나 고민하는 눈치였다.

"안준영을 싫어하셨나 보죠?"

"네."

주희가 솔직하게 대답했다.

"그랬어? 난 전혀 몰랐는데."

"점장님은 원래 그런 데 둔감하시잖아요."

주희는 밉살스럽지 않게 쏘아붙이고는 다시 형사들 쪽을 돌아봤다.

"처음부터 싫었던 건 아니었어요. 얼굴도 그 정도면 잘 생겼고 저랑 데면데면하긴 했지만 성실하다고 생각했거든요."

"그런데요?"

"알고 보니 허세에 찌든 악질이었어요."

"무슨 일이 있었나요?"

주희는 어디서부터 시작해야 하나 잠시 망설이는 듯하더니 이야기를 시작했다.

"아는 언니가 있거든요. 그렇게 가깝지는 않고 학생 때 같은 식당에서 서빙 아르바이트를 했어요. 아주 가끔 만나는 사이라, 주로 인스타 통해서 어떻게 지내는지 확인하는 정도였어요."

그런데 언젠가부터 그 언니가 인스타에 남자친구가 생긴 것 같은 뉘앙스의 게시물을 올리기 시작했다고 했다. 고급 레스토랑에서 손만 나오는 누군가와 와인을 따는 사진, 선물 받았다는 비싼 목걸이를 착용하고 찍은 인증샷, 일박에 몇십

185

만 원이나 하는 호텔에서 즐기는 호캉스…. 사진엔 남자친구 얼굴은 없는 대신 '우리 ♡와 함께하는 특별한 휴가'라는 설명이 붙어 있었다.

그때는 원래 허영기가 다분했던 언니가 소원대로 돈 많은 애인을 구했나 보다 정도로만 생각했다. 그러다 얼마 후 언니에게 뭔가 물어볼 게 있어 카톡을 주고받다가 오랜만에 식사를 같이하기로 약속을 잡았다.

남자친구가 생겼냐는 말에 언니는 기다렸다는 듯 자랑을 늘어놓았다. 미국에서 대학을 나오고 금융권에 근무하는 사람이라고 했다. 주희가 "어떻게 생겼는지 사진 좀 보여줘"라고 하자, 언니는 휴대폰을 꺼내 둘이 찍은 사진을 보여줬다.

"어때, 잘 생겼지?"

주희는 언니가 보여주는 사진을 보고 그대로 얼어붙고 말았다.

"왜 그랬는지 아시겠어요?"

"혹시 그게 안준영이었나요?"

준현이 넘겨짚자 주희가 고개를 끄덕였다.

"처음엔 혹시 잘못 본 건가 싶어 몇 번이고 다시 봤어요. 그런데 틀림없는 그 사람이었어요. 매일 옆에서 근무하는데 못 알아보기도 어렵잖아요."

"그래서 어떻게 했어요?"

"제 표정이 안 좋아지는 걸 보고 언니가 왜 그러냐고 묻더라고요. 그래서 망설이다 알려줬죠. 이 사람 그런 사람 아니라고. 나랑 같은 곳에 근무하는 직원이라고. 언니는 새파랗게 질려서 화를 냈어요. 거짓말하지 말라고, 배 아파서 그러는 거 아니냐고. 그러다 싸우고 헤어졌는데, 다음 날 출근한 안준영이 저를 따로 불러내더라고요."

"뭐라던가요?"

"다른 사람들한텐 제가 알고 있는 걸 절대 비밀로 해달라고 싹싹 빌다시피 하던데요? 기가 차기도 하고, 한심하기도 하고. 아니 그럴 거면 유학파 금융맨 행세는 왜 하고 다니는 거야. 속이려고 작정했으면 들키지나 말든가."

말을 하다 보니 화가 나는지 주희의 말투가 점점 더 신랄해졌다.

"그래서 안준영 말대로 하셨어요?"

"사생활이니까요. 그런 걸 직장 상사한테 일일이 고자질하는 것도 웃기잖아요. 하지만 그 사람이 어떤 인간이란 사실을 알게 된 뒤론 말도 안 섞었어요."

"불편하셨겠네요."

"당연하죠. 점장님 말고는 직원이라곤 저랑 그 사람밖에 없었는데. 그래도 다행히 두 달쯤 뒤였나? 그 사람이 사표를 내더라고요. 그래서 겨우 한숨 돌렸어요."

안준영이 사표를 낸 시점은 이미 에버그린에 발을 들인 이후다. 아마도 대리점을 그만둔 이후부터 안준영은 에버그린 대표라고 얘기하고 다니기 시작했을 것이다. 그런데 주희의 얘기를 듣고 보니 자신이 아닌 다른 누군가의 행세를 한 건 그게 처음도 아닌 모양이었다.

"안준영 평소 씀씀이는 어땠습니까?"

"개인적인 건 잘 몰라요. 하지만 그 언니가 인스타에 올린 사진만 봐도 월급만으론 감당 안 될 거라는 게 뻔히 보이던데요?"

주희가 냉소적인 어투로 말했다.

준현의 머릿속에서 안준영이 어떤 인물인지 조금씩 그려지기 시작했다. 가진 건 없는데 욕심은 많은 사람. 거짓으로라도 허영을 채워야 하는 사람. 돈을 벌거나 신분 상승을 위해 떳떳하지 못한 일도 기꺼이 할 수 있지만 요령이 부족해 금방 들키고 마는 사람. 준현이 보기에 그건 인생을 망치기 딱 좋은 조합이었다.

"그런데."

주희가 형사들 눈치를 보면서 물었다.

"그 사람이 무슨 잘못을 저질렀는데요? 혹시 결혼 사기?"

준현은 쓴웃음을 지으며 인사를 전하고 대리점을 나왔다.

"골 때리는 캐릭턴데요."

준현과 둘만 남자, 도윤이 말했다.

"정상구를 죽이지 않았더라도 언젠간 감방 신세 한번 질 것 같아요."

"그러고 보니 박영우도 그렇게 말했지. 저러다 언젠가 콩밥 한번 먹을 것 같다고."

"얘길 들어보니 돈이 없어서 허덕였을 법하던데요? 저러다 사채 빚까지 지게 된 건가."

"그럴지도 모르지. 사실이라면 한심한 얘기지만."

"그런데 대체 왜 회사 대표나 부자를 사칭하는 걸까요?"

"자네는 다른 사람이 되고 싶었던 적 없었어? 자기 모습이 늘 만족스러운 건 아닐 거 아니야."

"전 그런 적 없었는데요."

뜻밖의 말에 준현이 도윤을 돌아봤다.

"뭐 제 모습이 엄청 만족스럽다, 그런 건 아니지만 그래도 이게 저니까요. 받아들여야죠. 남들이랑 사사건건 비교해봤자 뭘 하겠어요."

"나는 나다, 뭐 이런 건가? 자존감 높은 MZ세대다운데."

"또, 또 그렇게 말씀하신다. 이건 MZ세대다운 게 아니라 김도윤다운 거라고요."

도윤은 그렇게 말하고 준현을 앞질러 걷기 시작했다.

다음 행선지는 휴대폰 대리점 점장이 가르쳐준 대형마트였다. 안준영의 이력서에 따르면, 그는 대리점에서 근무하기 전 마트에서 일했다. 그 외에도 다른 일을 하긴 했지만 전부 자잘한 아르바이트라 그를 기억하는 사람이 있을 만한 곳은

2년간 계약직으로 근무했던 마트가 유일해 보였다.

준현이 부지점장에게 안준영 사진을 내보이며 방문 이유를 설명하자, 제법 시간이 흐른 뒤 서른 전후의 청년이 형사들이 기다리고 있는 방으로 들어왔다. 인사를 담당하는 팀에서 안준영을 아는 직원을 찾아 보낸 모양이었다.

"유지한 씨?"

준현이 청년의 작업복에 달린 이름표를 보고 말을 건넸다.

"안준영과 함께 근무하셨다고요?"

지한은 가볍게 고개를 끄덕였다. 소처럼 강건하고 우직한 외양에 성실해 보이는 인상이었다. 행동거지가 빠릿빠릿해 보이진 않았지만, 대신 신중하고 심지가 굳을 것 같았다.

"사소한 정보라도 좋으니 안준영에 대해 기억나는 게 있으면 말씀해주시죠. 특별히 친했던 사람이라거나."

"글쎄요. 친했던 사람은 없었던 것 같아요."

지한이 굵직한 목소리로 준현이 대리점에서 들었던 말을 반복했다.

"다른 사람들이랑 잘 못 어울리는 성격이었나 봐요?"

"음, 그게…."

"안 좋은 얘기라도 상관없으니 해보시죠."

망설이는 지한의 입에서 별로 좋은 말이 나오지 않을 거라 예상한 준현이 앞질러 말했다.

"형은 사람들을 좀 무시한달까, 깔보는 경향이 있었어요."

"이를 테면요?"

"가정형편이 안 좋아서 대학 등록금 벌려고 아르바이트하는 친구가 있었거든요. 다들 기특하다고 칭찬하는데 형만 뒤에서 비웃더라고요. 성실하다는 게 좋은 건 줄 아냐고, 바보니까 성실하게 살 수밖에 없다고."

쓸쓸한 웃음을 지으며 지한이 덧붙였다.

"형 눈엔 여기 모인 사람들이 다 그렇게 보였을 거예요."

"그러는 자기는 뭐가 그렇게 잘났대요?"

도윤이 물었다.

"글쎄요. 형은 인생은 한 방이라고 했거든요. 이런 쥐꼬리 같은 월급 꼬박꼬박 모아봤자 절대 흙수저 처지 못 벗어난다, 그런데도 이따위 마트 같은 데 다니면서 정규직 전환에 목매는 놈들이 한심하다고요. 그러니 이 바닥을 못 벗어나는 거란 말도 했었어요."

"그건 말이 좀 심한데."

저도 모르게 준영에 대한 반감을 드러낸 도윤에게 지한은 그저 "사람들마다 생각하는 게 다 다르니까요"라고 덤덤하게 대꾸했다.

"그래서 안준영은 어떻게 한 방을 노릴 거랍디까?"

준현의 질문에 지한은 "글쎄요" 했다.

"한동안은 주식 공부를 열심히 하더라고요. 유튜브도 보고 뉴스도 찾아 읽고. 그런데 뜻대로 많이 벌진 못한 것 같더라

고요. 아니, 어쩌면 잃었는지도 몰라요. 저한테 돈을 빌려달
라고 한 적도 있었으니까."

"빌려주셨어요?"

지한이 고개를 저었다.

"전세자금 모으려고 적금 들고 있어서 안 된다고 했어요.
그랬더니 경멸 섞인 시선으로 바라보더라고요. 아마 속으로
'한심한 놈' 했을지도 모르죠."

말을 마친 지한은 너무 안 좋은 말만 한 것 같아 후회가 됐
는지 살짝 겸연쩍은 표정을 지었다.

"혹시 더 기억나는 건 없으세요?"

지한은 머리를 짜내는 눈치였지만, 결국 다시 고개를 옆으
로 저었다.

"죄송해요. 별로 기억나는 게 없어요. 말씀드렸다시피 형
은 여기 일하는 사람들이랑 좀 데면데면해서요. 사람들도 다
들 그걸 알고 형이랑 가까이 지내려고 안 했고요."

박영우 표현을 빌리자면 아마도 다들 효용가치가 없었겠
지. 준현은 속으로 가만히 중얼거렸다.

"그런데 안준영은 여길 왜 관뒀어요?"

"본인이 관둔 게 아니라 계약이 만료됐어요."

지한이 대답했다.

"계약직으로 2년간 근무한 뒤 정직원 심사가 있는데 전환
이 안 됐거든요."

"지한 씨는 되셨고?"

"네."

짧은 순간이지만 지한의 얼굴에 자랑스러운 빛이 스치고 지나갔다.

마치 개미와 베짱이 이야기 같군. 준현은 지한의 우직한 얼굴을 보며 속으로 생각했다.

더는 질문할 게 없어 자리를 파하고 마트를 나올 무렵, 수호에게서 전화가 걸려왔다.

"선배, 지금 어디 계십니까?"

준현이 전화를 받자마자 수호는 다급한 목소리로 말했다.

"우리 관할 구역에서 변사체가 나왔습니다. 빨리 여기로 와보셔야겠습니다."

"변사체라고? 하지만 그런 건 다른 사람이 해도 되잖아. 우린 지금 정상구 사건 조사 중인데…."

수호가 준현의 말을 중간에서 툭 끊었다.

"안준영을 추적 중이신 거 맞죠? 그 변사체가 바로 안준영입니다."

모텔 드럼통 살인사건

현장에 도착하기도 전에 지독한 악취가 코를 찔렀다. 그저 '악취'라고 표현하기엔 너무나 강렬했다. 내장까지 뒤틀리게 만들 것 같은 역겨운 냄새였다. 살이 썩는 냄새를 많이 맡아본 준현이었지만 이번엔 저도 모르게 코를 싸쥐고 싶었다. 육신이 부패하는 비릿한 냄새에 다른 무언가의 악취도 섞인 것 같았다.

"시신이 처참합니다."

먼저 나와 있던 수호가 준현 일행에게 다가왔다.

"대체 얼마나 된 시신이길래 이래?"

"일주일간 투숙한 손님이라는데, 모텔 주인이 냄새가 너무 심해서 문을 따고 들어와보니 욕조에 죽은 상태로 누워 있더랍니다. 정확히 어느 시점에서 사망했는지는 아직 모릅니다. 상태가… 좀 그래서요."

"대체 어떤 상태길래?"

"보시면 아실 겁니다."

수호가 냄새를 참느라 애를 먹고 있는 도윤에게 말했다.

"마음의 준비를 해두는 게 좋을 거야."

둘은 수호와 함께 시신이 있는 욕조로 다가갔다.

욕조엔 한 사람이, 정확하게 표현하자면 '사람으로 추정되는' 물체가 들어 있었다. 피부 전체가 녹아서 흘러내리다시피 한 얼굴은 이미 형체를 가늠할 수 있는 수준이 아니었다. 욕조에 가득 차 있는 잿빛 물 위로 사람의 피부 조직처럼 보이는 조각들이 둥둥 떠다니고 있었다. 살점이 사라지면서 드러난 허연 뼈 역시 삭아 들어가는 중이었다.

도윤은 목구멍으로 올라오는 구역질을 필사적으로 참고 있는 눈치였다.

"토하고 싶으면 밖에 나가서 해. 현장 훼손하지 말고."

준현이 애써 담담하게 말했다. 하지만 그렇게 말한 본인조차도 속이 메스꺼웠다.

"지독하지?"

현장감식 중이던 동훈이 준현을 돌아보며 말했다.

"산(酸)으로 녹여버린 건가?"

산성용액에다 시신이 부패하며 흘러나왔을 체액, 녹은 피부조직이 한데 뒤섞인 걸쭉한 액체를 보며 준현이 물었다.

"맞아. 덕분에 고생깨나 하게 생겼어."

일단 옮기는 것부터가 문제라며 동훈이 고개를 절레절레 저었다. 아까 감식팀 직원들이 드럼통처럼 보이는 도구를 옮기길래 뭔가 했었는데 아마도 거의 액체화돼버린 시신 운반을 위해 생각해낸 방법인 모양이었다.

"염산?"

"아마도."

동훈이 대답했다.

"사체를 저 정도로 부식시키려면 농도가 상당히 강해야 할 거야."

"염산은 시중에서 구하기도 쉽지 않을 텐데."

"아마 실험실 같은 데 정도려나?"

안준영을 아는 사람들 중에 실험실과 연관 있을 법한 인물은 없는데. 준현이 그렇게 생각하는데 "온라인에서 구했을 수도 있고. 요즘엔 별별 희한한 게 다 거래되니까"라고 동훈이 덧붙였다.

"누군지 몰라도 피해자한테 원한이 아주 깊었나 봐."

"저런 상태에서도 뭔가 알아낼 수 있겠나?"

"글쎄. 국과수가 진땀 뺄 거야. DNA 채취도 쉽지 않을 테고."

동훈이 깊은 한숨을 내쉬었다.

"사인은 알 수 없어? 설마 살아 있는 상태에서 산성용액을 들이부은 건 아니겠지?"

준현은 스스로 생각하기에도 몸서리쳐지는 생각을 입 밖으로 냈다.

"조사해보기 전까진 모르겠지만, 글쎄. 그랬더라면 피해자가 미친 듯이 소리 질러댔을 텐데."

하긴 뭔가로 입을 틀어막았다 해도 새어 나오는 소리를 완전히 차단하긴 어려웠을 것이다. 게다가 이런 모텔은 벽도 얇다. 범인은 그런데도 누군가가 들을 위험을 감수했을까. 어지간히 대담하고 가학적인 인간이 아닌 이상, 목을 조르거나 약을 먹인 뒤 시신을 부식시켰다고 보는 게 더 타당할 것 같았다.

"시신이 안준영이라는 건 어떻게 안 거야?"

"지니고 있던 소지품에서요."

어느새 옆에 와 있었는지 장태훈 경장이 대신 대답했다. 기수로는 수호와 동기인 태훈은 강력반에 들어온 지는 수호보다 2~3년 늦다. 꽤 오랫동안 파트너로 일했던 수호만큼 편한 사이는 아니지만, 준현은 태훈을 성실하고 믿을 만한 후배라고 평가했다.

"방에 서류 가방이 있었어요. 가방 안에 든 지갑에서 안준영 신분증이랑 자기 명의로 만든 신용카드, 명함 등이 나왔습니다."

"에버그린 투자자문회사 대표라고 찍힌 명함 말인가?"

태훈이 고개를 끄덕였다.

"가방 안에 다른 건 없었고?"

"휴대폰 한 대가 나왔습니다."

"본인 명의로 개통한 건가?"

"네."

"그럼 개인 휴대폰이겠군."

"대체 노트북은 어디 있는 걸까요?"

도윤이 끼어들었다. 얼굴색이 여전히 창백했지만, 말을 할 수 있는 걸 보니 이제는 울렁거림이 많이 가라앉은 모양이었다.

"그래도 안준영 방에서 대포폰이 발견됐으니 디지털 포렌식 하면 피해자들을 파악할 수 있을 거야. 수사에 속도가 붙겠지. 한데 시신 부검 쪽은…."

준현이 말꼬리를 흐렸다. 다들 말은 안 했지만 같은 생각을 하고 있는 것 같았다. 저래서야 뭐라도 나오긴 나오는 걸까.

"대체 누가 죽인 걸까요? 어지간히 원한이 깊지 않으면 저런 짓까진 안 할 텐데."

수호가 어두운 표정으로 말했다.

"혹시 사채업자들 짓 아닐까요? 돈 안 갚으면 무슨 짓이든 할 놈들 같던데. 안준영 집 앞에서 죽어도 곱게는 못 죽을 거라고 했잖아요."

도윤이 말한 가능성도 없진 않았다. 그들이 무슨 수단이든 써서 안준영이 대피한 곳을 발견했을지도 몰랐다. 그래서 안준영을 죽이고 산성용액까지 풀었다. 그런데 굳이 왜 그런 수고를 했을까? 경찰이 시신의 신원을 파악하지 못하게 하기 위해? 그렇다면 왜 안준영의 서류 가방은 버젓이 놔두고 간 거지?

"뭔가 이상해. 왜 시신을 저렇게 처리한 거지? 신원을 감출 의도였다면 토막 내서 버리는 게 더 확실한 방법이었을 텐데."

준현이 마음에 꺼림칙하게 걸리는 대목을 입 밖에 냈다.

"글쎄요. 죽일 의도가 없었는데 우발적으로 죽여버린 거 아닐까요?"

수호가 무심코 대답했다가 아차 하는 표정을 지었다. 그렇다면 산성용액을 미리 준비한 게 납득이 가지 않는다. 누군지는 몰라도 범인은 나름대로 치밀한 계획하에 살인을 저지른 게 틀림없었다.

"수고를 덜고 싶었다거나…."

태훈이 조심스럽게 끼어들었다. 전기톱이 있어도 사람의 신체를 잘라내는 건 육체적으로 힘든 일이다. 옷에 혈흔이 튀어 타인에게 발각되기도 쉽다. 어쩌면 범인은 깔끔한 걸 좋아하는 사람이었을 수도 있겠다고 준현은 생각했다.

"도망칠 시간이 부족했는지도 모르죠."

조금 전 실수를 만회하려는 듯 수호가 다시 의견을 꺼냈다. 시신을 자르고 현장을 치운 뒤 사체를 버리는 것보다 이렇게 부식시키는 편이 확실히 시간 절약이 된다.

"어쩌면 범인은 지독하게 효율적인 놈인지도 모르겠네요."

태훈이 심각한 표정으로 중얼거렸다.

준현은 처참한 사체를 물끄러미 바라봤다. 태훈의 말대로일까. 논리적으로는 납득이 가는 설명이다. 하지만 뭔가가 석연치 않았다. 뭐라고 꼬집을 수는 없지만 오랜 경험을 통해 익힌 형사의 감이 다른 말을 하는 것 같았다.

"어쨌든 굉장하네요. 이런 건 진짜 처음 봐요. 누군가 마치 전시라도 하려는 것처럼 사체를 저렇게 만들어놓은 것 같아요."

도윤이 욕지기가 올라오는 걸 간신히 참으며 말했다. 누구도 거기에 아무런 토를 달지 않았다. '애송이'라 불리는 도윤뿐 아니라 저런 광경을 목격하는 건 모두가 처음이었다. 현장에 무거운 침묵이 가라앉았다.

"혹시 누가 이 방에 드나든 걸 목격한 사람 없나?"

얼마 후 준현이 먼저 침묵을 깼다.

태훈이 고개를 흔들었다.

"모텔에 CCTV는 없어요. 투숙객들이 예민하게 반응해서 아예 설치를 안 했다고 하더라고요. 요새 몰카 같은 것들 많잖아요."

"모텔 주인은 뭐래?"

"잘 모르겠다더라고요. 투숙객 얼굴을 일일이 기억할 순 없어서. 요 며칠 프런트를 가끔 비울 때가 있었는데 어쩌면 그때 외부인이 들어왔을 수도 있겠다고 했습니다."

"프런트를 비워?"

"직원 수가 빠듯한데 한 명이 휴가를 간 바람에 틈틈이 자신이 청소까지 해야 했대요."

하긴 이런 소규모 모텔이라면 그럴 법하지. 만약 범인이 모텔 주인이 자리를 비운 사이 안준영의 방으로 갔다면 꽤나 운이 따라줬다고 준현은 생각했다.

"투숙객은 안준영이 맞대?"

"얼굴은 기억이 잘 안 난다면서 숙박 기록을 뒤져보더라고요. 숙박 기록엔 안준영 주민등록번호와 이름이 적혀 있었습니다."

"그리고 다른 건 뭐 없었나?"

"안준영이 여벌 카드키를 하나 더 달라고 했다더라고요? 혼자 투숙하는데 왜 두 개씩 필요하냐 했더니 워낙 물건을 잘 잃어버려서 그렇다고 했대요. 좀 이상하다 싶었지만, 그냥 여벌 카드키를 줬다고 합니다."

"현장에서 발견된 카드키는?"

"한 장입니다."

"흠…."

준현이 생각에 잠긴 채 턱을 어루만졌다. 만약 범인이 여벌 카드키를 갖고 있었다면 소란을 피우지 않고 안준영 방에 들어와 범죄를 저지를 수 있었을 것이다. 하지만 어떻게 그가 카드키를 손에 넣었을까? 어쩌면 범인은 안준영과 가까운 사이였던 게 아닐까?

"모텔 주인 말은 믿을 만해 보이던가?"

"그런 것 같습니다."

수호가 말했다.

"넋이 나간 상태긴 했지만 거짓말하는 기색은 없었습니다. 하긴 무리도 아니죠. 저런 광경을 봤으니까. 저희랑 얘기하면서도 가슴이 벌렁거린다며 청심환을 먹더라고요."

"그런데 투숙객 방은 매일 청소하지 않나? 어째서 시신이 저 상태가 될 때까지 몰랐던 거지?"

"호텔도 아닌 이런 싸구려 모텔이 그렇게까지 서비스가 좋겠습니까? 게다가 안준영 방문 앞엔 내내 '방해 금지' 팻말이 걸려 있었다더라고요."

준현이 수긍이 간다는 듯 고개를 끄덕였다.

"그러고 보니 미심쩍은 게 있습니다."

태훈이 말문을 열었다.

"일주일 머물겠단 사람치곤 여벌 옷 같은 게 하나도 없었어요. 여기서 발견된 짐이라곤 서류 가방이 전부였습니다."

"집에서 급하게 몸만 빠져나오느라 다른 걸 챙길 여유가 없었는지도 모르지."

수호가 준현 대신 말했다.

태훈과 수호의 대화를 들으며 준현은 곰곰이 생각에 잠겼다. 처음엔 정상구, 그다음엔 안준영. 둘 사이엔 에버그린 투자자문회사라는 연결고리가 있다. 혹시 정상구를 죽인 사람이 안준영도 알고 있었던 걸까? 범인이 노리는 건 에버그린이라는 사기조직 자체인 걸까?

"또 다른 희생자가 나올 수도 있어."

준현은 무겁게 입을 열었다.

"그 말씀은…."

수호의 눈빛이 일순 날카로워졌다.

준현이 고개를 끄덕였다.

"그래, 어쩌면 우리가 찾는 범인은 연쇄살인을 계획하고 있을지도 몰라."

2부

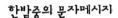

한밤중의 문자메시지

안준영의 시신이 발견된 후 수사는 준영의 주변 인물들에게까지 확대됐다. 살해된 사람 둘 다 비슷한 수법으로 사기를 쳤던 인물인 만큼 범인은 둘 모두에게 앙심을 품고 있을 가능성이 컸다. 안준영의 피해자를 찾다 보면 정상구와 연결고리가 있는 인물을 발견할 수 있을지도 몰랐다.

안준영 집에서 발견한 대포폰을 압수해 디지털 포렌식을 진행한 결과 피해자로 보이는 몇 명의 신상과 전화번호를 확인할 수 있었다.

그중 하나는 송창건이었다. 통화 기록에 따르면, 둘은 자주 통화하고 몇 차례 만나기도 한 것으로 나타났다. 전화를 걸어보니 창건의 휴대폰은 꺼져 있는 상태였다. 준현과 도윤은 창건이 휴대폰을 개통할 때 기록된 주소지로 향했다.

하지만 창건의 주소지인 은하빌라 201호엔 아무도 없는 낌새였다. 몇 차례 벨을 눌러도 안에선 대답이 없었다. 결국 두 형사는 창건이 돌아올 때까지 집 앞에서 기다리기로 했다.

한참 시간이 흐른 뒤 청년 하나가 모습을 드러냈다.

"혹시 그 집 사는 사람 찾아오셨어요?"

형사들을 지나쳐 위층으로 발걸음을 옮기던 청년이 문득 뒤를 돌아보며 물었다. 건물에 엘리베이터가 없어 걸어 올라오던 모양이었다.

"그런데요?"

"거기 사시던 분, 얼마 전에 돌아가셨어요."

청년이 몰랐냐는 듯 말했다.

"돌아가셨다고요? 어떻게?"

청년은 거북한 표정으로 말할지 말지 망설이다 결국 입을 열었다.

"자살이래요."

"자살?"

준현과 도윤이 서로 얼굴을 마주 봤다.

"그 때문에 한동안 빌라 전체가 시끄러웠어요. 기분 나쁘잖아요. 자기가 사는 건물에서 누가 자살했다는 게."

자취하는 대학생 청년은 바로 위층인 3층에 살고 있다고 했다. 어쩐지 꿈자리가 뒤숭숭할 것 같아서 계약 기간만 만료되면 다른 곳을 알아볼 예정이라고 덧붙였다.

"그게 언제쯤이에요?"

"보름쯤 전?"

청년이 대답했다.

아직 사망신고를 하지 않아 창건의 주민등록이 말소되지 않은 모양이었다.

"여기 사셨던 분, 만난 적 있으세요?"

"오다가다 마주치긴 했지만 말하거나 한 적은 없어요. 조용하고 인상이 어두운 사람이었어요. 사실 얼굴도 가물가물해요."

하긴 주민등록상 창건은 올해 마흔둘이었다. 20대 초반인 대학생 청년과 딱히 가깝게 지낼 이유가 없어 보였다.

"혼자 살았어요?"

청년이 고개를 갸웃했다.

"아마도요? 그런데 저도 잘 모른다니까요. 자세한 건 집주인한테 물어보세요. 이 빌라 전체가 같은 주인 거라 제가 연락처는 알려드릴 수 있어요."

도윤이 청년이 불러주는 연락처를 받아적었다.

차로 30여 분 거리에 사는 집주인 차상호는 뜻밖에 나이가 젊었다. 고작 해봐야 30대 중후반 정도로 보였다. 온라인 관련 회사를 운영하고 있다고 했다. 준현이 인사치레로 젊은 분이 그 정도 재력이 있는 걸 보니 성공하신 모양이라고 하자 상호는 손사래를 쳤다.

"빌라는 돌아가신 아버지 유산이에요."

"아버님께선 돌아가신 지 오래되셨습니까?"

"석 달 전이요. 원래 노후를 위해 어머니가 고집하셔서 산

빌라인데 일찍 돌아가셨어요. 그러다 아버지까지 돌아가신 뒤에 외아들인 제가 물려받았죠."

"돌아가신 세입자분 문제로 꽤 놀라셨겠습니다."

준현의 말에 상호는 말도 말라며 목소리를 높였다.

"아주 혼이 쏙 빠지는 줄 알았다니까요. 이거야 원, 앞으로는 세입자를 가려가며 받아야지."

지금도 생각만 하면 넌더리가 난다는 표정이었다.

"고인을 개인적으로 좀 아셨어요?"

"아니요."

상호가 고개를 저었다.

"저는 세입자들과는 교류가 없었거든요. 돌아가신 부모님이 잘 아셨죠."

"송창건 씨는 혼자 사셨나요?"

"그랬던 것 같더라고요."

"돌아가신 건 어떻게 발견했습니까?"

"저한테 문자가 왔어요."

뭔가를 씹은 떫은 표정으로 상호가 말했다.

"아버지가 수첩에 세입자 연락처를 기록해놓으셔서 돌아가신 뒤에 제가 연락할 일 있으면 이쪽으로 하라고 전달해놓은 상태였어요. 그래서 제 번호를 알았겠죠."

준현이 잠자코 상호가 말을 잇길 기다렸다.

보름 전쯤 한밤중에 창건이 상호에게 보낸 문자 내용은

'내일 오전에 집으로 와주시길 부탁드립니다'였다. 그리고 30초쯤 뒤 창건이 보낸 또 다른 문자가 도착했다. 이번엔 '정말 죄송합니다'였다. 무슨 일인가 싶어 상호는 곧장 전화를 걸었다. 하지만 신호음이 울리기만 할 뿐 창건은 전화를 받지 않았다.

"그때까진 설마 목숨을 끊을 거라곤 상상도 못 했었어요."

만약 그때 곧장 달려왔으면 죽음을 막을 수 있었을까 하는 생각에 며칠간 밤잠을 설쳤다고 상호가 덧붙였다.

하지만 창건의 의도를 꿈에도 몰랐던 당시엔 이미 늦은 시간이라 상호도 움직이기가 귀찮았다. 상호는 창건의 부탁대로 다음 날 오전 그가 사는 곳으로 찾아갔다. 여러 차례 벨을 눌러도 연락이 없자 불안한 마음에 문을 열고 집 안에 들어간 상호는 천장에 목을 맨 상태로 숨진 창건을 발견했다고 했다.

"혼비백산해서 밖으로 뛰어나왔죠."

계단 어귀에서 속에 있는 걸 다 게워냈다고 했다. 더는 토해낼 게 없었을 무렵, 창건이 보낸 '죄송하다'는 문자의 의미가 밤늦은 연락 때문이 아니라는 사실을 깨달았다.

신고를 받고 온 경찰은 신속하게 검시(檢屍)를 끝냈다. 뚜렷한 외상이 없는 사체는 자살이 명백한 데다, 외부에서 침입한 흔적도 없었다. 신분증과 휴대폰 등 현장에서 발견된 소지품도 모두 창건의 것이었다. 현장엔 창건이 자필로 쓴

유서까지 남아 있었다. 유족 대신 관계자이자 목격자인 상호가 경찰 진술을 한 뒤, 부검 같은 번거로운 절차는 생략하고 자살로 종결됐다.

"뭐라고 적혀 있었다던가요?"

준현이 물었다.

상호는 기억을 더듬는 눈치였다.

"더는 살고 싶지 않다…. 뭐 그런 내용이었던 것 같아요. 잘못된 투자로 돈도 다 날리고, 돌봐줄 가족도 없고, 죽을병까지 걸렸다고. 살아야 할 이유가 없다고 했었어요."

상호의 말에서 '잘못된 투자'라는 대목이 유난히 준현의 귀에 꽂혔다. 안준영에게 속아 돈을 날려버린 사실을 가리킨 게 틀림없었다. 한 생명이 스스로 목숨을 끊은 이유에 안준영의 적잖은 책임이 있다고 생각하니 입안이 썼다.

"죽을병에 걸렸다는 건 사실입니까?"

상호가 고개를 끄덕였다.

"병원기록 조회 결과, 말기암이었다고 하대요. 방 안에서 평소 복용한 걸로 보이던 우울증 약도 나왔고요. 제가 그 사람 입장이라도 딱히 살고 싶지 않을 것 같긴 했어요."

"유가족이 없다는데 장례 절차는 누가 대신했나요?"

"어쩌겠어요. 제가 했죠."

상호는 다시 긴 한숨을 내쉬었다. 경찰에서 고인의 사망을 증빙하는 '검시필증'을 받아 장례식장에 제출하고 일을 진행했다고 했다.

"돈도 대신 부담하셨어요?"

"탁자에 50만 원이 있더라고요. 유서에 그걸로 자기를 화장해달라고 하대요. 관이니 뭐니, 다 하니 비용이 초과되긴 했지만 그건 제가 부담했죠. 그래도 한때 세 들어 살았던 사람인데 그렇게 간 게 안쓰럽기도 하고."

"그러고 보니 사망신고가 아직 안 돼 있던데."

자살의 경우, 의사의 사망진단서 대신 검시필증을 주민센터에 제출하고 사망신고를 해야 했다.

"…아아, 네. 제가 경황이 없어서."

상호가 겸연쩍은 표정을 지었다.

준현은 상호가 겪은 일을 생각하면 경황이 없을 만도 하다고 생각했다.

"그런데 뭐 때문에 오신 거죠?"

말을 다 끝마친 상호가 형사들을 쳐다보며 조심스럽게 물었다.

"설마 무슨 범죄에 연루됐다거나 그런 건 아니겠죠?"

상호는 혹시 또 무슨 날벼락을 맞을지 몰라 몹시 불안한 모양이었다.

"송창건 씨가 피해를 입었던 투자사기사건을 조사하는 중이었습니다."

준현이 상호를 안심시켰다.

"아, 그렇군요."

그제야 상호의 얼굴에 안심한 기색이 어렸다.

"범인을 잡으면 고인도 저승에서 위안을 받으시겠네요."

사정을 알고 나니 창건을 의심한 게 미안했던지 상호가 작은 목소리로 중얼거렸다.

어쩌면 벌써 둘이 그곳에서 이미 만났을지도 모르지. 그런 생각을 하며 준현은 자리에서 일어섰다.

낙태된 관계

상호와 헤어진 준현과 도윤의 발걸음은 무거웠다. 다른 피해자들을 만날 때도 가슴이 답답한 건 마찬가지였지만, 안준영이 벌인 사기극으로 인해 목숨까지 버린 피해자가 나온 건 처음이었다. 덧없이 스러진 한 생명의 무게가 두 사람의 가슴을 묵직하게 짓누르는 것 같았다.

"잠깐 최지호 집에 들렀다 가지. 이 근처인 것 같은데."

택시 안에서 내내 침묵을 지키던 준현이 차창 밖을 보면서 말을 꺼냈다. 도윤은 말없이 고개를 끄덕였다.

연락 없이 불쑥 들이닥쳤지만 다행히 그녀는 집에 있었다. 다소 놀란 얼굴로 준현의 용건을 들은 지호는 별말 없이 형사들을 집 안으로 들였다. 그러나 두 사람이 내키지 않는 방문자라는 걸 굳이 숨길 생각이 없는지 태도만큼은 찬바람이 불 정도로 냉랭했다.

사진에서처럼 예쁜 여자였다. 키가 크고 날씬한 데다 피부가 깨끗해서 실물이 훨씬 더 미인이었다.

"정상구 씨 소식은 알고 계시겠죠."

준현이 운을 떼자, 지호는 고개를 끄덕였다.

"경찰에서 연락이 왔었어요. 오빠 휴대폰에 통화 기록이 남아 있다고요."

정상구의 사체에서 발견된 개인 휴대폰을 말하는 거였다.

"많이 놀라셨겠네요."

"그거야 당연하죠."

말해서 뭐하냐는 듯 지호가 날카롭게 형사들을 쏘아봤다.

"그분이 어떤 일을 했는지는 아시죠?"

"몰라요. 딱히 궁금하지도 않았고요."

지호가 단박에 대답했다.

"사기사건에 연루된 거, 모르셨어요?"

"오빠는 저한텐 사업 얘기는 통 안 했어요. 말해봐야 제가 그쪽 일을 잘 아는 것도 아니고."

내 알 바 아니라는 심드렁한 태도였다.

이쪽도 돈만 가져다주면 그만인 모양이군. 준현은 속으로 그렇게 생각했다. 적어도 그 면에선 서로를 싫어하는 강희원과 최지호에게 공통점이 있었다.

"정상구 씨를 해코지할 만한 사람, 안 떠오르십니까?"

"그거야 그 사람 와이프 아니에요?"

너무나 당연한 걸 묻는다는 말투로 지호가 쏘아붙였다.

"이혼하는 대신 남편이 죽는 바람에 재산이 자기한테 다

갔을 텐데."

"정상구 씨가 아내랑 이혼할 생각이었나요?"

"아내의 불륜을 알면 어떤 남자가 안 그러겠어요?"

지호가 반문했다.

"여자는 남편 불륜을 참고 살아도 남자는 절대 안 그래요."

"사설 탐정한테 강희원 씨 뒷조사를 해달라고 했다면서요?"

지호는 대답 대신 그저 어깨를 으쓱했다.

"그 사진들, 정상구 씨한테 보여주셨습니까?"

"당연히 보여줬죠. 그러려고 가져온 건데."

"정상구 씨 반응이 어떻던가요?"

"얼굴이 빨개졌다 파래졌다 하던데요."

만족스러운 얼굴로 지호가 쿡쿡 웃었다.

"화가 단단히 났는지 저한테 와이프랑 헤어질 테니 조금만
기다리라고 했어요. 그사이 준비할 것들이 있다면서요."

아마 재산분할을 피하기 위해 재산을 은닉하거나, 이혼
변호사를 물색하는 데 시간이 필요했을 거라고 준현은 짐작
했다.

"남자들은 안 참는다니까요."

지호는 마치 '내 말이 맞지?'라는 투로 말했다.

"두 분 사이에 아기도 생겼다면서요?"

준현의 질문에 지호가 갑자기 거북한 표정을 지었다.

"아닌가요?"

준현이 지호의 표정을 살피며 물었다.

"그게, 사실은….''

망설이며 할 말을 찾던 지호가 마침내 결심한 듯 말했다.

"임신은 안 했어요.''

"안 했다고요?''

"네, 뭐. 어차피 이렇게 된 거 사실대로 털어놓을게요. 오빠한테 임신했다고 한 거, 거짓말이었어요.''

조금 전의 주저하던 태도는 사라지고 태연한 말투였다.

"왜 그런 거짓말을 하셨죠?''

"오빠 이혼시키려고요. 달리 무슨 이유가 있어요?''

너무도 당당한 태도에 준현은 잠시 입을 다물었다.

"온라인에서 태아 사진이랑 가짜 임신 테스트기를 사서 보여줬는데, 예상외로 이혼할 생각이 없는지 펄쩍 뛰며 애를 지우라고 하더라고요. 그래서 아, 또 다른 한 방이 필요하겠구나 싶었어요.''

그러던 차에 강희원이 사설탐정에게 제 뒷조사시키는 걸 눈치채고, 오히려 자신이 탐정에게 강희원을 조사해달라고 요청했다. 정상구에게서 이따금 전해 들은 바로는 강희원은 조사해보면 구린 구석이 많이 나올 법한 여자였다. 사설탐정 장은모가 건넨 사진을 확인한 지호는 '이거야!' 하고 속으로 쾌재를 불렀다. 정상구를 이혼시킬 수 있는 강력한 한 방이 제 손안에 있었다.

"나중에 임신 아닌 게 들통나면 어떡하실 생각이었어요?"

이야기를 듣던 도윤이 어이없다는 표정을 지었다.

"그 전에 진짜로 임신하면 되죠. 그게 뜻대로 안 되면 유산했다고 하거나. 그 정도 속이는 거야 껌이죠."

이 여자, 사기꾼 정상구를 속여먹는 여자로군. 준현은 속으로 쓴웃음을 지었다.

"그런데 다 된 밥에 코 빠뜨리는 것도 아니고 저렇게 죽는 게 말이 되냐고. 오빠가 죽어서 이득을 보는 사람은 그 여자밖에 없어요."

'그 여자'라고 하는 지호의 말에는 강한 증오심이 실려 있었다. 지호는 정상구가 죽어서 슬픈 것보다 제 목적을 이룰 절호의 기회를 놓쳐버린 데 대한 분노가 더 커 보였다.

"그 여자, 빈소도 안 차리고 바로 오빠 화장한 거 아세요? 그게 말이나 돼요? 뭔가 숨길 게 있는 사람이나 그러지. 10년도 넘게 산 부부가 의리도 없이."

상간녀인 지호가 부부 사이 의리를 들먹이는 게 우스꽝스럽긴 했지만, 만약 정상구가 정말 이혼을 고려했었다면 지호의 말대로 강희원에겐 남편을 죽여야 할 동기가 존재했다. 혹시 강희원이 불륜 관계를 맺은 남자를 꼬드겨 남편을 죽이게 한 건 아닐까.

"탐정한테서 받은 강희원 사진 갖고 계시죠? 그것 좀 보여주세요."

방으로 사라진 지호는 조금 뒤 사진 한 묶음을 가지고 돌아왔다.

"필요하면 가져가세요. 전 이젠 상관없으니까요."

지호가 시무룩한 음성으로 말했다.

준현은 지호가 내민 사진을 한 장씩 들춰봤다. 먼발치서 찍었지만 영락없는 강희원이었다. 모두 강희원의 불륜을 여실히 입증하는 증거물들이었다. 치정 쪽으로 보자면 오히려 정상구가 더 깨끗한 것 같다는 장은모 말대로 강희원은 수시로 남자를 바꿔가며 놀았던 모양이었다.

"아, 이건…."

준현의 시선이 어느 한 사진에 꽂혔다.

"아, 그 사진."

어깨너머로 힐끗 쳐다본 지호가 피식 웃었다.

"거기 찍힌 사람, 오빠도 잘 아는 사람이죠? 이를 갈면서 '이 새끼한테 딱 어울리게 앙갚음해주겠다'고 하던데."

"선배, 누군데 그래요?"

도윤이 옆으로 몸을 들이밀고 사진을 확인하다가 "엇" 하는 소리를 냈다.

사진 속에서 강희원과 진한 키스를 나누고 있는 남자는 바로 박영우였다.

밤손님

꽤 오래전 박영우는 타인에게 얕보이지 않으려면 받은 만큼 돌려줘야 한다는 말을 누군가에게서 들었다. 호스트바에서 자신을 지명한 색기 넘치는 누님이 알고 보니 정상구의 와이프라는 사실을 발견했을 때, 영우는 지금이야말로 정상구에게서 받은 수모를 돌려줘야 할 절호의 타이밍이라는 사실을 깨달았다. 뭘 돌려주느냐고? 당연한 거 아닌가. 자신의 뒤통수를 때린 일 말이다.

그 무렵 영우는 정상구가 습관적으로 자신을 속이고 있다는 사실을 어렴풋이 눈치채고 있었다. 격려금을 이런저런 핑계를 대서 약속한 금액보다 훨씬 밑도는 액수로 준다거나, 자신이 가져온 실적을 슬쩍 자기 몫으로 가로채고 입을 닦아버린다거나 하는. 참다 참다 어렵사리 정상구에게 그 점을 지적했더니 오히려 놀란 표정으로 자기가 언제 그랬냐고 뚝 잡아뗐다. 심지어 영우가 의심해 상처를 입었다는 반응까지 보였다. 능구렁이 같은 놈. 하지만 눈에 보이는 증거도 없다

보니 영우로선 정상구가 고의로 자신을 속였다는 걸 증명할
수도 없었다.

그러던 찰나에 정상구 와이프가 제 발로 자신이 일하는 호
스트바를 찾아왔다. 이거야말로 굴러들어온 떡이라고밖에 달
리 표현할 말이 없었다.

영우는 처음엔 희원이 정상구의 아내라는 사실을 몰랐다.
그저 호피 무늬 미니스커트에 망사 스타킹을 신은 희원이 저
나이대 여자치고 보기 드물게 세련되고 섹시하다고 생각했을
뿐이었다.

"누나, 이런 데 처음 아니지?"

단둘이 방 안에 남았을 때 영우는 희원에게 넌지시 떠봤다.

"왜? 그렇게 표가 나니?"

술기운이 돌아 발그스름해진 얼굴로 희원이 헤실헤실 웃
었다. 영우에게 눈웃음을 치면서도 희원의 가느다란 손가락
은 어느새 영우의 와이셔츠 안을 더듬고 있었다.

"당연하지. 초짜들은 이런 데서 호스트랑 눈도 못 마주쳐.
바닥만 보면서 술이나 홀짝거린다고. 그런데 누나는 놀아도
좀 놀아본 가락이 아닌데?"

"그래? 아직 솜씨가 녹슬진 않았나 보네."

희원은 키득거리며 영우의 와이셔츠에서 손을 빼내 얼음
이 가득 든 잔에 발렌타인 21년을 따랐다. 얼음을 깨는 손놀
림이 한두 번 해본 솜씨가 아닌 것 같았다.

"아아, 알겠다. 누나도 나처럼 프로구나? 그렇지?"

호스트바를 찾는 여성 고객 중 상당수는 호스티스들이다. 그들은 남자 손님들에게서 받는 각종 스트레스를 호스트바에 와서 자신들의 고객과 똑같이 행동하는 식으로 풀곤 했다. 호스티스와 아마추어는 한눈에도 노는 모양새가 확연하게 달랐다. 음식도 먹어본 놈이 잘 먹는다고 호스트바에서도 비슷한 물에서 놀아본 이들이 더 잘 놀았다.

"프로였었지. 지금은 은퇴했단다, 아가야."

희원이 장난치듯 담배 연기를 영우 쪽을 향해 훅 불었다.

"은퇴? 부럽네."

영우가 호주머니에서 담배를 꺼내 희원이 피우던 불을 나눠 붙였다.

"나도 은퇴하고 싶은데. 이 짓도 이제 슬슬 지겹거든. 그런데 팁 좀 알려주라. 현역에서 은퇴한 누님들은 뭘 하시나? 단란주점 사장님?"

희원은 피식 웃더니 얼음잔에 든 양주를 거침없이 쭉 들이켰다.

"왜? 아니야?"

"단란주점 사장이라면 사장이지. 남편이 손님처럼 집에 왔다 다른 년 집에 가니까. 그래도 집에 올 때면 꼬박꼬박 돈은 주고 가니 그나마 질 나쁜 손님은 아닌 걸 다행으로 여겨야겠지만."

영우는 휘익 길게 휘파람을 불었다.

"우와, 누나 유부녀야? 대단하네. 잘 놀다가 얌전하게 결혼까지 하고. 그런데 남편은 누나가 프로였다는 거 알아?"

희원은 흐흥 웃으며 영우의 무릎에 두 발을 올려놓았다.

"당연하지. 그 사람이 내 손님이었는데."

"어, 진짜?"

이번엔 영우도 진심으로 놀랐다. 룸살롱 같은 곳엘 들락거리는 사람들치고 배우자에게 보수적인 잣대를 들이대지 않는 사람은 거의 없었다. 그게 얼마나 모순적인 일인지 본인들은 깨닫지 못하는 것 같았다. 그런 점에서 보자면 희원의 남편은 적어도 자신과 타인에게 똑같은 잣대를 들이대는 대인배임에 틀림없었다. 그것도 아니라면 희원을 진심으로 사랑했거나.

"대체 어느 쪽인 거야?"

"어느 쪽도 아니야."

희원이 영우에게 상반신을 밀착시켰다. 뜨거운 희원의 숨결이 영우의 뺨에 닿자 영우는 프로답지않게 가슴이 두근거렸다.

"굳이 말하자면 유유상종?"

"유유상종? 갑자기 왜 어려운 말을 쓰고 그래."

영우의 농담에 희원은 큭큭 웃다가 제 잔이 빈 걸 보고 영우에게 술을 따르라고 눈짓했다.

영우는 잠자코 술을 따라 회원에게 건넸다.

"그런데 듣다 보니 궁금해지네. 누나 남편은 대체 뭐 하는 사람인데? 유유상종이라더니, 혹시 호스트?"

세상에서 제일 우스운 말을 들었다는 듯 회원이 자지러지 게 웃었다. 영우를 지명하기 전부터도 내내 혼자 술을 따라 홀짝거리더니 제법 취한 모양이었다. 눈이 게슴츠레해지고 혀도 조금 풀려 있었다.

"아, 아냐. 내 남편, 정상구는…."

"…정상구?"

생각지도 못한 이름이 불쑥 등장한 탓에 영우는 회원을 빤 히 쳐다봤다. 하지만 이미 취한 회원은 영우가 자신을 바라 보는 눈빛이 달라진 사실을 깨닫지 못하는 모양이었다.

"돈 되는 건 다아 하지만, 몸은 안 팝니다요오."

회원은 키득키득 웃으며 딸꾹질을 하더니 다시 단숨에 입 안에 양주를 털어 넣었다. 그러더니 영우가 말릴 새도 없이 소파에 푹 거꾸러졌다.

"아이, 이 누나가 진짜. 프로라더니 왜 이렇게 아마추어 같 은 짓을 하고 그래. 누나, 좀 일어나봐. 어이!"

영우는 축 늘어진 회원의 몸을 흔들었다. 하지만 회원은 꿈쩍도 하지 않았다.

"누나! 아, 진짜 아줌마! 좀 일어나보라고!"

회원의 눈꺼풀이 살짝 열렸다가 다시 닫혔다. 아무래도 정신을 차리지 못하는 것 같았다.

"정상구, 이 나쁜 새끼. 새파랗게… 어린, 최지호랑…, 바람이나 나고."

헤벌린 희원의 입에서 띄엄띄엄 몇 개의 단어가 새어 나왔다.

아, 그런 거였어? 영우는 저도 모르게 피식 웃고 말았다. 보아하니 희원은 남편의 외도에 화가 나서 맞바람을 피우러 호스트바를 찾은 모양이었다. 남편이 한 것처럼 자신도 한참 어린 연하남과 불장난을 치려고.

하지만 영우는 희원이 이러는 이유가 남편을 사랑해서일 거라곤 생각하지 않았다. 희원이 분노한 이유는 자존심에 상처를 입었기 때문이다. 자신보다 훨씬 어린 여자에게 속절없이 밀렸다는 생각, 이젠 자신도 늙어가고 있다는 현실을 참을 수 없는 거라고. 본인의 입으로 직접 듣진 않았지만 그 정도는 묻지 않고도 쉽게 눈치챌 정도로 영우는 여자들을 이해하고 있었다.

외도를 하려고 작정한 여자와 바람을 피우기란 제 손바닥 뒤집기보다도 더 쉬운 일이다. 그렇게 쉬운 일로 정상구를 엿 먹일 수 있다면 그거야말로 자신이 당한 것의 몇 배를 갚아주는 짜릿한 복수가 될 것 같았다. 다만 한 가지, 행동에 나서기 전에 희원의 남편이 자신이 아는 정상구가 맞는지 확인하는 게 급선무였다. 하지만 그 정도쯤은 희원과 조금만 더 가까워지면 쉽게 알아낼 수 있는 일이다. 영우는 남몰래 회심에 찬 미소를 지었다.

한 달쯤 뒤, 영우는 모텔 앞에서 회원을 끌어안고 키스하고 있었다. 남편에게 복수하겠다고 벼른 여자와 상사에게 복수하겠다고 벼른 남자의 키스는 짜릿했다. 두 사람은 정신없이 상대의 몸을 탐했다. 저 멀리서 카메라 렌즈가 자신들을 포착하고 있다는 사실은 꿈에도 모른 채로.

무채색의 딜레마

회의는 오전 10시에 열렸다. 박영우와 강희원이 '정상구 살인사건'의 공범일 가능성이 제기되면서 유력 용의자로 떠올랐다. 정상구를 증오하던 둘은 공모해서 그를 죽이고 지갑을 빼내 강도로 위장하려 한 것인지도 몰랐다. 또 안준영과의 연결고리를 고려하면 박영우는 안준영을 죽인 살인범일 가능성이 크다. 이날 회의는 지금까지의 성과를 정리하고 앞으로의 수사 방향을 결정하기 위해 모인 자리였다.

인근 사우나에서 몸을 씻고 온 듯한 수호, 태훈, 도윤이 잠을 제대로 못 자서 부석부석 부은 얼굴에 충혈된 눈으로 회의실에 들어왔다. 다들 지쳤지만 회의 때문인지 조금 긴장한 듯한 표정이었다. 후배들을 보면서 준현은 지금 제 모습도 그들과 비슷하리라 생각했다.

"그래서 박영우랑 강희원은 머라꼬 주장하는데?"

수호가 간단한 브리핑을 마치자, 회의를 주재한 김영철 형사과장이 물었다. 투박한 경상도 사투리를 쓰는 그는 '불도

저'라는 별명이 붙을 만큼 물불 안 가리는 과감한 행동력으로 유명하다. 덕분에 높은 검거율로 지금의 자리에까지 오를 수 있었다. 하지만 때로는 그 거침없음이 무모함이 될 때도 있다는 사실을 준현은 알고 있었다. 신입 시절 영철에게서 훈련을 받았고, 한때 그의 수사 파트너기도 했으니까.

"불륜 사실은 인정했지만 혐의는 강하게 부정하고 있습니다. 자기들은 죄가 없는데 경찰이 강압 수사를 하고 있다면서요."

"그기야 나쁜 놈들이 늘상 입에 달고 다니는 레퍼토리고."

영철은 준현에게 시선을 돌렸다.

"니 보기엔 어떻노? 내 생각엔 박영우랑 강희원 뒤부터 파봐야 할 것 같은데. 다른 건 우선 다 제쳐두고."

"지금 단계에선 용의자를 둘로 한정하는 건 위험할 것 같습니다."

준현이 조심스레 말을 골라 대답했다.

"둘 다 강력한 동기가 있잖아. 그라고 정상구, 안준영이랑 둘 다 엮이는 건 박영우밖에 없고. 정상구 범행 현장서 나온 혈액형도 박영우랑 일치한다메?"

"박영우가 B형인 건 맞지만 아직 DNA가 일치하는지는 안 나와서요."

"알리바이는?"

"박영우는 정상구 사망 시간에 알리바이가 있습니다. 호스

227

트바 직원들과 고객이 증언해줬으니 틀림없을 겁니다. 안준영 사망 추정 시간대엔 없고요."

준현 대신 태훈이 대답했다.

"강희원 쪽은?"

"두 사건 다 알리바이가 없습니다."

"그럼 강희원이 남편을 죽이고 박영우가 안준영을 죽였다, 뭐 이런 시나리오도 가능한 거 아이가?"

영철이 다시 준현 쪽을 바라봤다.

"박영우는 사체를 그렇게 잔인한 방식으로 처리할 법한 인물은 아닌 것 같습니다. 떠벌리기는 좋아하지만 근본적으로 나약한 놈이라서요. 강희원은 그저 허영덩어리 사모님일 뿐이고요."

이번 사건에서 준현이 가장 신경 쓰이는 부분은 바로 범인이 욕조 속 사체를 훼손한 방식이었다. 범인은 사체를 왜 그렇게 처리해야만 했을까. 풀리지 않는 의문은 끈적한 얼룩처럼 준현의 마음에 달라붙었다. 박영우건 강희원이건 간에 안준영의 사체를 염산으로 녹여야 할 이유가, 아니 그것보다 그런 짓을 저지를 만한 배짱이나 성향이 없어 보였다.

하지만 준현은 이런 식의 사고방식이 영철에게 별로 설득력 없다는 사실을 잘 알고 있었다. 파트너였던 시절 영철은 준현에게 자주 말했었다. 어차피 범죄자의 사고방식은 일반인과 다르니 '그들이 왜 이런 행동을 했을까'를 따지는 건 의미 없다고.

"게다가 강희원은 물론이고 박영우 역시 안준영을 죽여야 할 이유는 없습니다."

자신을 향한 영철의 불만 어린 시선을 눈치채고 준현이 한마디 덧붙였다.

"그러니까 내가 갸들을 더 파보라는 거 아이가. 박영우랑 안준영 사이에 뭔가 사연이 있었을지도 모르잖아. 강희원도 불륜 사실을 알아챈 안준영한테 협박당했다든지 할 수 있는 기고."

거기까지 말한 영철이 문득 생각났다는 듯 화제를 바꿨다.

"혹시 안준영이 정상구를 죽이고 다른 사람한테서 살해됐을 가능성은 없나? 사채업자라든지. 욕조에 염산 들이붓는 게 꼭 조폭 양아치 새끼들이나 할 만한 짓거린데."

"그럴 가능성은 없습니다. 안준영 집에서 발견한 피 묻은 휴지에서 나온 DNA랑 정상구 살해 현장서 나온 혈흔이랑 일치하지 않았습니다."

태훈이 대답했다.

"사채업자들과 연락을 취해봤는데 자기네는 안준영 죽음이랑 아무 상관없다고 펄쩍 뛰었습니다. 다만 안준영이 사라지기 얼마 전에 평소 쓰던 것과 다른 번호로 전화한 적은 있었답니다."

막내 도윤이 덧붙였다.

"그래? 전화로 뭐라 캤다던데?"

"그게 통화 질이 안 좋아서 무슨 말인지 하나도 안 들리고 갑자기 뚝 끊어졌다고 했어요."

"거짓말 아닌가?"

"거짓말 같진 않던데요. 의심하니까 차라리 납치해서 장기를 팔면 팔았지 돈도 못 받을 미친 짓을 왜 하겠냐고 하더라고요."

"갸들 말도 일리는 있네."

영철은 쓴웃음을 지었다.

"그라믄 돌고 돌아서 다시 박영우랑 강희원으로 좁혀지네. 그렇게 가닥 잡고 가는 걸로 하자. 둘 중 하나가 염산을 구입한 기록이 있는지도 조회해보고."

"범인을 그 둘로 단정하는 건 위험할 것 같습니다."

회의를 마치고 일어서려는 영철을 준현이 가로막았다.

"뭐가 위험하노?"

"살해된 사람 둘 다 금융사기를 쳤던 인간들 아닙니까. 그들한테서 피해 입은 사람들이 앙심을 품었을 가능성도 배제할 수 없습니다."

"처음부터 배제할 수야 없지. 하지만 지금은 유력 용의자가 둘이나 나왔는데 걸러내도 되는 거 아이가?"

"정상구, 안준영 둘 모두랑 접점 있는 인물 중엔 전명호도 있고요."

"전명호? 그 에버그린 어쩌구 하는 곳 간부 말이제? 눈치까고 미리 튀어버린 놈."

영철의 지적에 준현은 입맛이 썼다. 압수수색 영장을 받아 다시 에버그린을 찾아갔을 때 사무실 문은 잠겨 있고 전명호와 직원들은 전부 사라지고 없었다. 가구와 사무용품만 그대로 둔 채 서류 일체는 싹 빼간 뒤였다. 아마도 정상구가 죽고 나서 경찰이 드나들자, 위험을 감지하고 수색영장이 나오기 전에 뺑소니를 친 모양이었다.

전명호의 명함에 찍힌 연락처 역시 대포폰이었다. 하지만 정상구 개인 휴대폰에서 전명호와의 통화 기록을 발견해 신원을 조회할 수 있었다. 현재 전명호는 금융사기 혐의로 수배 중이었다.

"일단 갸는 체포하면 바로 지능범죄수사팀으로 넘기면 되는 거고."

"하지만 살인이 금융사기 피해자의 짓이라면 전명호가 다음 타깃이 될 수도 있는 거 아닙니까."

준현의 반박에 영철은 끙 하고 앓는 소리를 냈다.

"그래서 니 생각은 뭔데? 우째했으면 좋겠노?"

"박영우랑 강희원 수사는 계속하되 지금까지 발견된 사기 피해자들도 잠정 용의자로 놓고 조사해야 할 것 같습니다."

"그러려면 강력팀 전원이 다 투입돼야 할 낀데. 이미 살인 혐의가 짙은 건 두 사람인데 거기에 집중하고 코인사기 피해자들은 지능팀에 넘기지."

"그 사기 피해자들이 다 살인 용의자이지 않습니까."

영철이 쯧 혀를 찬 뒤 준현을 제외한 다른 이들을 돌아보았다.

"먼저 나가 있어라. 너거 팀장이랑 따로 얘기 좀 해야겠다."

수호, 태훈, 도윤이 두 상사의 눈치를 보며 주섬주섬 자리를 떴다.

"왜 또 그렇게 어렵게 갈라 카노?"

방 안에 둘만 남자 영철이 준현에게 물었다.

"진짜로 바깥에서 연쇄살인범이 설치고 다닌다고 생각하나? 그 범인이 전명호까지 노린다꼬? 보아 하건대 그럴 가능성은 엄청 낮은 거 아이가."

"낮아도 제로는 아니니까 해봐야죠."

"수사가 무슨 수학 공식이가. 그렇게 원칙 다 따져가며 하다가 범인은 언제 잡노. 이것도 사람 하는 일인데 유도리가 있어야지, 유도리가."

"원래 이렇게 생겨먹은 걸 어쩝니까."

젊은 시절부터 자신을 봐왔던 선배 앞이라 준현은 비교적 편하게 말했다.

"그래, 뭐 그건 그렇다 치고 다 좋은데, 니 말대로면 인원들 있는 대로 다 때려 넣어야 하는데 지금은 그럴 여력이 안 돼. 조사해야 할 사기 피해자가 한둘도 아닌데…."

"그럼 다른 사건 터질 때까지만이라도 수호, 태훈이 함께 데리고 있겠습니다."

"다른 건이 터지면 그때부턴 우얄라고?"

"그때는 저랑 도윤이만 매달려야죠."

영철이 "아이고" 낮은 신음을 냈다.

"그라믄 도윤이 갸는 들어온 지도 얼마 안 됐는데 버텨나겠나. 그러니까 니 밑에 오는 애들이 힘들다고 자꾸 나가지. MZ세대라 카던가? 하여튼 요새 젊은 애들 우리 때랑 다르데이. 작작 좀 해라."

"MZ세대든 뭐든 이 일 하겠다고 결심했으면 할 일은 해야죠."

영철은 두 손 다 들었다는 듯 피식 웃다가 무슨 생각에선지 한동안 말없이 준현을 바라봤다.

"니 혹시 그 일 아직도 마음에 묻어두고 있나?"

구체적으로 밝히진 않았지만 준현은 영철이 언급한 '그 일'이 무엇인지 알고 있었다. 혈기 넘쳤던 형사 초년병 시절 준현은 연쇄성폭행사건 범인을 잘못 검거한 일이 있었다. 직접적인 증거는 없었지만 정황상 증거들은 넘쳐났다. 검거된 자는 당연히 결백을 주장했다. 문제는 그의 주장이 사실이라는 거였다. 그가 검거돼 있을 당시 진짜 범인이 또 다른 여성을 성폭행했다. 당시 이 현장에 결정적 증거를 남긴 바람에 진범을 체포할 수는 있었지만, 준현은 자신의 잘못으로 또 다른 피해자가 생겼다며 크게 자책했다.

그 일을 계기로 준현은 완전히 달라졌다. 집요하다고 할 정도로 증거를 모았고, 답답해 보일 수 있을 만큼 원칙에 매달렸다. '아직도 그 일을 마음에 묻어두고 있냐'는 영철의 말은 어떤 면에선 틀린 게 아니었다.

"혹시 마음에 두고 있다면 이제 그건 떨쳐버리라. 형사가 무슨 신이가. 일부러 그런 것도 아니고 실수한 걸 우짜겠노."

"하지만 그 실수 때문에 안 죽어도 될 누군가가 죽거나, 안 다쳐도 될 누군가가 다치는 거 아닙니까."

영철은 다시금 잠시 말이 없어졌다. 방 안엔 한동안 어색한 침묵이 감돌았다. 마침내 영철이 휴, 하고 깊은 한숨을 내쉬었다.

"그래. 좋을 대로 해라. 대신에 나중에 내가 지원을 안 해 줬다는 둥 그런 말은 하지 말그라."

말을 마친 영철은 준현의 어깨를 툭툭 치곤 밖으로 걸어 나왔다.

벼랑 끝에 몰린 SOS

최지호가 경찰서로 찾아온 건 강희원과 박영우의 불륜 행각이 밝혀진 며칠 뒤였다. 도윤과 향후 수사 방향을 논의하는데 정신이 팔려 있던 준현은 "선배, 저기 누가 찾아온 모양인데요?"라는 수호의 말에 비로소 눈앞에 서 있는 방문객을 바라봤다.

"바쁘신 모양이네요. 아까부터 계속 서 있었는데."

지호가 그렇게 말하며 생긋 웃었다. 지난번 만났을 때보다 훨씬 친근한, 애교까지 섞인 말투였다. 날씬한 두 다리가 돋보이는 미니스커트에 가슴골이 살짝 드러나는 블라우스 차림이라 글래머러스한 몸매가 한껏 드러나 보였다. 복도에서 젊은 후배 경찰들이 지나가며 호기심 어린 시선으로 지호를 힐끔힐끔 쳐다보았다.

"어쩐 일이신지…."

준현이 지호에게 의자를 권하며 물었다.

"뭐라도 생각나는 게 있으면 연락 달라면서요."

"전화가 아니라 찾아올 정도로 중요한 일인가 보죠?"

"그럴 수도 있고 아닐 수도 있고."

묘한 미소를 흘리며 지호가 말했다. 새빨간 립스틱을 바른 입술이 도발적으로 비쭉 올라갔다.

"그래, 생각나신 게 뭐죠?"

"그 전에 먼저 물어볼 게 있는데요."

지호가 준현의 말을 잘랐다.

"오빠 와이프랑 불륜남 만나보셨죠?"

강희원과 박영우를 가리키는 게 틀림없었다. 준현은 가타부타 말을 하지 않고 침묵을 지켰다.

"대답 안 해주실 거예요?"

"용건부터 말씀하시죠."

준현이 기대의 여지를 주지 않고 잘라 말했다.

지호는 샐쭉한 표정을 지었지만 더는 준현을 떠보지 않고 바로 용건으로 들어갔다.

"사실요."

지호가 의미심장한 얘기를 하는 것처럼 목소리를 낮췄다.

"오빠는 겁을 먹고 있었어요."

"겁을 먹다니, 누구한테요?"

"누구긴 누구예요. 와이프죠."

너무 당연한 거 아니냐는 듯 지호가 대답했다.

"왜 겁을 먹죠?"

"와이프가 자길 죽이려는 걸 눈치챘나 보죠. 실제로 그렇게 됐잖아요."

경찰이 강희원과 박영우를 조사 중인 상황을 이미 알고 있는 모양이었다. 본인이 둘의 불륜현장 사진을 건넸으니 경찰이 혐의를 둘 거라는 것 정도야 짐작했을지 몰라도 어떻게 수사 중이라는 사실까지 알았지? 문득 지호에게 포섭됐던 사설탐정이 머릿속을 스쳤다.

'이런 능구렁이 같은 인간….'

준현은 속으로 혀를 찼다.

"정상구 씨가 아내분을 두려워했다는 증거가 있나요?"

"들은 사람이 있으면 증거가 되는 거 아니에요? 제가 들었다니까요!"

지호는 답답하다는 투였다.

"그런데 그게 왜 이제야 생각난 걸까요? 제 기억엔 최지호 씨는 처음부터 강희원 씨를 의심했었는데요."

준현이 지호를 똑바로 쳐다봤다. 준현의 감은 지호가 두 불륜 남녀에게 쏠린 경찰의 시선을 알고서 강희원의 혐의를 굳히려고 일부러 찾아온 것이라 말하고 있었다. 사실인지 아닌지도 모르는 어설픈 떡밥 하나를 들고서.

"아, 뭐 그거야 그럴 수도 있는 거 아니에요?"

지호는 자신을 미심쩍은 눈초리로 보는 게 억울하다는 표정이었다.

"어쨌든 내 말은, 오빠를 죽인 게 와이프라고요!"

"하실 말씀이 그것뿐이라면 잘 알겠습니다. 수사에 참고하도록 하겠습니다."

준현은 그쯤에서 지호와의 대화를 끝내려 했다. 하지만 지호는 할 말이 더 남아 있는 눈치였다.

"저…, 그 여자는 체포되는 건가요?"

"그게 왜 그렇게 궁금하시죠?"

준현이 무뚝뚝하게 물었다.

"왜 궁금하냐니, 그게 무슨 말이에요! 사랑하는 사람을 죽인 범인인데, 당연히 궁금하죠!"

지호의 입에서 튀어나온 '사랑'이라는 단어에 준현이 속으로 코웃음을 치려는데 지호가 말을 이었다.

"유산상속 문제도 있고요."

"유산상속이라고요?"

지호는 조금 뜸을 들이더니 굳이 말 못 할 이유도 없겠다 싶었는지 입을 열었다.

"사실은 오빠가… 만약 자기가 죽으면."

거기까지 말한 지호는 "아까 와이프가 자기를 어떻게 할지도 모른다고 걱정했댔잖아요"라고 덧붙였다. 준현이 듣고 있다는 표시로 고개를 끄덕이자 지호는 말을 이었다.

"전 재산을 저한테 준다고 했거든요."

"뭐라고요?"

"그래서 서약서도 받아놨어요."

지호가 핸드백에서 종이 한 장을 꺼내 보란 듯이 준현에게 내밀었다. 하얀 A4 용지엔 '내가 죽으면 전 재산은 최지호에게 주기로 함'이라는 문장과 함께 손도장이 찍혀 있었다.

'이거야 원.'

준현은 저도 몰래 속으로 한숨을 내쉬었다. 영악한 정상구의 행동을 고려하면 이런 허접한 서약서를 쓴 이가 정상구일 것 같지 않았다. 만약 그가 썼다 하더라도 만취한 상태로 지호의 꼬드김에 빠져 반쯤 장난삼아 썼을 확률이 90퍼센트쯤 돼 보였다.

"이거 진짜예요."

준현의 속내를 눈치챘는지 지호가 힘주어 말했다.

"와이프가 유책배우자인 데다 재산 증식에 기여한 바가 별로 없다. 그래서 이혼하더라도 재산은 전부 자기가 가져간다. 그런데 만약 이혼도 안 한 상태에서 자신이 죽을 경우엔 재산이 아내한테 넘어가는데 그건 도저히 참을 수 없다. 그렇게 말했다고요!"

"만약 이게 사실이라 하더라도 법적 효력은 없습니다."

준현의 말에 지호는 아쉬운 듯 한숨을 쉬었다.

"알아요. 그럴 줄 알았으면 공증을 받아놓는 건데."

그러더니 지호는 다시 기대에 찬 표정을 지었다.

"하지만 와이프가 감옥에 들어가면 오빠 핏줄은 미성년자인 아들밖에 없잖아요. 죽은 사람이 이렇게 상속 의사까지 밝혔는데 저도 법적 권리를 주장할 수 있는 거 아니에요?"

"그런 건 변호사 사무실에 찾아가 물어보시죠."

넌더리가 난 준현은 어서 지호를 쫓아버리고 싶은 심산에 그렇게 말했다. 하지만 지호는 호락호락 물러날 기미를 보이지 않았다.

"그러니까 그 여자, 체포되는 거 맞죠?"

그때 도윤이 "선배, 누가 찾아온 것 같은데…"라며 문 쪽을 가리켰다. 얼굴이 창백한 청년 하나가 쭈뼛쭈뼛 강력범죄팀 문 앞에서 서성거리고 있었다. 준현은 구세주를 만난 심정으로 청년을 향해 손을 흔들었다.

"오늘은 찾는 사람이 많네요. 죄송하지만 이만 가보셔야겠습니다."

준현의 말에 지호는 입을 삐죽이며 마지못해 자리에서 일어섰다. 준현의 시선이 문득 책상에 아무렇게나 팽개쳐둔 핸드백을 집어 드는 지호의 손목에 가 닿았다. 손목엔 한눈에도 고급스러워 보이는 금빛 시계가 채워져 있었다. 어쩐지 본 적이 있는 듯한 디자인이었다.

"그거, 까르띠에인가요?"

지호는 제 손목을 내려다보더니 의외라는 표정을 지었다.

"이런 데 통 관심 없으실 줄 알았는데. 맞아요, 까르띠에 커플 시계예요."

"정상구가 선물해줬나 봐요?"

"아뇨, 예전에 썸 타던 남자랑 나눠 꼈던 거예요."

지극히 자연스러운 일이라는 말투였다.

준현이 뭔가 더 물어보기도 전에 지호는 쌩하니 문을 나섰다. 그 대신 아까 문 앞에서 서성대던 청년이 교대하듯 준현 앞에 다가와 섰다.

"혹시, 박서준 씨인가요?"

준현의 물음에 서준이 고개를 까딱했다. 나이 많은 어르신들이 보면, 건방지게 그게 뭐냐고 한마디 할 법한 조금은 삐딱한 태도로. 얇은 입술을 일자로 꽉 다물고 있는 서준은 태도뿐만 아니라 얼굴 생김새 역시 어딘지 모르게 신경질적으로 보였다. 성가시고 귀찮다는 표정을 굳이 숨기려 하지도 않았다.

"바쁘신데 나와주셔서 감사합니다."

준현이 예의상 인삿말을 건넸다. 하지만 안준영의 또 다른 피해자인 서준은 이 자리에 서 있는 게 영 못마땅한지 부루퉁한 목소리로 대꾸했다.

"수사상 필요하다면서요. 바빠죽겠는데 괜히 사람 오라 가라 하고."

"추가 피해자는 막아야 하니까요."

준현의 입에서 나온 '피해자'라는 말 때문인지 서준은 경계심이 아주 약간은 풀어지는 것 같았다. 자신과 동병상련의 처지에 있는 다른 사람들을 떠올려보았는지 창백한 얼굴에

241

씁쓸한 표정이 스치고 지나갔다.

"안현수라는 사람한테 사기당한 거 맞으시죠?"

"그래서 보자고 한 거 아니세요?"

다소 경계를 늦춘 줄 알았는데 서준의 목소리는 여전히 날이 서 있었다.

"다 아는 거 왜 또 물어보세요? 빨리 끝내주세요. 저 바빠요."

"직장에서 잠깐 짬을 내 나오셨나 보죠?"

준현이 직장인의 옷차림이라고 하기엔 너무 격식 차리지 않은 것처럼 보이는 서준의 빛바랜 티셔츠와 운동화를 흘낏 쳐다보며 말했다.

"…공시생이에요."

떳떳하지 않은 고백이라도 하는 것처럼 서준은 다소 풀이 죽은 목소리로 말했다.

"그럼 공부 진짜 열심히 해야겠네요. 경쟁률이 굉장히 세다면서요?"

"…뭐, 그야 그렇죠."

서준이 말꼬리를 흐렸다. 아까처럼 뒤가 켕기는 말투였다. 어쩌면 아직까지 취준생인 신분에 대한 자격지심 때문인지도 몰랐다.

준현은 마주 앉은 서준을 빠른 속도로 훑어보았다. 젊은이다운 생기라곤 찾아보기 힘든 지친 표정에 축 처진 어깨. 한눈에도 대학을 갓 졸업한 나이대 같아 보이진 않았다. 몇 년간 고시촌에서 책과 씨름하며 보낸 듯 시들시들한 얼굴엔 제 뜻대로 되지 않는 세상에 대한 자괴감과 반발심이 조금씩 섞여 있었다.

"공부하느라 바쁠 텐데 어쩌다 안현수 같은 인간이랑 엮이게 됐어요?"

"공시생은 뭐 돈이 안 필요한지 아세요?"

별안간 서준이 목소리를 높였다.

"기회의 평등이니 뭐니 해도 다 넉넉한 애들이 먼저 붙는다고요. 생활비 걱정 없이 공부만 하면 되니까. 나도 그런 애들처럼 되고 싶어서 돈 벌려고 한 게 그렇게 큰 잘못이에요?"

애먼 형사들을 향해 날카롭게 쏘아붙인 뒤에 아차 싶었는지 서준은 얼굴을 붉히고 어색한 손놀림으로 뒷머리를 긁적였다.

흔히들 인생은 마라톤이라고 한다. 그런 말을 들을 때면 서준은 이렇게 덧붙이고 싶었다. 그냥 마라톤이 아니라 '반전 없는 마라톤'이라고. 100미터 경주도 아니고 무려 42.195킬로미터를 달린다면 적어도 한 번 정도는 역전의 기회가 있어야 하는 것 아닌가. 하지만 이놈의 인생이라는 마라톤엔 역전의 기회 따윈 없다. 날 때부터 금수저를 물고 태어난 놈은 금가루가 뿌려진 트랙을 달리고, 흙수저를 물고 태어난 놈은 먼지 가득한 비포장도로를 달려야 할 뿐이다.

죽는 순간까지 계속해서.

서준은 자신이 지독히 재수 없는 흙수저 가운데 하나라고 생각했다. 깡촌에서 가진 것 하나 없는 부모님 밑에서 태어난 내가 흙수저가 아니면 대체 누가 흙수저겠냐고. 흙수저와 금수저는 마라톤을 시작하는 출발점부터 달랐다. 금수저는 흙수저보다 적어도 10킬로미터는 앞에서 출발했다. 흙수저가 아무리 기를 쓰고 따라잡으려 해도 금수저들은 코웃음을 치며 둘 사이의 거리를 점점 벌렸다.

이따금 청년들의 '수저론'을 비판하는 기성세대들을 볼 때면 서준은 '그렇게 허울 좋은 말만 하는 당신들 모두 수저 잘물고 태어난 사람들 아닌가요?'라고 쏘아붙이고 싶은 충동을 애써 억눌러야 했다. 진짜 흙수저들은 안다. 다른 수저들과의 경쟁이 얼마나 힘 빠지는 일인지를. 시골에서 죽도록 공부해 서울 중위권 대학에 입성했지만, 흙수저가 동수저나 은수저로 바뀌는 기적은 일어나지 않았다. 어쩌다 서준과 같은 대학에 오게 된 금수저들은 잠깐 주춤했을지 몰라도 곧바로 자신을 제치고 앞서나가기 시작했다. 해외로 유학을 가거나, 한 단계 수준 높은 대학원으로 업그레이드하거나, 부모 찬스를 잘 써서 좋은 곳에 알음알음 취업하는 방식으로.

그에 비해 서준은 늘 같은 곳에서 아등바등 발버둥 쳐야했다. 아르바이트를 몇 개씩 해가며 대학을 졸업해도 그를 원하는 기업은 단 한 곳도 없었다. 고향에서 다들 부러워 마지않는 대학 졸업장은 구직시장에선 별로 힘을 발휘하지 못했다. 서준은 어린 시절부터 사교육을 받거나 어학연수를 다녀온 또래들에 비해 외국어 실력도 뒤졌다. 게다가 일하면서 학비를 버느라 자격증을 따거나, 이력서에 한 줄 넣기 그럴듯한 인턴도 할 수 없었다. 그렇다고 남들처럼 가방끈을 늘리는 선택을 할 수도 없으니 남은 건 노량진 고시촌에 들어가 9급 공무원 준비를 하는 것뿐이었다.

인생이 불공평하다고 느낄 때면 서준은 이따금 작은 일탈을 했다. 남들처럼 진탕 술을 마시고 클럽에 다닌 건 아니었다. 사실은 그럴 만한 경제적, 심적 여유마저 없었다. 그저 가능성이 지극히 희박한 인생역전을 꿈꾸며 1000원, 2000원 푼돈을 주고 로또를 사는 것 정도가 서준이 누릴 수 있는 유일한 일탈이자 팍팍한 일상에서 숨 쉴 수 있는 해방구였다.

그런데 최근엔 로또 말고도 서준에게 해방구 같은 존재가 하나 더 늘었다. 바로 '코인 로또'였다. 소위 '리딩방'이라는 온라인 무료 채팅방에는 서준과 비슷하게 일확천금을 꿈꾸는 이들이 같은 목표를 향해 하루도 빠짐없이 결집하고 있었다. 이들을 앞장서서 진두지휘하는 이는 고급 투자 정보를 쥐고 있다는 리딩방 관리자 '마스터님'이었다.

처음에 서준은 자신 같은 사람들이 이렇게 많다는 사실을 알고 놀랐다. 하지만 이해가 안 되는 것도 아니었다. 세상엔 금수저가 많은 만큼 흙수저도 많은 법이다. 코인이 자신 같은 흙수저에게 인생역전의 기회를 부여해준다면 그거야말로 진정한 기회균등이자 사회정의라 부를 만하다고 서준은 생각했다.

서준이 무료 회원으로 가입한 리딩방엔 서준을 설레게 하는 '간증 글'들이 매일같이 올라왔다. 그리고 기분 전환 삼아 그 글들을 읽다 보니 어느 순간 매일 자기 전에 확인하는 게 서준의 하루 일과가 돼버렸다.

'여기 마스터님 덕분에 오늘 회사 사표 냈어요. 마스터님이 추천해주시는 종목으로 사고팔고 하다 보니 코인으로 벌써 64억이나 번 거 있죠? 이제부터 그냥 일 안 하고 파이어족으로 살려고요.'

'여러분들이 안 믿으실 것 같아서 제 계좌 사진 올려요. 여기 찍힌 숫자 보이세요? 1억 3600만 원이에요, 1억 3600만 원. 사흘 만에 이만큼 벌었다니, 믿어져요?'

'오늘도 마스터님만 믿고 수익률 200퍼센트 돌파 고고!'

때로는 간증 글 밑에 리딩방 회원들이 직접 찍어 올린 은행 계좌 사진들이 올라오는 일들도 있었다.

사실 수익 인증샷은 새로운 회원이 들어오면 '환영인사 건네기', '매수매도 내용 공유하기'와 마찬가지로 서준이 속한 리딩방의 규칙 중의 하나였다.

간증 글을 읽을 때면 서준은 무엇엔가 홀린 것처럼 정신이 황홀해졌다. 모두 다 이곳 마스터님 지시를 따른 덕분에 돈을 벌었다는 희망찬 내용뿐이었다. 한순간 인생역전을 달성한 이들의 달콤한 스토리는 어린 시절 읽던 만화나 말로만 듣던 마약보다 중독성이 강했다.

하지만 이렇듯 마음을 흔드는 글귀에도 불구하고 서준은 선뜻 투자에 뛰어들 순 없었다. 몇 번이고 시도한 적은 있었다. 하지만 항상 마지막 순간에 '이러다 잘못되면 어떡하지'라는 불안감 때문에 시도를 포기하곤 했다.

어쩌면 이것 자체가 자신이 흙수저라는 방증일 수도 있었다. 가진 게 많은 이들은 실패를 두려워할 필요가 없다. 무언가를 잃어버리더라도 다른 걸 갖고 있으니까. 하지만 가진 게 없는 이들은 자신이 가진 유일한 소유물마저 잃어버릴까봐 언제나 경계하고 의심하게 된다. 그러다 보니 위험을 감수한 사람들이 커다란 보상을 얻는 현실을 곁에서 멍하니 구경하고 있을 수밖에 없다. 그렇게 흙수저와 흙수저가 아닌 이들의 차이가 점점 벌어지는 악순환이 반복되고 만다.

타고난 조심성에 강화된 비관적 성격까지 더해진 탓에, 그날도 서준은 다른 이들의 성공담을 부러움 반 의구심 반으로 멀거니 지켜보고만 있었다.

그런데 여느 때와 달리 누군가가 침묵을 지키고 있던 서준을 언급했다.

'jk0264 님은 오늘도 너무 조용하시다.'

jk0264는 서준의 대화명이었다. 그 시작을 계기로 갑자기 리딩방에 참여한 모든 이들의 관심이 서준에게 쏠렸다.

'듣고 보니 그러네. 아직 인증샷 안 올리셨죠?'

'혹시 매수 매도도 안 해보신 거예요?'

'에이, 그럴 리가. 여기 단골로 오시는 것 같던데.'

'똑똑, jk0264 님? 주무시나요? 대답해주세요.'

리딩방에 자신을 지목한 메시지들이 연이어 올라와 기둥처럼 세로로 늘어서자 서준은 적잖이 당황스러웠다. 마치 생판 타인들 앞에서 공개 처형을 당하는 기분이었다.

'jk0264 님, 다른 분들 얘기가 진짜예요? 진짜 아직 아무것도 안 해봤어요?'

잠깐 간격을 뒀다가 자신을 지목한 마지막 메시지가 채팅방에 올라왔다. 서준은 마지못해 답을 달았다.

'네, 아직은요.'

그러자 이번에도 기다렸다는 듯 서준을 겨냥한 메시지가 봇물 터지듯 리딩방에 넘쳐나기 시작했다.

'망설이면 늦어요. ㅜㅜ'

'신중은 입금만 늦출 뿐.'

'마스터님이랑 저흴 믿고 한번 투자해보세요. 신세계를 경험한다니까요.'

'맞아요. 우리 리딩방 회원들 다 같이 부자 돼야 하잖아요. 혼자만 돈 벌면 무슨 재미?'

쏟아지는 메시지들 사이에서 정신을 차리지 못하던 서준

은 얼떨결에 속내를 털어놓고 말았다.

'마스터님을 직접 만난 적도 없는데 돈을 걸려니 좀 걱정스러워서요.'

갑자기 활발하던 채팅방 대화가 뚝 끊겼다. 서준은 순간적으로 서버가 멈춘 건가 싶었다.

'그럼 jk0264 님은 여기 왜 들어오신 거예요?'

1부터 10까지 셀 정도의 시간이 흐른 뒤, 누군가 리딩방에 이런 메시지를 올렸다. 그게 신호라도 된 양 이번에도 밀물처럼 집단 메시지 공격이 밀려왔다.

'동지라고 생각해서 정보 공유하고 있는데 그런 말 들으니 섭섭하네요.'

'맞아요. 믿지도 않으면서 찬물이나 끼얹으면 다른 회원들 사기가 꺾이잖아요.'

'이건 아예 리딩방 물을 흐리는 거죠.'

서준은 순식간에 리딩방에서 공공의 적으로 내몰렸다. 단체로 자신을 공격하기로 작정한 것만 같았다. 이런 게 마녀사냥인가 싶어 진땀까지 났다.

'솔직히 jk0264 님 말이 맞죠.'

비난의 도가니 속에서 누군가 서준의 편을 들었다. 순식간에 리딩방 분위기가 싸늘하게 얼어붙는 것 같았다.

'뭐가 맞다는 거예요?'

또 다른 누군가가 서준의 옹호자에게 날을 세웠다. 아이디를 보니 아까부터 앞장서서 서준을 공격하던 사람이었다. 익명의 타인들 앞에서 추궁당하는 일이 당혹스러울 법도 한데, 누군지 알 수 없는 서준의 옹호자는 딱히 거기에 주눅 들지 않는 눈치였다.

'그렇잖아요. 이런 데서 신원도 안 드러내고 이걸 사라, 저걸 사라 하는 마스터라는 사기꾼이나, 포토샵으로 조작한 것 같은 인증샷 올리며 바람잡이 하는 이들이나 다들 한통속인데. 그걸 곧이곧대로 믿는 사람이 바보지.'

생각지도 못한 신랄한 내용과 노골적인 어조에 놀란 서준이 '어라?' 하는 사이, 해당 메시지가 리딩방에서 삭제됐다. 동시에 메시지를 보낸 사람도 방에서 사라져버렸다.

그뿐만이 아니었다. 정신을 차리고 보니 자신도 더는 리딩방 메시지를 읽을 수가 없었다. 아까 그 사람과 함께 강제 퇴장당한 모양이었다.

서준은 어안이 벙벙했다. 어떻게 이런 일이 있지? 앞으로 나는 리딩방에 못 들어가는 건가? 거기 올린 게시물을 보는 게 유일한 즐거움이었는데. 적당히 다른 회원들 비위라도 맞춰줄 걸 너무 생각나는 대로 얘기했나 싶어 뒤늦게 후회가 밀려왔다.

카톡.

얼빠진 서준 곁에서 카톡 메시지가 왔다는 알림이 떴다. 보낸 이를 보니 친구로 등록되지 않은 이였다.

'jk0264 님?'

서준은 머뭇거리다 답신을 보냈다.

'누구세요?'

'아까 리딩방에서 jk0264 님이랑 함께 퇴장당한 사람인데요. 이게 제 번호인데 잠깐 통화 가능할까요?'

서준은 상대가 보낸 휴대폰 번호를 물끄러미 바라봤다. 이건 뭐지? 신종 보이스 피싱인가? 하지만 그렇다면 내가 리딩방에서 쓰던 아이디랑 조금 전 퇴장당한 사실은 어떻게 알지? 상대가 누군지 몰라도 저 사람은 아까 나랑 같은 리딩방에서 퇴장당한 사람이 틀림없어.

한동안 휴대폰 번호를 바라보던 서준은 마침내 마음의 결단을 내리고 그 번호로 전화를 걸었다. 상대의 의도가 궁금한 데다, 전화 한 통 정도야 뭐 크게 해가 될까 하는 생각에서였다.

"아, 전화를 주셨네요."

수화기 반대편에서 반가워하는 상대방 목소리가 들렸다. 듣기 좋은 저음의 남자 목소리였다.

"무슨 일이신데요?"

서준이 경계를 풀지 않고 물었다.

"jk0264 님이 —아, 죄송해요, 제가 성함을 몰라서— 하신 말씀이 다 맞거든요. 저곳 마스터가 대형 증권사 실전투자대회 수익률 1위라는 둥 하는데, 저런 거 다 거짓말이에요. 그래도 어지간하면 다 속아 넘어가는데 군중심리에 휩쓸리지도 않고 대단하시네요."

서준은 상대가 자기를 추켜세우는 게 듣기 싫지 않았다. 사실 틀린 말도 아니었다. 저렇게 떼로 몰려다니는 사람들 사이에 섞여 있으면서도 분위기에 휘말리지 않은 자신이 대견스러웠다.

하지만 한편으론 이 남자가 왜 자신에게 연락하라고 한 건지 궁금하기 짝이 없었다. 서준의 속마음을 읽은 남자가 용건으로 바로 넘어갔다.

"나중에 저랑 한번 따로 만나시는 건 어때요? 저도 얼굴한 번 안 본 사람한테 이런 얘길 하고 싶진 않거든요."

"이런 얘기라니, 무슨 얘긴데요?"

서준의 말에 남자는 중요한 정보를 전해준다는 듯 목소리를 낮췄다.

"저런 데서 알 수 없는 진짜 진짜 알짜배기 정보를 알려드릴께요."

약속 장소로 나오기까지 서준은 여러 차례 망설였다. 하지만 결국 남자가 지정한 곳에 가고 말았다. 남자의 제안에 호기심이 일기도 했고, 대낮에 카페 안에서 무슨 일이 벌어지겠냐는 생각도 있었다.

남자는 서준에게 명함을 내밀었다. 명함엔 '에버그린 투자자문회사 대표 안현수'라고 적혀 있었다.

"투자자문회사?"

현수가 고개를 끄덕였다.

"요즘처럼 거짓 정보가 범람하는 시대엔 제대로 된 투자 전문가가 필요해요. 까딱 잘못하면 속아 넘어가기 일쑤거든요. 전에 그 웃기지도 않는 리딩방 회원들처럼요."

어쨌거나 한때 자신도 그곳 회원이었던 서준은 머쓱한 마음에 어깨를 움츠렸다.

"요새 한국에 그런 곳이 워낙 많다는 얘길 듣고 저도 궁금해서 한번 들어가봤거든요. 결국엔 강퇴당했지만 서준 씨는 도와드리고 싶더라고요. 바른말을 해도 안 믿는 바보들이야 어쩔 수 없지만 서준 씨는 다르니까."

그렇지 않냐는 듯 현수가 서준을 똑바로 쳐다봤다.

"서준 씨도 코인투자에 관심 있으시죠? 그러니까 리딩방에 방문하셨던 거고요."

딱히 부정할 이유가 없어 서준은 고개를 끄덕였다. 그러자 현수의 얼굴이 환해졌다.

"그러면 정말 운이 좋으신 거예요. 제 전공 분야가 코인이거든요. 실리콘밸리서 일할 때 코인 개발하는 것도 봤고요."

"실리콘밸리…요?"

"스탠퍼드 졸업한 뒤에 스카웃돼서 잠깐 일했어요."

"대단하시네요."

서준이 부러운 눈으로 현수를 쳐다봤다. 이름만 대면 누구나 다 아는 학교를 나와서, 이름만 대면 누구나 다 아는 곳에서 일하고, 지금은 젊은 나이에 회사 대표라니. 저 사람도 타고나길 금수저로 타고났겠지?

"코인의 장점은요."

서준의 속마음을 알 리 없는 현수가 말을 이었다.

"사회를 평등하게 만들어준다는 거예요. 우리 사회가 얼마나 불평등해요? 처음부터 좋은 집에서 나고 자란 사람은 죽을 때까지 어려움 없이 살고, 그렇지 못한 사람은 죽을 때까지 고생하고."

서준은 저도 모르게 고개를 끄덕였다.

"하지만 코인투자는 혜택받지 못한 이들에게 기회를 부여하잖든요. 그래서 전 코인이 이 사회를 바꿀 수 있다고 생각해요."

어느새 서준은 현수의 말에 열렬히 공감하고 있었다.

"하지만 인생을 바꿀 기회가 아무한테나 가선 안 되는 거잖아요. 자기 주관이 뚜렷하고 열심히 노력하는 사람들이 가져야죠. 그래서 제가 서준 씨를 도와주려는 거예요."

"절, 도와주신다고요?"

현수의 결론이 생각지도 못한 방향으로 흐르는 바람에 놀란 서준은 얼떨떨한 얼굴로 반문했다.

하지만 현수는 환하게 웃으며 서준의 어깨를 툭 쳤다.

"상담료는 수익의 20퍼센트. 어때요, 이 정도면 크게 비싼 거 아니죠?"

이미 서준이 제 고객이 되었다는 투였다.

뭔가에 홀린 듯한 기분으로 서준은 고개를 끄덕였다. 아주 짧은 순간, '어라, 이상한데?' 하는 생각이 머리를 스쳤지만 서준은 그 생각을 빨리 지워버렸다. 어쩌면 이게 자신에게 찾아온 일생일대의 기회인지도 모른다는 생각이 들었다.

게다가 현수가 당당하게 상담료를 요구하는 것도 서준은 오히려 안심이 됐다. 곰곰이 생각해보면 아무런 대가 없이 남한테 정보를 주는 게 더 이상한 일이니까. 이 사람을 믿고 따라가봐도 좋겠다고 서준은 결심했다.

그런 서준에게 현수가 다시 한번 환한 미소를 지어보였다.

"저만 무조건 믿고 따라오세요. 절대 손해 안 보게 만들어드릴께요."

시간이 흐른 뒤 서준은 하루에도 수십 번씩 자신의 선택을 후회했다. 왜 현수에게 연락했을까, 왜 그와 만났을까, 왜 그의 속임수에 홀라당 넘어갔을까.

누군가 군이 답변을 요구한다면 서준은 '선택됐다는 우월감' 때문이라고 답할 것 같았다. 나는 남들과 달라, 그래서 저렇게 잘난 사람이 일부러 내게 연락을 한 거야. 얕은 꼬임 따위에 속아 넘어가는 어중이떠중이들이랑은 다르다고.

실리콘밸리니 스탠퍼드니 하며 현수가 떠들었던 말들은

서준의 우월감을 부추긴 탁월한 장치였다. 아니, 어쩌면 이 사회의 불공평에 지칠 대로 지쳤던 서준은 현수가 했던 말들을 무조건 믿고 싶었는지도 모른다. 코인이 사회를 바꿀 수 있다는 말, 그리고 그렇게 된다면 자신 같은 사람이 기회를 부여받아야 한다는 그 말.

하지만 맹목적 믿음의 결과는 처참했다. 서준은 차곡차곡 모아놓은 전 재산 3000만 원을 현수에게 건넸고, 그 길로 현수는 잠적했다. 속을 끓이던 서준은 당장 생활비조차 감당할 수 없어 살고 있던 원룸을 빼고 1평짜리 고시원으로 이사했다. 그 와중에 공부는 손을 놓다시피 할 수밖에 없었다. 당연히 시험에도 낙방했다. 아무것도 모르는 시골 부모님은 괜찮다며 서준을 달랬지만 그럴수록 부모님한테 죄송한 마음뿐이었다. 도시에선 무엇 하나 내세울 것 없는 변변치 못한 아들을 세상에서 제일 잘난 아들로 믿는 부모님에게 사기를 당했단 말은 차마 입에 올릴 수조차 없었다.

"이젠 얘기 끝났으니 가도 되죠?"

말을 마친 서준이 다시금 짜증 섞인 얼굴로 준현 쪽을 바라보았다.

준현은 잠자코 고개를 끄덕였다. 피해 사실을 얘기해달라는 준현의 요청을 서준은 처음엔 한사코 거부했다. 이제야 겨우 기억에서 지워버린 일을 다시 떠올리기 싫다는 이유에서였다. 그래도 수사협조를 위해 잠시만 짬을 내 경찰서에 들러달라고 하자, 서준은 내키지 않는다는 반응을 보이면서도 어쩔 수 없다고 생각했는지 결국 마지못해 승낙했다. 이젠 얻어 건질 만한 내용은 대충 얻어 건졌으니 준현도 더는 서준을 붙잡아 둘 수 없었다.

"공부하러 가요?"

주섬주섬 자리에서 일어서는 서준에게 준현은 잘 가란 인사 대신 그렇게 물었다. 하지만 예의상 건넨 말에 서준의 얼굴은 단박에 흐려졌다.

"아니요. 공사장에 가요. 아르바이트 뛰어야 해서요."

"공사장?"

"안현수 때문에 학원 등록할 돈도 날려먹었거든요. 다시 접수하려면 빨리 돈 벌어야죠."

수면 부족인지 눈 밑이 거뭇거뭇한 서준은 그렇게 말하곤 경찰서 문을 나섰다. 준현이 자리에 앉아 바깥을 바라보니 서준은 건널목에 서서 신호를 기다리고 있었다.

신호등이 파란불로 바뀌자 서준은 천천히 걸음을 옮겼다. 한 발짝씩 옮기는 발걸음이 그가 짊어진 삶의 무게만큼이나 무거워 보였다.

사실은 다 이렇게 된 거예요

박서준을 배웅한 준현은 곧바로 자리에서 일어났다.

"어딜 그렇게 급히 가세요?"

자신도 따라가야 할지 말지를 망설이는지 도윤이 책상에서 엉거주춤 몸을 일으킨 상태로 물었다.

"일단 따라와."

잽싸게 뒤따라 나온 도윤은 준현의 표정이 심상치 않다고 느꼈는지 차 안에서 조심스레 눈치만 살폈다. 준현이 모는 차가 이윽고 청담동 실내 골프 연습장에 도착했다.

"이선우 만나러 온 거예요? 그럼 미리 연락이라도 하시지. 혹시라도 없으면 헛걸음할 텐데."

도윤의 소리가 들리지 않는지 성큼성큼 연습장 안으로 들어간 준현이 안을 둘러보다가 선우를 발견하곤 곧장 그에게 다가갔다.

선우는 형사들을 보고 다소 당황한 듯했지만 억지로 얼굴에 사교적인 미소를 지어 보였다.

"오랜만에 뵙네요. 살인범은 잡힌 건가요? 아, 잡혔으면 여기 오실 필요가 없는 건가."

"장혜영이 최지호죠?"

준현이 다짜고짜 물었다.

"네?"

선우와 도윤이 동시에 되물었다. 하지만 어안이 벙벙한 도윤과 달리 선우의 얼굴은 허를 찔린 사람처럼 새파랗게 질려 있었다.

"그, 그게 무슨 말씀이신지…."

"다 알고 왔어요. 계속 잡아떼실 겁니까?"

"아니, 무슨 말인지 알아야 제가 도와드릴…."

"이선우 씨."

준현이 선우의 말을 잘랐다.

"지금 자신이 처한 상황을 잘 모르시는 모양인데 선우 씨는 벌써 거짓말로 수사에 혼선을 줬어요. 업무방해죄에 해당하는 사안입니다. 그런데도 계속 발뺌할 예정입니까?"

선우는 고개를 돌려 창밖을 물끄러미 바라보았다. 마치 말하는 법을 잊어버린 사람처럼 한동안 시선을 고정하고 있던 선우가 마침내 입을 뗐다.

"어떻게 아신 거예요?"

이미 마음의 정리를 했는지 새하얗게 질려 있던 얼굴은 담담하고 초연해 보였다.

"까르띠에 커플 시계요. 최지호도 차고 있던데요."

선우가 뜻밖이라는 표정을 지었다.

"그걸 아직 차고 있었다고요?"

"네. 전에 썸 타던 남자가 줬다면서요."

"썸남이라. 역시 날 그 정도로밖에 생각 안 한 건가."

선우는 고개를 절레절레 흔들더니 별안간 너털웃음을 터뜨렸다.

"그러고 보니 개답네요. 명품이니 누가 줬든 개의치 않고 차고 다녔겠죠."

허탈함과 냉소가 반반씩 뒤섞인 말투였다.

"왜 거짓말을 한 겁니까?"

"전부 거짓말은 아니었어요."

선우가 변명하듯 말했다.

"사실대로 말하지 않은 건 최지호란 이름 정도? 미국에서 실용음악을 전공했다고 한 거나 발리에서 한 달 살겠다며 잠적한 거나 모두 다 개가 한 거짓말이에요."

"그럼 둘한테 사기당한 것도 알고 계셨습니까?"

"네."

선우는 입꼬리를 비죽이 올리며 냉소적으로 웃었다.

"제가 머리가 나쁘긴 하지만 그 정도로 바보는 아니거든요."

"언제 안 거예요?"

곁에서 준현과의 대화를 지켜보던 도윤이 물었다.

"둘과 연락이 끊겼을 때? 직감적으로 '아, 속았구나' 싶었어요."

"그런데 왜 피해 신고를 안 했습니까?"

준현의 물음에 선우가 잠깐 침묵하다 대답했다.

"의리, 랄까. 그래도 한때 좋아했던 여자인데 사기 범죄에 엮이게 하고 싶진 않았어요."

"그러기엔 본인이 이미 자발적으로 엮인 것 같은데요."

도윤이 말했다.

"그렇긴 하죠. 그래도 신고하면 구속될 수도 있는데 괜히 전과자로 만들고 싶진 않았어요. 1억이라는 돈이 누군가에겐 크겠지만 저한텐 그렇게 절박한 것도 아니고."

"성인군자가 따로 없으시네요."

준현이 냉담한 말투로 대꾸했다.

"신고를 안 한 건 그렇다 치더라도 옛 애인의 가명까지 만들어가며 거짓말한 것도 사랑 때문이었나요? 그런 건 다 핑계고 사실 정상구 사건에 연루되기 싫어서 그랬던 거 아닌가요?"

"…그런 이유도 있었어요."

인정하려니 입이 잘 안 떨어지는지 선우가 뜸을 들이다 답했다.

"살해당했다는 말에 엄청 놀랐거든요. 정상구랑 삼각관계였단 사실을 들키면 의심받을 텐데 그러느니 차라리 사기당한 것도 모르는 멍청이가 낫겠다 싶었어요. 그럼 아예 살인 동기조차 없어지니까."

선우가 순순히 털어놨다.

준현은 아까부터 선우가 손으로 얼굴을 쓰다듬지 않는다
는 사실을 깨달았다. 그가 당황해서 허둥지둥할 때마다 하던
습관이었는데, 어쩌면 그것조차 선우가 계산한 연기였을까.

"최지호는 정상구 내연녀잖아요. 그럼 그 둘이 애초에 이
선우 씨를 표적으로 노리고 선우 씨한테 접근한 걸까요?"

"그건 아니에요."

도윤이 준현에게 던진 질문을 선우가 대신 대답했다.

"지호가 저랑 사귀면서 정상구랑 양다리를 걸친 거예요.
그러다 둘이 눈이 맞아 지호가 정상구랑 짜고 절 등쳐먹은
거고요."

"그걸 어떻게 아십니까?"

준현이 물었다.

"정상구랑 만났거든요."

"만났다고요? 어디서요?"

선우는 주저주저하다가 결국 긴 한숨을 토해냈다.

"이렇게 된 거 그냥 다 털어놓을게요. 제 건물 보러 가는
길에 봤어요. 1층 치킨집 사장이 자꾸 누수가 된다면서 수리
가 필요하다고 와달랬거든요. 그런데 때마침 그놈도 근처에
서 볼 일이 있었던 모양이더라고요."

"그래서요?"

"절 보고 멈칫하면서 도망치려 하길래 제가 불러 세웠어요. 경찰서엔 안 갈 테니 얘기 좀 하자고. 처음엔 못 믿겠는지 계속 빠져나갈 궁리만 하는 것 같았는데, 돈 돌려받을 생각이 없다고 하니 그제야 안심하는 모양이었어요."

"정상구랑 무슨 얘길 한 겁니까?"

선우가 휴, 한숨을 쉬었다.

"…지호 얘기요."

"이미 끝난 거 아니었습니까? 최지호 씨 관련해서 무슨 할 얘기가 있었다는 거죠?"

"…인정하기 싫더라고요."

기어 들어가는 목소리로 선우가 말했다.

"뭐가 인정하기 싫었는데요?"

"…걔가 그 새끼 때문에 절 차버린 거요."

선우는 얼굴이 벌겋게 달아올라 있었다.

"아, 뭐 오해하진 마세요. 걔 하나만 보고 목매달 정도로 저 그렇게 순애보는 아니에요. 하지만…."

"하지만 뭐요?"

"나이도 나보다 훨씬 많은 사기꾼 새끼 때문에 차인 거면 너무 열 받잖아요. 내가 지한테 해준 게 얼만데."

떠오르는 기억에 다시 굴욕감이 드는지 선우가 핏줄이 불거질 정도로 두 주먹을 세게 쥐었다.

"그래서 정상구한테 따진 겁니까?"

"뭐, 따졌다기보다는."

선우가 우물쭈물했다.

"물어봤죠. 처음부터 둘이서 짜고 저한테 접근한 거냐고. 그랬더니 아니라고 하더라고요. 지호를 만난 건 저랑 걔가 사귀고 있을 때라고요. 그 얘길 들으니 더 열받더라고요. 아, 진짜 사기 친 걸로 모자라 남의 여자까지 채가는 건 너무한 거 아니냐고! 아무리 사기꾼이라지만 양심이 없어도 너무 없는 거 아니에요?"

핏대를 세우고 열변을 토하던 선우가 말을 마치고 한숨을 푹 쉬었다.

"그걸로 끝이에요?"

준현이 물었다.

"끝은 아니고… 마지막으로 하나만 알려달라고 했어요."

"뭘요?"

"그 새끼가 먼저 지호를 꼬드겼는지, 지호가 먼저 그 새끼한테 꼬리 쳤는지요."

"이미 다 끝났는데 그런 걸 확인한다고 뭐가 달라져요?"

도윤이 답답하다는 투로 끼어들었다.

"다르죠!"

갑자기 벌컥 소리를 지른 바람에 선우의 목에 핏줄이 섰다.

"그 새끼가 먼저 꼬드겼다면 그냥 그러려니 할 수 있어요, 어차피 쓰레기니까. 하지만 지호 쪽에서 그랬다면… 제 자신이… 너무 한심하잖아요."

말을 마친 선우가 고개를 푹 숙였다.

준현은 답답함과 안쓰러움이 뒤섞인 시선으로 선우를 내려다봤다. 도윤은 부모 잘 만나 팔자 편한 금수저라고 선우를 부러워할지 몰라도, 선우의 내면엔 자격지심과 자신에 대한 혐오감이 남모르게 꿈틀거리고 있었을 수도 있다. 어쩌면 그래서 더 받아들이기 힘들었을 것이다. 다른 남자 때문에, 그것도 정상구 같은 쓰레기 때문에 사귀던 여자에게 차였다는 사실이.

"그랬더니 정상구는 뭐랍디까?"

준현이 물었다.

선우가 입꼬리를 실룩거렸다. 그 모습이 마치 자신을 비웃는 것처럼 보였다.

"지호를 사랑한다더라고요. 그러면서 지호가 자기 아길 가졌대요. 이제 와이프랑은 정리하고 지호랑 아기를 지킬 거라대요. 전 속으로 '아주 사랑꾼 나셨네' 싶었죠. 그런데 더 열받는 게 뭔지 아세요?"

"뭔데요?"

도윤이 다시 끼어들었다.

"그 새끼가 총각도 아니었단 거요. 남의 여자를 가로채 사기꾼으로 전락시켜놓은 주제에 지는 버젓이 와이프까지 데리고 있었던 거예요. 그런 놈 때문에, 고작 그런 놈 때문에…."

자신이 그런 인간에게조차 밀렸다는 사실이 곱씹을수록 화가 나는지 움켜쥔 두 손에 실핏줄이 불거졌다.

"그 새끼는 어차피 저 같은 놈한테 지호가 과분하댔어요. 돈만 아니었으면 걔가 절 떠났어도 진작 떠났을 거라고. 그러더니 또 뭐랬는지 아세요? 지호 걔가 자기한테 그랬대요. 내가 머리도 나쁘고 재미없어서 함께 있으면 하품이 났었다고."

잠깐이지만 선우의 눈에 살기가 번뜩 스치고 지나갔다.

"그래서 정상구를 죽인 겁니까?"

잠자코 있던 준현이 불쑥 물었다.

"네? 뭐라고요?"

선우가 허를 찔린 표정이었다. 그 틈을 놓치지 않고 준현은 여세를 몰아갔다.

"아까 정상구를 본인이 소유한 건물 근처에서 만났다고 하셨죠? 그거 혹시 정상구가 살해된 당일 얘기 아닙니까? 그날 정상구는 근처 일식집에서 약속이 있었는데요."

"아뇨, 그, 그게…."

"혹시 다른 날이라고 말씀하시려는 건가요? 하지만 그런 우연이 자주 일어나진 않을 텐데요. 그래서 전에 범행 현장 인근에서 우리를 만났을 때 그렇게 당황하신 거 아닙니까?"

선우의 얼굴이 벌겋게 달아올랐다. 이마에 땀방울이 송골송골 맺히고 있었다. 그가 손등으로 연신 땀을 훔치기 시작했다.

"제 생각대로라면 선우 씨는 아마도 정상구가 살해된 당일 그와 우연히 식당 주변에서 마주쳤을 겁니다. 어쩌면 정상구가 약속 시간보다 빨리 도착해 시간을 죽이려고 근처를 서성거리다가 선우 씨랑 맞닥뜨렸을지도 모르죠."

"아, 아니에요."

선우가 더듬거리며 반박하려 했지만 말이 이어지지 않았다. 준현이 모르는 척 이야기를 계속했다.

"정상구의 말에 분노가 치밀어오른 선우 씨는 그가 식사를 마치길 기다렸을 겁니다. 본인 소유 건물이 바로 지척에 있으니 시간을 죽이긴 쉬웠겠죠. 그러다 정상구가 식당에서 나오자 뒤를 밟아서 아무도 안 볼 때 해치워버린 거죠."

"아니라니까요!"

선우가 목소리를 높였다. 침착함이 썰물처럼 순식간에 사라진 그의 얼굴에 당황한 기색이 역력했다. 쌍꺼풀이 뚜렷하게 진 커다란 눈이 유령이라도 본 것처럼 휘둥그레져 있었다.

"아니라니, 뭐가 아니라는 겁니까?"

준현이 조용히 물었다.

"그게… 정상구가 죽은 날 만났던 건 사실이에요. 그래서 두 분이 여기로 찾아왔을 때 엄청 겁을 집어먹었던 거고요."

"왜 겁을 집어먹었을까요? 그가 전날 밤 죽었단 사실을 몰랐으면 겁먹을 필요도 없었을 텐데. 사실 선우 씨는 정상구의 사기 피해자잖습니까?"

선우는 잠시 꿀 먹은 벙어리가 됐다.

"정상구가 살해된 걸 어떻게 알았죠?"

준현이 다그쳤다.

"…따라가봤어요."

버텨봐야 별수 없겠다 싶었는지 한참 만에야 선우가 대답
했다.

"치킨집에 오는 길에 낚시용 칼을 샀었거든요. 최근에 낚
시에 재미가 붙어서. 마침 흉기가 될 만한 것도 있는데 확
찔러버릴까, 찌르진 않아도 잔뜩 겁줘서 혼쭐을 내줄까 하
고…."

거기까지 말한 선우는 형사들 시선을 의식했는지 목소리
를 높였다.

"하지만 절대 실행에 옮기진 않았어요. 그놈이 골목에 들
어가고 난 뒤 도저히 용기가 안 나서 근처 편의점에서 맥주
를 마시며 마음을 달랬어요. 뒤따라가 찌를까 말까 찌를까
말까 하고요. 하지만 절대로 제가 죽인 건 아니에요."

"선우 씨는 전에도 우리한테 거짓말을 했습니다. 당신 말
을 우리가 또 믿어야 할 이유가 있습니까?"

"이건 사실이라고요!"

선우의 목울대가 불거졌다.

"전 안 죽였어요!"

"그걸 어떻게 믿죠?"

"…그건."

준현이 싸늘한 시선으로 선우를 쳐다봤다. 한참을 머뭇거리던 선우가 마침내 입을 열었다.

"제가 따라갔을 때 정상구는 이미 죽어 있었다고요!"

그렇게 외친 선우는 두 손으로 얼굴을 감쌌다.

새벽 4시경에 찍힌 것

정상구를 죽이지 않았다는 선우의 주장은 바뀌지 않았다. 수사팀이 취조를 계속했지만 진척은 없었다. 그저 준현 앞에서 했던 말만 되풀이할 뿐이었다.

수상쩍은 게 많았지만, 지금 상태에선 선우를 체포할 순 없었다. 심증만 있지 물증이라곤 하나도 없다 보니 그의 자백을 받아내는 게 유일한 방법이었다.

처음엔 눈물까지 흘리며 결백을 주장하던 선우는 어느 순간 변호사를 선임하겠다며 조개처럼 입을 다물고 묵비권을 행사했다. 뭔가 실마리가 보일 법하다 싶었는데 다시 거대한 벽이 막아서는 느낌이었다.

"이거야, 원."

선우가 요지부동이라는 후배 형사들의 보고를 들은 준현이 한숨을 내쉬었다. 곁에 있는 수호와 도윤은 수면 부족과 스트레스로 얼굴이 누렇게 떠 있었다. 지금 옆방에서 한창 CCTV를 분석하고 있을 태훈 역시 아마 죽을 맛일 것이다.

준현 역시 계속되는 철야와 더딘 수사 때문에 지칠 대로 지친 상태였다.

"정상구 살해 현장에서 이선우를 봤다는 사람은 없어?"

"그게…, 발품을 팔아봤지만 나온 게 없어서요."

도윤이 면목 없다는 표정으로 고개를 숙였다.

"그럼 안준영 쪽은? 거긴 그래도 CCTV가 있잖아."

"안준영 살인 추정 날짜 전후로 호텔 대로변 CCTV는 죄다 수거해서 조사 중입니다."

안준영의 사망 날짜를 언제로 특정할 수 없으니 대략 일주일 치가 넘는 CCTV 자료는 수만 장은 족히 넘을 것이다. 지금쯤 영상을 판독하고 있는 태훈은 눈알이 빠져나가기 직전일 게 분명했다.

"안준영 시신 부검 결과는 아직인가?"

"국과수에서 애를 먹고 있는 것 같던데요."

이번엔 수호가 대답했다.

하긴 시신 상태를 보면 그럴 테지. 그쪽엔 너무 큰 기대를 걸지 말아야겠다고 준현은 생각했다.

"전명호는 여전히 행적이 파악 안 되나?"

"아내한테도 아무 말 없이 종적을 감췄대요. 위치추적을 할까 봐 그런지 휴대폰은 계속 꺼져 있는 상태입니다. 가족들한테도 전화 한번 안 했고요."

"카드 사용 내역 같은 것도 안 나와?"

271

"없어요. 아마 계속 현금을 쓰고 있는 모양이에요."

도윤이 대답했다.

"조만간 현금이 떨어지면 인출하러 ATM 찾아가겠지. 뭔가 또 다른 특이사항은 없나?"

"온라인에 '코인사기 피해방'이라는 사이트가 있는데요, 그곳에 혹시 에버그린에서 피해 입은 사람들 이야기가 올라와 있는지 찾아보는 중입니다. 정상구나 안준영 피해자를 추가로 발견할 수 있을지도 모르고요."

"그래, 좋은 생각이야."

준현은 고개를 끄덕였다.

"저…."

도윤이 준현을 쳐다보며 우물쭈물했다. 뭔가 할 말이 있는 눈치였다.

"뭔데? 말해봐."

"미래일보 한성주한테서 계속 연락이 오는데요. '모텔 드럼통 살인사건'이 뭐냐고요. 감식반에서 안준영 시신을 담을 드럼통을 내갈 때 그걸 본 수습기자가 있었나 봐요."

"이런 젠장."

준현은 입술을 깨물었다.

"기자들한테 입단속 단단히 해. 괜히 얘기 새나가면 수사에 방해만 될 뿐이니까."

준현의 말에 다들 고개를 끄덕였다.

욕조에서 발견된 시체 얘기가 나와서인지 줄곧 준현을 괴롭히던 의문이 다시 고개를 들었다. 범인은 대체 왜 사체를 그렇게 처리해야만 했을까?

"또 다른 할 말들은 없어?"

준현은 해결되지 않는 의문을 잠시 제쳐두고 후배들을 바라보았다.

그때 회의실 문이 벌컥 열렸다.

"CCTV에서 뭔가 찾은 것 같습니다."

문을 열고 들어온 사람은 태훈이었다.

"뭐지?"

"일단 같이 보시죠."

태훈은 준현 일행을 영상판독기 쪽으로 데려갔다. 다 같이 모니터 앞에 모이자, 태훈이 정지시킨 영상을 다시 재생시켰다. 화질이 조악한 영상 속에서 누군가 빠른 걸음으로 도로를 건너는 모습이 보였다. 영상에 나온 사람은 점퍼 차림에 커다란 배낭을 메고 야구 모자를 깊게 눌러쓰고 있었다. 골격이나, 걸음걸이, 키 등으로 봤을 때 젊은 남자 같았다. 길을 건넌 인물이 문득 뒤를 돌아보는 찰나, 태훈이 정지 버튼을 눌렀다.

"어때요, 보이세요?"

영상 속 인물의 얼굴 정면이 화면에 희미하게 잡혔다.

"안준영 사체가 발견된 모텔 맞은편 횡단보도입니다. 영상이 찍힌 시각은 사체 발견 사흘 전 새벽 4시 45분이고요."

"모텔에서 나오는 길인 것 같은데?"

수호가 영상을 자세히 보기 위해 눈을 가늘게 떴다.

"저 때라면 안준영 사망 추정 시각이랑 겹치겠는데요?"

"화면을 좀 더 키워볼 수 없나?"

준현이 조바심이 나서 말했다.

"이게 최고로 키운 겁니다."

태훈도 아쉬운 표정이었다. 준현은 이마를 찡그리고 화면을 유심히 들여다보았다. 영상에 나온 사람이 어쩐지 낯이 익은 것 같았다. 무언가에 쫓기는 듯한 태도와 신경질적인 걸음걸이, 하관이 좁고 뾰족한 얼굴 실루엣. 준현이 영상으로 고개를 더 가까이 들이미는데, 곁에서 "아!" 하는 도윤의 외침이 들렸다.

"박서준인데요? 우리가 전에 만났던?"

준현이 다시 영상을 확인했다. 도윤이 한 말대로였다.

사후 자백

경찰서에 출두한 박서준은 낯빛이 파리했다. 하관이 살짝 가팔라 예민해 보이는 얼굴이 한층 신경질적으로 보였다. 습관 탓인지 긴장한 건지 몰라도 서준은 보는 사람이 거슬릴 정도로 한쪽 다리를 달달 떨었다. 손 역시 가만히 놔둘 수 없었는지 물을 다 마신 종이컵을 이리저리 일그러뜨리는 중이었다.

"왜 또 부르신 거예요? 피해 사실은 전에 다 얘기했잖아요."

수호가 취조실로 들어오자 서준이 날 선 목소리로 항의했다. 수호는 대답 대신 서준이 찍힌 CCTV 영상 사진을 앞으로 내밀었다.

"이게 뭐예요?"

"거기 찍힌 사람, 본인 맞죠?"

서준의 시선이 잠시 사진에 고정됐다. 눈썹을 찡그리고 물끄러미 사진을 바라보다가 나지막한 목소리로 중얼거렸다.

"그래서요?"

서준은 왜 성가시게 여기까지 불러내 이런 걸 보여주느냐
고 묻는 것처럼 얼굴이 부루퉁했다. 수호는 서준의 반응에도
아랑곳하지 않고 질문을 이어갔다.

"여기가 어딘지 아세요?"

"그냥 길가잖아요."

"안현수 씨가 살해된 장소 맞은편 횡단보도입니다. 박서준
씨 사진이 찍힌 시간은 안현수 씨 사망 추정 시간대와 겹치
고요."

수호는 안준영이라는 실명 대신 서준이 알고 있는 그의 가
명을 언급했다.

침을 꿀꺽 삼키는지 서준의 목울대가 잠시 올라갔다 내려
갔다.

"죽었다고요?"

서준이 되물었다.

"안현수가요?"

수호가 고개를 끄덕였다.

"어, 어떻게요?"

수호는 대답 대신 서준을 뚫어지게 쳐다봤다.

서준은 당혹스러운 표정이었다. 조금 뒤 서준의 얼굴에
서 핏기가 서서히 사라졌다. 현수의 죽음과 자신이 그 시각
CCTV에 찍혔다는 정보를 조합해 지금 경찰로부터 의심을
받고 있다는 사실을 깨달은 모양이었다.

서준이 동요하는 모습을 확인한 뒤 수호는 질문을 이어나 갔다.

"사진이 찍힌 4월 30일에 저곳에서 뭘 하고 계셨습니까?"

"…기억 안 나요."

"기억이 안 난다고요?"

"시간이 꽤 지났잖아요.

"그럼 기억나는 것부터 물어보죠. 조회해보니 박서준 씨는 코인사기 피해방이라는 온라인 커뮤니티에서 활동하셨던데요."

서준은 약 2개월 전, 그 커뮤니티에 자신이 겪은 경험에 대한 글을 올린 이력이 있었다. 온라인에서 비대면으로 사기를 당했다는 내용이 게시물의 99퍼센트인지라, 오프라인으로 사기꾼을 만났다는 그의 피해 사례는 꽤 특이한 편에 속했다. 사건 경위와 사기 수법은 서준이 형사들에게 들려줬던 내용과 일치했다. 글을 올린 사람의 아이디를 조회해보니 역시 서준인 것으로 확인됐다.

게시물을 올린 건 단 한 번이었지만 그는 종종 다른 피해 글에 댓글을 달곤 했다. '이런 기생충 같은 것들은 지구상에서 쓸어버려야 하는 거 아닌가?', '없는 편이 더 나을 사회의 해악들', '어디서 조용히 안 뒈져주나'…. 분하고 억울한 심정인 건 충분히 이해가 가나 서준의 댓글들은 하나같이 과격하고 수위가 높았다. 한 달 전쯤 어느 피해자가 올린 게시물 밑에 달아놓은 댓글엔 '이런 놈들이랑 마주치면 사정 봐주지 말고 바로 죽여버립시다'라고 적혀 있었다. 그걸 끝으로 서준은 더는 댓글을 달지 않았다.

"사기를 친 놈들은 전부 죽여버리자고 썼던데."

"그냥 말만 하는 것도 죄예요?"

서준이 토라진 아이처럼 말했다.

"하지만 박서준 씨는 안현수가 죽었을 때 살해 현장 근처에 있었으니까요. 그러니 여기서 당연히 합리적 의심이 생기죠. 당신이 안현수의 죽음에 연관된 건 아닐까 하고."

"전 그 사람 죽은 것도 몰랐다니까요!"

억울하다는 듯 서준이 목청을 높였다. 겁을 집어먹은 듯 목소리가 떨리고 있었다.

"좋아요. 그럼 혹시 정상구라는 사람은 들어보셨습니까?"

수호가 갑자기 질문의 방향을 바꿨다.

"그게 누군데요?"

서준이 어리둥절해서 되물었다. 연기라고 보기엔 반응이 꽤 자연스러웠다.

"서준 씨 혈액형은 어떻게 되시죠?"

"그건 또 왜요?"

성마른 목소리로 받아친 서준은 굳은 수호의 표정을 보고 빨리 실토하는 게 낫겠다 싶었는지 "A형이요"라고 대답했다.

정상규를 죽인 남자는 혈액형이 B형이다. 직접 검사를 해봐야겠지만 이 말이 사실이라면 정상규의 살해 현장에 있던 남자는 서준이 아니다.

수호는 서준과 직접적 연관이 없어 보이는 정상구에서 다시 안현수 살인사건으로 화제를 전환했다.

"그럼 아까 하던 얘기로 돌아가겠습니다. 4월 30일 박서준 씨는 여기서 뭘 하고 있었죠? 어딜 가던 길이었습니까?"

"…기억 안 난다니까요."

"그럼 영상을 한번 보실래요? 기억나는지?"

수호는 서준 앞에서 CCTV 화면을 재생했다. 야구 모자를 눌러쓴 서준이 초조한 발걸음으로 급히 횡단보도를 건너고 있었다.

"영상을 보면 박서준 씨는 꽤 바빠 보이시는데요. 무슨 일로 그렇게 바빴을까요?"

"…아마 공사장 아르바이트를 가는 길이었을 거예요."

"새벽 4시 45분에요?"

서준은 아차 싶었는지 금방 입을 굳게 다물었다.

"이때는 사람들이 일상적으로 활동하는 시간대가 아니죠. 그렇다고 차림새를 보니 조깅하러 나온 것 같지도 않고. 대체 뭘 하고 계셨습니까?"

수호가 기회를 놓치지 않고 계속 서준을 압박했다.

"그, 그게…."

서준이 말을 더듬었다. 고개를 푹 숙이고 신경질적으로 손톱을 물어뜯다가 마침내 생각이 났는지 얼굴을 들었다.

"학원 새벽반 수업이 있어서 들으러 가던 길이었어요."

"아, 공무원 시험 준비 중이라고 하셨었죠."

수호가 기억난다는 듯 말했다.

"하지만 돈이 없어서 한동안 학원은 못 다닌다고 하지 않았던가요? 그래서 공사장 아르바이트를 시작했다고."

"그, 그게…."

"진술이 오락가락하네요."

수호가 미심쩍은 눈빛으로 서준을 바라봤다.

"오래전 일이라 기억 안 난다고 했잖아요!"

의자 밑으로 아까부터 덜덜 떨리던 서준의 다리가 더 세게 떨리는 게 보였다.

"시간이 흐르긴 했지만 그 이른 새벽 시간대에 집 근처도 아닌 곳을 배회하는 건 드문 일이죠. 대체 저기서 뭘 하고 있었던 겁니까?"

"새벽에 깼는데 다시 잠이 안 와서 산책하고 있었어요."

"산책이라…. 집에서 대중교통으로 40분이나 떨어진 곳에 일부러 가서 산책을 하고 있었단 겁니까?"

수호는 대놓고 불신을 드러내며 말했다.

"그리고 대체 저 큰 배낭 속엔 뭐가 들어 있었죠?"

"…원래 가방은 큰 걸 들고 다녀야 마음이 놓여요."

"박서준 씨, 다시 한번 묻겠습니다. 4월 30일 새벽 4시 45분, 안현수가 살해당한 현장 인근에서 뭘 하고 계셨습니까?"

"저, 저는 안현수가 모텔에서 죽었는지도 몰랐다고요!"

서준이 하얗게 질린 얼굴로 소리쳤다.

"모텔이라고요?"

수호가 묘한 표정을 지었다.

"살해된 곳이 모텔이란 얘기는 안 했을 텐데요? 그걸 어떻게 아시는 겁니까?"

서준이 순간 저도 모르게 입을 딱 벌렸다. 혈색이 가신 창백한 낯빛이 누가 툭 건드리면 그대로 쓰러질 것만 같았다.

'좋아, 이대로 조금만 더 밀어붙이라고. 이미 흔들리기 시작했으니 압박을 주면 무너질 거야.'

준현은 취조실 밖에서 둘의 모습을 보며 속으로 생각했다. 서준이 안준영을 죽인 살인범인지는 확신할 순 없지만 뭔가 켕기는 구석이 있는 것만은 분명했다.

"사실대로 말하지? 안현수를 죽인 건, 너 맞지?"

서준의 입에서 '모텔'이라는 단어가 나오자, 이제껏 정중했던 수호의 태도도 위협적으로 바뀌었다. 상대가 뭔가를 알고 있다고 생각한 이상 공격적으로 밀어붙이기로 작정한 모양이었다.

"아, 아니에요. 제가 안 죽였어요."

수호가 책상을 손으로 쾅 내리쳤다.

"그럼 누가 죽였을까? 범행 추정 시간에 사건 현장 인근에 있으면서 안현수가 살해된 장소까지 아는 사람 말고."

"전 아니라니까요!"

서준이 세게 소리쳤다.

드르르륵.

그때 준현의 호주머니에서 진동으로 바꿔둔 휴대폰이 울렸다. 발신자는 과학수사팀 정동훈이었다. 준현은 통화 버튼을 눌렀다.

"모텔에서 발견된 사체 DNA 결과가 나왔어."

전화를 받기 무섭게 동훈이 말했다.

"그래?"

준현이 반색했다. 듣던 중 반가운 소식이었다.

"용케도 밝혀냈네."

"말도 마. 악몽이었어."

동훈이 긴 한숨을 내쉬었다.

"나중에 국과수 부검팀에 밥 한번 사라고. 다들 엄청 고생했으니까. 그런데 그건 그렇고."

동훈이 잠시 뜸을 들이다 말했다.

"문제는 그 산에 부식된 사체가 안준영이 아니야."

"안준영이 아니라고?"

준현의 목소리가 저도 모르게 높아졌다. 어떻게 그런 일이! 곁에서 함께 취조 현장을 보고 있던 다른 형사들도 일제히 준현을 돌아봤다.

"안준영 집에서 나온 DNA와 모텔에서 발견된 사체의

DNA는 일치하지 않았어."

"하지만 현장에서 발견된 물품은 모두 안준영 거였는데…."

"범인이 심어놨나 보지."

준현은 허탈함에 다리 힘이 풀리는 것 같았다. 이제껏 사체가 안준영이라는 가정하에 수사를 진행해왔는데 처음부터 다시 시작해야 할 판이었다. 안준영이 아니라면 대체 모텔에서 발견된 신원불명의 인물은 누구인가.

"혹시 전과자 DNA 데이터베이스는 찾아봤어?"

준현이 다시 물었다.

"이미 돌려봤는데 현장에서 나온 것과 정확히 매치하는 사람이 없어."

"어떻게 이런 일이…."

누군지 짐작조차 가지 않는 변사체의 신원을 찾아 헤매는 건 서울에서 김 서방 찾기나 마찬가지다. 단 하나의 실마리는 그가 안준영과 무언가 연결고리가 있다는 것뿐. 하지만 죽은 안준영을 심문할 수도 없으니 신원을 찾는 작업은 더 어려워질 게 뻔했다.

"사인은?"

"과다출혈."

동훈이 즉각 대답했다.

"뼈가 부러진 흔적 같은 건 없었어. 그리고 욕조에도 산이랑 섞인 피가 꽤 흘러 있었으니 무언가로 찔린 거겠지."

"정보가 대단히 많군."

불편한 심기 때문에 준현의 말투가 냉소적으로 변했다.

"기운 내라고."

딱하다는 어조로 동훈이 말했다.

"누군지 몰라도 피해자 원한은 풀어줘야 할 거 아냐. 죽인 것도 모자라 보란 듯이 사체를 엉망으로 훼손해놨으니. 이 정도면 공개 처형 수준이지."

방금 동훈이 한 말 가운데 무언가가 준현의 마음에 탁 와 닿았다. 마치 열쇠 꾸러미에서 하나씩 열쇠를 꺼내 자물쇠에 넣고 돌리다가 딱 맞아떨어져 소리가 났을 때처럼 '이거다!' 싶은 느낌이었다.

그게 뭐였지? 준현은 방금 들은 말을 속으로 되뇌었다.

'죽인 것도 모자라 보란 듯이 사체를 엉망으로 훼손해놨으니. 이 정도면 공개 처형 수준이지.'

갑자기 사체를 발견한 모텔 현장이 머릿속에서 되살아났다. 욕조에 담겨 있던 처참한 몰골의 시체, 욕지거리가 절로 올라오는 지독한 냄새…. 거기엔 뭔가 부자연스러운 게 있었다. 그 부자연스러움이 준현의 마음 한구석을 내내 찜찜하게 만들었다. 하지만 그것이 어디에서 비롯됐는지 준현은 깨닫지 못했다. 동훈이 자신을 일깨워주기 전까지는.

처음 현장을 목격했을 때 준현은 어쩐지 연극무대 같다

고 느꼈다. 물론 그 장면이 공연에나 등장할 만큼 극적이어서 그렇기도 했지만, 생각해보니 누군가가 보여주기 위해 그런 상황을 교묘하게 연출한 것 같은 인상을 받아서였다. 욕조 속 사체는 마치 '보란 듯이' 엉망이 된 모습으로 누워 있었다.

이제껏 준현은 범인이 사체를 왜 그런 식으로 처리하려 했는지에만 골몰했다. 고민 끝에 정황상, 아마 다른 방법으로는 사체를 숨기기 어려웠을 것이라 짐작했다. 하지만 범인은 처음부터 사체를 숨길 생각이 없었다. 죽은 이는 처음부터 사람들의 눈에 띄어야 했다. 그랬기에 보란 듯이 모텔 욕조에 누워 있었던 것이다.

대체 왜? 거기에서 끌어낼 수 있는 논리적인 대답은 하나밖에 없다. 범인은 죽은 사람을 안준영이라고 믿게 하고 싶었다. 그랬기에 얼굴을 알아볼 수 없는 시신이 안준영이라고 착각하기 용이하도록 그의 소지품을 일부러 현장에 심어놓은 것이다. 시신은 훼손 정도가 심해서 안준영이 아니라는 사실을 알아차리기 쉽지 않다. 범인은 죽은 자가 안준영이 아니라는 사실이 영영 밝혀지지 않거나, 꽤 시간이 흐른 뒤에야 밝혀질 거라고 계산한 게 틀림없었다.

그런데 대체 왜? 무슨 이유에서? 혹시 안준영이 죽으면 보험금을 받을 사람이라도 있는 건가? 안준영은 고아라고 했다. 주변엔 오로지 그에게 악의를 품은 사람들만 득실득실하다. 게다가 평소 행실이나 소비 씀씀이로 보아 그는 다른 누군가를 위해 꼬박꼬박 제 사망 보험금을 낼 유형의 인간은 아니었다. 그러니 보험금을 노린 짓 같지는 않았다.

그렇다면 역시 복수인가. 혹시 안준영이라는 인물에게 세간의 관심이 쏠리게 만들어 그의 악행을 낱낱이 고발하고 싶었던 건가.

준현은 방금 떠오른 생각을 찬찬히 정리했다. 말이 안 되는 추리는 아니다. 하지만 범인이 신원을 알 수 없는 시신을 안준영으로 오인하게 하고 싶었다면 진짜 안준영은 지금 어디 있나? 그리고 안준영을 대신한 저 희생자는 대체 어디서 물색한 건가? 만약 둘을 뒤바꾼 게 아니라면….

뒤이어 섬광처럼 떠오른 생각에 준현은 저도 모르게 "아…" 신음을 내뱉었다. 뒤통수를 한 대 세게 얻어맞은 것 같았다.

'설마, 아닐 거야.'

하지만 마음속으로 부정할수록 자신의 추리는 점점 더 설득력 있게 보였다. 지금껏 마음에 걸렸던 작은 퍼즐 조각들이 그 설명 하나로 일시에 다 맞춰진 느낌이었다.

준현은 취조실 안을 물끄러미 쳐다보았다. 얼굴이 하얗게 질린 서준은 다리를 떨었다, 손톱을 뜯었다, 안절부절못하고 있었다. 지금 상황에서 해결의 열쇠를 쥐고 있는 건 서준뿐이다. 만약 자신의 가설이 사실이라면 이미 안준영의 시신은 화장된 지 오래니까. 시신 없는 살인사건은 입건하기도 어렵다. 남은 건 관련자의 자백밖에 없었다.

그렇게 결론을 낸 준현은 크게 심호흡을 한 뒤 취조실로 들어갔다. 어떻게든 서준을 흔들어볼 심산이었다.

"거의 끝나가는데…."

수호가 굳이 왜 들어왔냐는 눈빛으로 준현을 쳐다보았다. 준현은 그런 수호를 무시하고 서준의 맞은편에 앉았다.

준현이 품에서 사진 다발을 꺼내 책상 위에 하나씩 늘어놓았다. 산성용액으로 온몸이 녹아내린 사체가 담겨 있던 욕조 사진이었다.

"이게 뭔지 아시겠습니까?"

서준이 주저주저하며 사진을 자세히 보기 위해 테이블 쪽으로 몸을 굽혔다가 흠칫 놀란 듯 곧장 시선을 거뒀다. 동공이 불안하게 흔들리고 있었다.

"…모, 모르겠는데요."

"잘 모르겠으면 좀 더 자세히 살펴보시죠."

준현의 목소리는 차분했지만 거부하기 어려운 위압감이 실려 있었다. 그 때문인지 서준이 마지못해 사진 쪽으로 시선을 던졌다가 다시금 얼른 눈을 돌렸다.

"…욕조네요."

"그렇죠. 욕조죠. 그런데 왜 욕조를 똑바로 쳐다보지 못하시는 건가요?"

준현이 날카로운 눈빛으로 서준을 쏘아봤다.

"혹시 저 안에 뭐가 들어 있는지 알기 때문에 그런 것 아닙니까?"

"저, 전, 아무것도 몰라요."

당황했는지 벌게진 얼굴로 서준이 더듬거렸다.

"아무것도 모른다…."

준현이 서준이 한 말을 따라 했다.

"그럼 알려드리죠. 저 안엔 안현수의 사체가 있습니다. 욕조 안에서 숨진 채로 발견됐죠. 그런데 그가 어떻게 죽었는지 짐작이 가십니까?"

"모, 모, 몰라요. 그런 걸 왜 나, 나한테 물어요?"

서준이 목소리를 쥐어짜듯 대답했다. 입 주변이 덜덜 떨려 발음도 불명확했다.

"답을 알 것 같아서요. 안현수가 죽었을 때 모텔 근처를 서성거렸던 게 서준 씨니까."

"…그러니까, 난 아무런 상관이 없다고 했잖아요!"

억울하다는 듯 서준이 세차게 도리질을 했다. 짜증 섞인 태도는 어느새 사라지고 흔들리는 두 눈동자엔 공포가 어려 있었다.

준현은 그런 서준을 말없이 지켜보다가 조용히 다시 입을 열었다.

"정말 모르신다고 하니 이번에도 알려드리죠. 욕조 안에 있는 안현수는 몸이 다 녹아 있었어요. 산에 완전히 부식됐거든요. 피부와 살점이 벗겨져 물위에 둥둥 떠 있었죠."

서준은 금방이라도 토할 것 같은 표정이었다. 하지만 준현은 아랑곳하지 않고 사진 더미를 서준의 얼굴 가까이 들이밀었다.

"그거, 치우라니까요!"

서준이 가까이 오지 말라는 듯 마구 손을 휘저었다. 그 바람에 사진이 서준의 손에 부딪혀 바닥으로 팔랑거리며 떨어졌다.

"굉장히 동요하시네요."

사진을 줍는 대신 준현은 서준의 얼굴을 똑바로 쏘아보았다. 아까보다 눈빛이 한층 더 날카로워진 것 같았다.

"자, 자꾸 끔찍한 걸 보라고 하니까."

준현의 시선을 피하며 서준이 대답했다.

"끔찍하긴 하죠."

준현이 담담한 목소리로 수긍했다.

"하지만 사진을 처음 본 사람들은 이게 뭐가 뭔지 모를 겁니다. 화질이 썩 좋지 않은 데다 형체가 녹아 액체처럼 됐으니까요. 그런데 서준 씨는 제대로 보지도 않고 바로 시선을 돌리더군요. 시력이 아주 좋은가 봅니다."

서준이 멍하니 입을 벌렸다. 서둘러 뭔가 해명하고 싶은 모양이었지만 마땅한 설명이 떠오르지 않는지 입이 한동안 다물어지지 않았다.

준현은 그런 서준을 힐끗 쳐다본 뒤 말을 이어갔다.

"애석하게도 안현수 시신은 너무 훼손된 바람에 사인을 발견할 수 없었습니다. 하지만 하나는 확실하죠. 절대 저렇게 자살했을 리는 없다는 거. 왜냐면 너무나 고통스러운 방법이거든요."

"그런 거, 더는 듣고 싶지 않아요!"

"피부에 염산이 한 방울이라도 튀면 불에 덴 것처럼 화끈거린답니다. 그런데 안현수에겐 염산을 통째로 들이부었어요. 그것도 다섯 병이나요."

"드, 듣기 싫다니까요!"

서준의 항의에도 준현은 아랑곳하지 않았다.

"그런데 문득 이런 생각도 들었죠. 자살이라면 절대 하지 않을 방법이지만 상대를 극도로 고통스럽게 죽이고 싶은 사람에게는 어쩌면 최고의 선택이 아닐까."

말을 멈춘 준현이 서준을 벨 듯이 날카로운 시선으로 쳐다봤다.

"박서준 씨, 당신은 안현수를 죽이고 싶을 만큼 증오했어요. 본인이 죽여버리겠다는 말을 내뱉고 다니기도 했고요."

서준은 구역질이 올라오는 걸 필사적으로 참는 표정이었다. 얼굴이 붉으락푸르락하고 손발이 덜덜 떨렸다.

"그래서 염산으로 안현수를 살해한 거 아닙니까?"

"말도 안 돼요!"

서준이 자리에서 벌떡 일어났다. 하도 세차게 튀어 오른 탓에 반동으로 의자가 벌러덩 뒤집혀 바닥에 쓰러졌다.

"그럴까요."

준현이 미심쩍은 표정으로 말했다.

"처음엔 신분을 드러내지 않으려고 시신을 녹였다고 생각했습니다. 하지만 죽은 자가 안현수라는 증거는 방에 그대로 있었어요. 그러면 남은 설명은 하나밖에 없죠. 상대에게 극도의 고통을 안겨주기 위해 그런 끔찍한 방법을 썼다는 것."

"아니라니까요!"

서준이 우리에 갇힌 짐승처럼 소리 질렀다. 목에 핏줄이 시퍼렇게 올라왔다.

"그렇다면 아니라는 걸 어떻게 증명하겠습니까?"

냉담한 표정으로 준현이 대꾸했다.

"그게 사실이 아니라면, 아니라는 합리적인 설명을 제시하는 것밖에 방법이 없을 텐데요."

"그게…. 어쨌든…, 아니라고 했잖아요!"

서준은 이제 숫제 울먹이고 있었다.

"박서준 씨."

준현이 싸늘한 목소리로 이름을 불렀다.

"당신은 그날 현장에 있었습니다. 그렇죠?"

서준은 눈물 젖은 얼굴을 들어 말없이 준현을 바라봤다.

"CCTV가 아니더라도 찾아보면 현장에선 반드시 흔적이 나올 겁니다. 욕조에서 지문이 발견되거나, 바닥에 옷 보풀이 떨어져 있거나. 혹은 자신도 모르는 사이에 어딘가에 타액이 튀었을 수도 있겠죠. 종이컵과 비교해보면 같은 DNA인지 바로 대조해볼 수 있습니다."

준현은 아까 서준이 마구 구겨버린 테이블 위의 종이컵을 가리켰다.

"그러니 빨리 고백하는 게 좋아요."

"제발, 이러지 마세요…."

서준이 애원했다.

하지만 준현은 그대로 밀어붙였다.

"당신은 안현수가 죽을 때 근처에 있었어요. 강력한 살해 동기도 갖고 있었고요. 그리고 사진을 보여줄 때 반응을 보니 그가 어떤 모습으로 죽었는지도 잘 알고 있는 것 같더군요."

"말도 안 되는 소리예요!"

절규에 가까운 음성으로 서준이 말했다.

준현은 의구심 가득한 표정으로 팔짱을 꼈다.

"서준 씨가 죽인 게 맞죠?"

"내가 안 죽였다니까요!"

"당신이 죽였잖아!"

"아니야. 아니야, 아니라고!"

별안간 서준이 준현의 말을 가로막고 버럭 소리를 질렀다. 벌겋게 달아오른 얼굴도 모자라 눈 흰자위까지 실핏줄이 붉거져 있었다.

"죽인 게 아니야! 이미 숨이 끊어져 있었다고!"

그렇게 외친 서준은 더는 참지 못했는지 속에 든 음식물을 바닥에 게워냈다. 한참을 끅끅거리며 토해내던 서준은 얼마 후 기력이 다해 의자에 털썩 주저앉았다. 낯빛이 백지장처럼 하얗게 변해 있었다. 취조실엔 시큼한 토사물 냄새가 맴돌았다.

"이미 숨이 끊어진 걸 어떻게 알았죠?"

서준이 조금 진정된 기미를 보일 때까지 기다렸다가 준현이 조용히 물었다. 서준은 눈물이 그렁그렁 맺힌 눈으로 입을 꾹 다물고 있었다.

"그건 서준 씨가 그날 모텔에 직접 갔었기 때문입니다. 안 그래요?"

한참 동안 침묵이 흘렀다. 마침내 서준이 고개를 끄덕였다.

"자백을 받아냈어!"

수호가 환호를 질렀다.

"아직 다는 아니야."

준현이 흥분한 수호를 제지하고 다시 서준을 돌아보았다.

"더 할 말이 남아 있지 않나요?"

초점을 잃은 서준의 멍한 눈이 준현을 향했다.

"욕실에서 발견된 사체는 안현수가 아니에요. 서준 씨는 현장에 있었으니 당연히 그 사실도 알고 있겠죠?"

둘 사이에 침묵이 가로놓였다. 한참 시간이 흐른 뒤 서준이 보일락말락 고개를 까닥였다.

"그럼 누굽니까?"

"…그건."

간신히 입은 열었지만 긴장한 서준의 입에선 말이 잘 나오지 않는 모양이었다.

"사실은, 송창건이죠?"

준현이 서준을 대신해서 말했다. 이미 오래전 사망 처리된 안준영의 피해자 이름이 준현의 입에서 나오자 서준은 놀란 듯 고개를 들어 똑바로 쳐다봤다.

한동안 둘의 시선이 허공에서 엉켰다. 먼저 고개를 돌린 것은 서준 쪽이었다.

"잘못…했어요."

고개를 푹 숙인 서준은 어깨를 들먹이며 오열하기 시작했다.

통성명

약속 장소에서 기다리고 있는 남자는 깡마른 체구였다. 여원 몸도 몸이지만 얼굴도 살이 없어 광대뼈가 한층 두드러져 보였다. 가뜩이나 좁고 가파른 얼굴형에 솟은 광대뼈까지 더해져 인상이 상당히 날카로워 보였다. 가까이서 보니 남자는 안색도 안 좋았다. 잿빛에 가까운 남자의 얼굴을 보며 박서준은 '어디 아픈 사람인가'라고 생각했다.

"나와주셨군요."

남자의 초췌한 얼굴에 희미한 미소가 떠올랐다.

"무슨 말인지 한번 들어나 보려고요."

서준이 대답했다.

사실 여기 나오기까지 서준은 꽤 많이 갈등했다. 안현수한테 된통 당한 뒤로 그는 온라인에서 접근하는 사람들 모두를 경계하게 됐다. 처음에 남자가 보낸 이메일을 받았을 때도 그냥 삭제하려고 했다. 모르는 사람이 보낸 메일은 어차피 사기성 스팸광고일 확률이 높았다. 전에 속해 있던 리딩방에 가입할 때 개인정보를 기입한 탓인지 이미 그곳에서 강제 탈퇴당했음에도 비슷비슷한 리딩방에서 메일들이 쏟아져 들어왔다. 저 하이에나 같은 것들은 여기저기 방을 만들었다 없애며 희생자를 물색하는 모양이라고 서준은 생각했다.

하지만 삭제 버튼을 누르려던 서준은 메일 제목을 읽고 동작을 멈췄다. 메일엔 '저도 코인사기 피해자입니다'라는 제목이 달려 있었다. 서준은 메일을 열었다.

당신이 올린 피해 사례를 읽었습니다.
글에 등장하는 E 투자자문회사 안모 대표,
제가 아는 사람 같더군요. 저도 그 사람한테 당했어요.
괜찮으면 만나서 얘기라도 나누지 않겠습니까?

짧은 글이었다. 하지만 읽는 내내 서준은 가슴이 쿵덕쿵덕 뛰었다. 시골에서 공무원 시험에 붙기만을 눈 빠지게 기다리는 부모님한테는 물론이고 지인에게조차 자신이 사기당한 사실을 쉽사리 털어놓을 수 없었다. 얼마나 바보길래 그런 데 속아 넘어가냐고 비웃음을 당할 것 같아서였다. 그런데 나 말고도 그 인간한테 당한 사람이 있다니. 그간 바보같이 속은 자신을 내내 자책해왔는데, 다른 사람도 똑같이 당했다니 어쩐지 위안이 됐다. 내가 어리석어서 당한 게 아니다. 타인의 욕망을 교묘하게 이용해 사기를 친 그놈이 나쁘다. 피해자가 누군지는 몰라도 그와 함께라면 허심탄회하게 이런 이야기를 할 수 있을 것 같았다.

'좋습니다. 어디서 볼까요?'

서준은 그렇게 답장을 보냈다.

얼마 후, 메일을 보낸 사람이 만날 시간과 장소를 알려줬다. 초저녁 무렵에 주머니 부담이 크게 없는 생맥집이라 안도의 한숨을 내쉬었다. 만약 인적 드문 공터 같은 곳이었다면 절대 나가지 않을 작정이었다.

"일단 주문부터 하고 얘기하시죠."

서준이 자리에 앉자, 남자가 손을 들어 종업원을 불렀다. 사람들 눈에 잘 띄지 않는 구석에 자리 잡고 있어서인지 종업원은 한참 만에야 남자를 발견하고 주문을 받으러 뛰어왔다.

"맥주랑 치킨, 괜찮으시죠?"

서준이 고개를 끄덕였다.

종업원이 주문을 받고 사라진 뒤, 남자도 서준도 먼저 말을 꺼내지 않았다. 테이블엔 한동안 어색한 침묵이 흘렀다. 음식이 나온 뒤에야 남자가 먼저 입을 열었다.

"그 사기꾼, 안현수였죠? 에버그린 투자자문회사 대표라는."

서준이 그렇다고 대답했다.

"역시."

남자가 고개를 끄덕이며 팔짱을 꼈다.

"얼마를 떼이신 거예요?"

이번엔 서준이 질문했다.

서준의 물음에 남자가 쓴웃음을 지었다.

"노후 자금을 몽땅 날렸죠."

저 나이대라면 부양가족도 있을 텐데. 적어도 마흔은 넘어 보이는 남자를 보며, 서준은 자신보다 더 딱한 처지라고 생각했다.

안현수 얘기가 나오자 조금 전까지 서먹서먹하던 분위기가 돌변했다. 각각 그놈을 어떻게 만났고, 어떻게 속아 넘어갔는지를 성토하자 대화가 술술 풀렸다. 안현수에 대한 욕설과 원망을 섞어가며 한참 이야기하다 보니 어느새 둘 사이가 꽤 가까워진 것 같았다.

"만약 안현수를 만나면 어떻게 하실 거예요?"

남자가 맥주잔을 입으로 가져가며 물었다. 원래 많이 먹는 편이 아닌지 그는 아까부터 치킨엔 거의 손대지 않고 술만 마시고 있었다.

"글쎄요. 죽여버릴까요?"

서준이 웃으며 말했다.

"정말요? 정말 죽일 생각이 있어요?"

별안간 남자의 표정이 진지해졌다.

"당연하죠. 그놈이 우리한테 무슨 짓을 했는데. 그런 놈을 그냥 둘 순 없잖아요."

남자가 그냥 하는 말이라고 생각한 서준은 대수롭지 않게 받아넘겼다.

"그럼 같이 죽입시다."

남자가 불쑥 말했다.

남자의 목소리에 실린 진지함에 놀라 서준은 저도 모르게 고개를 들고 얼굴을 쳐다봤다. 남자의 눈빛이 진지했다. 농담이라는 생각은 조금도 들지 않았다.

"…그게, 무슨 소리예요? 그 사기꾼 놈을 어떻게 찾아요?"

"이미 찾았다면요?"

남자가 말했다.

"이미 찾아냈고 죽일 방법까지 다 생각해놨다면 동참하실 겁니까?"

저 사람이 술에 취했나? 서준은 생각했다. 하지만 아무리 봐도 남자는 제정신이었다. 게다가 500씨씨 생맥주 한 잔에 만취해 헛소리를 지껄여댈 사람은 없다. 아마도, 대부분의 경우에는.

"전 말짱합니다."

서준의 미심쩍은 표정을 눈치챈 남자가 말했다.

"그쪽이 동참하겠다고 한다면 내가 그자를 유인할 겁니다. 방법은 이미 다 생각해놨어요. 중요한 일도 대부분 내가 다 알아서 처리할 거고요. 그쪽은 그저 사소한 몇 가지를 도와주기만 하면 돼요."

"잠깐만, 잠깐만."

서준이 남자의 말을 가로막았다.

"저도 안현수가 죽이고 싶을 정도로 미워요. 하지만 그렇다고 함부로 사람을 죽일 순 없잖아요? 당장 발각될 텐데."

"절대 발각이 안 될 거라면요?"

남자가 날카로운 시선으로 서준을 바라봤다. 사람을 꿰뚫어보는 눈빛이었다. 서준은 말문이 막혔다.

"요즘 세상에 완전범죄가 어딨어요. 잘못하다 철창신세 지는 일을 왜 해요."

"그럴 일은 절대 없을 거라고 보장하죠."

확신에 찬 목소리였다.

"하, 하지만…."

당황한 서준이 말을 더듬었다. 이곳에 올 때 설마 이런 제안을 들을 것이라곤 상상조차 하지 못했다.

"그쪽이 코인사기 피해방에 남긴 댓글들을 읽었습니다. 그걸 보면 그쪽도 나만큼 안현수를 증오하는 것 같던데. 아니에요?"

"무, 물론 증오하긴 하지만."

"그놈이 망친 인생이 몇 명이나 될 것 같아요? 저나 그쪽 말고도 아마 수도 없이 많을 거예요. 그렇다고 그놈이 제대로 죗값을 치를까요? 경찰에 잡히더라도 기껏해야 몇 년 살고 나오거나, 변호사 잘 만나 집행유예 정도로 풀려나겠죠. 그게 공정한 겁니까? 피해자들은 평생 고통받고 살아야 하는데."

들고 보니 맞는 말이었다. 사실 서준이 가장 견딜 수 없는 것도 바로 그 부분이었다. 안현수가 뺏은 건 돈뿐만이 아니었다. 종일 수험 준비에 매달려도 몇십 대 일의 경쟁률을 뚫을까 말까 한 판국에 날려먹은 돈 때문에 공사판을 전전해야 하니 당분간 합격이 물 건너간 건 불 보듯 뻔했다. 이렇게 세월을 허비하는 동안 결국 시험에도 붙지 못한다면 나이 제한에 걸려 일반기업엔 아예 지원조차 못 할 텐데. 불안한 마음에 서준은 요즘 밤에 잠도 잘 오지 않았다. 어찌 보면 안현수는 제 인생 전체를 망친 거나 마찬가지였다.

그런 생각이 머리를 스치자, 서준은 저도 모르게 이를 악물고 테이블 밑으로 두 주먹을 불끈 쥐었다.

고개 숙인 서준의 머리 위에서 남자의 목소리가 들렸다.

"안현수 같은 인간들은 사라지는 편이 세상에 더 이롭다고 했던 말, 그건 진심이 아니었던 모양이죠?"

남자의 목소리엔 질책하는 기색이 섞여 있었다.

"그건 아니지만…."

망설이던 서준이 고개를 들어 남자를 쳐다봤다.

"아니지만, 뭐요?"

한참 동안 말을 꺼내지 못하고 망설이던 서준이 마침내 결심한 듯 입을 열었다.

"절대로 안 들킨다고 하셨죠? 어떻게 해야 안 들킬 수 있는데요?"

순간 만족스러운 미소가 남자의 얼굴을 스치고 지나갔다. 이미 서준의 마음이 동하고 있다고 알아챈 모양이었다.

"이제야 슬슬 본론으로 넘어갈 수 있을 것 같네요. 그런데 그 전에 먼저."

남자가 잠시 말을 멈췄다.

"통성명부터 합시다. 생각해보니 아직 둘 다 이름도 모르네요. 어쩌면 앞으로 협력하게 될지도 모르는데."

"서준요, 박서준."

서준이 대답했다.

"나는 송창건입니다."

남자가 조용한 목소리로 대꾸했다.

사람낚시

투명한 푸른 하늘엔 구름 한 점 없었다. 불순물 따위는 하나도 섞이지 않은 청량한 하늘이 병원을 나서는 송창건의 눈에 오히려 잔인할 정도로 무심해 보였다.

그는 방금 사형선고를 받고 나오는 길이었다. 말기암. 시한부 3개월. 아직 그 두 단어가 창건에겐 현실감 있게 와닿지 않았다. 마치 다른 누군가에게 벌어진 일처럼 느껴졌다.

"죄송하지만 우리가 할 수 있는 게 없네요."

의사는 그렇게 말했다. 하지만 내용과는 달리 무미건조한 말투나 덤덤한 표정이 창건에게는 별로 죄송한 것처럼 보이지 않았다.

"3개월이라고 하셨나요?"

창건이 의사에게 되물었다.

"정확한 건 아니고 때로는 6개월 이상씩 사시는 분들도 있습니다."

"더 빨리 죽는 사람들도 있고요?"

"…네."

조금 거북스러운 얼굴로 의사가 고개를 끄덕였다.

병원을 나서며 문득 바라본 하늘은 쓸데없이 맑았다. 친구들, 혹은 연인끼리 거리를 지나치는 사람들은 모두 걱정 없이 행복해 보였다. 자신은 죽어가고 있는데, 조만간 이 세상에서 사라질 텐데, 세상이 아무 일 없이 멀쩡하게 돌아간다는 사실이 신기했다. 그리고, 조금은 야속하게 느껴졌다.

이렇게 허무하게 가게 될 줄은 미처 몰랐다. 42년. 그리 길지 않은 삶을 사는 동안 남들이 당연한 듯 누리는 일상을 그는 경험하지 못했다. 결혼, 자녀, 때로는 고달프지만 처자식이 있어 누릴 수 있는 소소한 삶의 즐거움도…. 그런 것들 대신 창건에게 주어진 건 살아남기 위해 끊임없이 쳇바퀴를 돌려야 하는 고달픔과 희생뿐이었다.

공장에서 일했던 창건의 아버지는 뇌출혈로 갑자기 쓰러져 그대로 세상을 떴다. 경제력 없는 어머니 대신 가장의 의무를 떠맡은 건 당시 고등학생이던 창건이었다. 창건은 곧바로 학교를 중퇴하고 생활 전선에 뛰어들었다. 어머니는 눈물을 글썽였지만 말리진 않았다. 보살펴야 할 또 다른 아들이 있었기 때문이다.

창건보다 두 살 아래인 창규는 공부를 잘했다. 어린 시절부터 동네 어른들이 입을 모아 크면 판검사가 될 거라고들 했다. 공부엔 영 소질이 없었던 자신 대신 똑똑한 동생 뒷바라지를 하는 게 기울어진 집안을 일으키는 길이라고 창건은 생각했다.

명문대에 들어간 창규가 사법고시를 준비하기 시작했을 때, 창건은 제 희생이 꽃피울 날도 멀지 않았다고 생각했다. 하지만 헛된 꿈이었다. 언젠가부터 창규는 소화가 잘 안 되고 속이 쓰리다고 했다. 처음엔 다들 학업 스트레스라고 생각했다. 그래도 혹시나 하고 가본 병원에서 의사는 청천벽력과도 같은 위암 진단을 내렸다.

투병 생활은 길고 고통스러웠다. 가족들의 간절한 바람에도 불구하고 창규가 덧없이 세상을 떠났을 때 창건의 손에 들린 건 의료비로 불어난 빚밖에 없었다. 설상가상으로 그 이후 어머니마저 정신이 오락가락하기 시작했다. 아들을 잃은 슬픔이 그만큼 컸을 거라고 이해하긴 했지만, 이따금 창건은 잃어버린 잘난 아들만 그리워하는 어머니가 야속하기도 했다.

그러는 동안 훌쩍 세월이 흘렀다. 학창 시절 친구들은 하나둘씩 결혼해 가정을 꾸리기 시작했지만 창건에게는 언감생심 꿈도 못 꿀 일이었다. 가진 게 하나도 없는 남자, 게다가 정신마저 성치 않은 어머니를 모시고 사는 남자와 결혼하겠다는 여자는 없었다.

창건이 마흔을 바라볼 무렵, 이번엔 어머니가 뇌졸중으로 쓰러졌다. 창건은 동생 때 그랬던 것처럼 묵묵히 어머니의 병수발을 들고 병원비를 댔다. 지난해 어머니가 세상을 떠났을 때, 창건은 마침내 어깨 위에 짊어진 무거운 짐을 다 내려놓은 것 같았다. 이제는 드디어 자신만을 위해 살 때가 왔다고 생각했다. 그런데 이렇듯 허무하게 암이라니. 살날이 고작 3개월이라니.

내 인생은 대체 뭔가 생각하니 한심스럽기 짝이 없었다. 돌이켜보면 제게 주어졌던 42년은 줄곧 캄캄한 절망 속을 거니는 것 같은 나날들이었다.

하지만 그런 그의 인생에도 희망의 빛이 반짝였던 적이 존재하긴 했다. 그건 자신의 인생에서 단 한 번 찾아온 예기치 않은 '행운'이었다.

영순이 창건을 만나자고 한 건 창건이 오랫동안 근무했던 회사 사장 용식이 세상을 떠난 지 일주일 정도 지났을 무렵이었다. 창건은 사장 아내인 영순을 잘 알았다. 용식이 이따금 자신을 집에 불러 밥을 먹였기 때문이다. 용식은 갓 스물을 넘긴 나이에 가족을 부양하느라 허덕이던 창건을 안쓰럽게 여겼다. 어쩌면 창건에게서 어린 시절 온갖 고생을 했던 젊은 시절의 제 모습을 떠올렸던 건지도 몰랐다.

용식의 빈소에서 만난 후 고작 일주일이 흘렀건만, 영순은 그사이 훌쩍 나이를 먹은 것 같았다. 창건을 보자 영순은 죽은 남편 생각이 났는지 울어서 짓무른 눈가에 다시 눈물이 맺혔다.

"그땐 경황이 없어서 못 물어봤는데, 회사 그만둔 뒤 어떻게 지냈어요?"

영순이 손수건으로 눈물을 훔치며 물었다.

용식이 심장마비로 갑작스럽게 세상을 떠나기 석 달 전, 창건은 20년간 다닌 회사에 사직서를 냈다. 치매에다 근래엔 뇌졸중까지 온 어머니를 돌보며 회사에 다니기란 무리였기 때문이다. 용식은 그냥 휴직하라고 말렸지만 간병 생활이 언제까지가 될지도 모르는데 무작정 쉴 순 없었다. 직원도 몇 명 없는 작은 청소 용역업체가 자신 같은 잉여 인력을 두는 건 민폐라고 생각했다. 그 말에 용식도 더는 창건을 말리지 못했다.

"그럭저럭 지냈습니다."

창건이 대답했다.

"어머님이 돌아가신 게 한 달 전이랬죠?"

창건은 고개를 끄덕였다. 꽤 오래갈지 알았는데 어머니가 세상을 뜬 건 사표를 낸 지 고작 두 달 만이었다.

"왜 안 알렸어요? 그랬더라면 가봤을 텐데."

영순이 나무라듯 말했다.

어머니가 돌아가신 뒤 창건은 조문을 받지 않았다. 친척도 없고 평소 교류하던 사람들도 적어 딱히 알릴 곳이 없었다. 나중에 어디서 들었는지 알게 된 용식이 "이 사람아, 그런 건 당연히 알렸어야지. 우리가 하루 이틀 안 사이도 아니고"라며 서운해했다.

"혼자서 힘들었을 텐데."

영순의 원망 섞인 말에 창건은 그저 쓴웃음을 지었다. 별로 힘든 건 없었다. 사실 살아계셨을 때랑 비교하면 돌아가신 어머니의 뒤처리는 고생이라고 부르기도 민망했다. 남들은 그것 때문에 골머리를 앓기도 한다는데 창건에겐 정리할 부모의 재산도, 형제 간 유산싸움도 없었다. 퇴직금으로 빚을 갚고 어머니와 살던 곳에서 나와 노부부 소유의 빌라 방한 칸을 얻었다. 그렇게 한 달이 정신없이 지나갈 무렵, 용식의 부고 소식을 들었다.

"그런데 혹시 무슨 일로 보자고 하셨는지⋯."

영순과 한동안 안부를 주고받은 창건이 물었다.

"아, 그러게. 내 정신 좀 봐."

영순이 그제야 용건이 생각난 듯 핸드백에서 종이봉투를 꺼내 내밀었다.

"뭡니까, 이건?"

"열어봐요."

안을 보니 3000만 원짜리 수표가 들어 있었다. 창건은 깜짝 놀라 영순을 돌아봤다.

"그 사람이 창건 씨 앞으로 남긴 거예요. "

"사장님께서요?"

영순은 고개를 끄덕였다.

"창건 씨 어머님 소식을 전해 듣고 빈소에도 못 가본 게 너무 미안하다면서, 나중에 자기한테 무슨 일이 생기면 그 돈은 꼭 창건 씨한테 남겨달라고 했어요. 그렇게 갑작스럽게 갈 걸 미리 알고 있었던 사람처럼."

"하지만, 어, 어째서 저한테…."

당황한 창건이 말을 더듬었다.

"그 사람, 창건 씨를 아들처럼 생각했어요. 알잖아, 우리한테 딸만 둘인 거. 집에서도 창건 씨 얘기 곧잘 했었어요. 요즘 세상에 그렇게 성실하고 효심 깊은 사람 없다고, 그런 아들 있었으면 좋겠다고."

옛날 생각이 나는지 영순이 희미하게 웃었다.

창건도 용식이 자신을 많이 아꼈다는 사실을 알고 있었다. 회사 형편이 기울기 시작해 퇴직금을 넉넉히 챙겨주지 못해 미안해했던 것도.

"창건 씨가 회사 나갈 때 그 사람 많이 속상해했어요. 회사 형편이 안 좋아 어쩔 수 없었거든요."

영순이 변명하듯 말했다. 하지만 정작 창건은 그런 건 이미 잊은 지 오래였다.

"회사는 어떻게 하시기로 했습니까?"

창건이 물었다.

"정리하기로 했어요."

영순이 담담하게 대답했다.

"그 사람도 경영이 안 좋은 상황에서 억지로 끌고 가던 거고 그렇다고 딱히 물려줄 사람도 마땅치 않고. 애들이랑 기왕 이렇게 된 거, 아예 정리해버리자고 결정했어요."

결국 그렇게 됐구나. 누구보다 회사 사정을 잘 알고 있는 창건은 묵묵히 고개를 끄덕이다 수표가 든 봉투를 바라봤다.

"그런데, 정말 이걸 받아도 되는 겁니까?"

용식의 호의는 사무칠 정도로 고마웠다. 하지만 한편으로는 피붙이도 아닌 자신이 이런 돈을 받을 자격이 있는지 걱정스럽기도 했다.

"당연하죠. 그 사람이 원했던 건데."

"그래도⋯."

주저하는 창건에게 영순이 달래듯 말했다.

"나도, 그 사람도 창건 씨가 힘들었던 거 잘 알아요. 넉넉하진 않지만 그래도 다른 직장 구할 때까지 당분간은 도움이 될 거예요."

아닌 게 아니라 앞으로 어떻게 살아갈지 막막하던 차였다. 이제까진 눈앞에 닥친 일들을 해결하느라 그런 건 딱히 생각도 못 하고 살았는데, 막상 새출발할 기회가 생기고 나니 어디서 어떻게 해야 할지 알 수 없었다. 그런데 생각지도 않게 이런 선물을 받을 줄이야.

"감사합니다."

인사를 하는데 목이 멨다. 창건은 갑자기 눈시울이 뜨뜻해
지자 서둘러 탁자 밑으로 고개를 숙였다.

"창건 씨, 이젠 고생은 할 만큼 했으니 앞으로 좋은 일만 있
을 거예요."

마주 앉은 영순이 창건의 어깨를 부드럽게 토닥였다.

용식에게서 받은 돈으로 숨통은 틔었지만 현실은 역시 녹
록하지 않았다. 40대에 접어들고 딱히 내세울 기술도 없는
창건에게 구직시장은 냉랭하기 그지없었다. 이력서를 제출한
곳마다 채용이 어렵겠다는 대답이 돌아왔다.

혹시나 해서 들른 4050 구직박람회에서도 환영받지 못하
는 건 마찬가지였다. 환한 웃음을 지으며 창건을 맞이한 부
스 직원들은 그의 짧은 학력과 딱히 내세울 게 없는 이력을
듣고선 난감한 표정이 됐다. 몇 군데 부스를 돌며 똑같은 반
응을 경험한 창건은 결국엔 포기하고 행사장 밖으로 걸어 나
왔다.

마침 곁에서는 다른 행사가 열리고 있었다. 뭔지는 몰라도
사람들로 바글바글했다. 호기심에 이끌려 창건은 그곳으로
가까이 다가갔다.

대한민국 재테크박람회

행사장엔 그런 이름표가 붙어 있었다.

'세상엔 여윳돈 있는 사람들이 저렇게나 많은 모양이군.'

창건이 씁쓸하게 웃으며 발길을 돌리려는데, 20대로 보이는 청년 둘이 자신을 스치고 지나가며 나누는 대화가 들렸다.

"제정신이야? 5000만 원 대출받아 코인을 사겠다고?"

"너, 요새 비트코인 가격 오르는 거 못 봤어? 그거 한번 터지면 대출금 따위는 한 방에 다 갚을 수 있다고."

무시해버리기엔 꽤 솔깃한 말이었다. 그러고 보니 요새 뉴스에서 코인이 어쩌니저쩌니하는 말을 많이 들어본 것 같았다. 어딘가에 홀린 것처럼 창건은 가상화폐 거래소 부스 앞으로 걸어갔다. 아까 행사장 앞에 모여 있던 사람들이 전부 왔는지 다른 금융상품 부스에 비해 몰려든 인파로 북새통을 이뤘다.

"우리 거래소는 선물거래뿐만 아니라 전문 트레이더와 동일한 매매법을 통해 수익을 낼 수 있는 '카피 트레이딩' 플랫폼을 지원하고 있거든요. 선물거래가 익숙하지 않은 분들도 접근성이 좋다 보니 수익성을 낼 수 있어요."

부스 직원이 누군가의 질문에 대답하는 모습이 보였다.

"비트코인골드는 일반 가정용 컴퓨터로도 채굴할 수 있다면서요?"

"네. 에이식스 같은 전문 채굴기엔 거대 사업자들만 접근할 수 있지만, 비트코인골드는 일반 그래픽 처리장치를 통해서도 누구나 참여 가능해요. 가상화폐 본연의 독립성과 탈중앙화를 회복하는 게 비트코인골드의 목적이라서요."

또 다른 방문객과 직원이 주고받는 대화였다.

이야기를 듣던 창건은 머리가 빙빙 도는 것 같았다. 그곳에 모인 사람들이 하는 말을 하나도 알아들을 수가 없었다. 구경하기를 포기하고 집에 돌아가려 몸을 돌리는데 마침 마주 오던 사람과 세게 부딪치고 말았다. 동시에 손과 가슴팍에 화끈한 열기가 느껴졌다.

"앗, 뜨거워!"

몸 쪽으로 쏟아진 뜨거운 액체 때문에 창건은 화들짝 놀라 비명을 질렀다. 자신과 부딪친 사람이 손에 커피를 들고 있었던 모양이었다.

"괜찮으세요?"

창건과 부딪친 남자가 허겁지겁 품에서 손수건을 꺼내 커피를 닦았다.

"혹시 다치진 않으셨어요?"

다행히 몹시 뜨겁긴 했지만 화상은 입지 않은 것 같았다. 창건은 괜찮다는 뜻으로 고개를 흔들었다.

"아, 이거 죄송해서 어쩌나."

남자는 어쩔 줄 몰라 했다.

"세탁비를 물어드릴게요."

"괜찮습니다. 비싼 옷도 아니고 제대로 앞을 안 본 제 책임도 있는데."

"그래도 저 때문에 옷이 이렇게 됐는데…."

못내 미안한 표정을 짓던 남자는 "그럼 사과하는 뜻에서 마실 거라도 살게요"라고 했다. 별생각은 없었지만 계속 거절하기도 뭣해서 창건은 순순히 남자의 말을 따랐다.

"혹시 코인에 관심 있으세요?"

인근 커피숍에 도착해 주문을 마친 뒤, 남자는 마주 앉은 창건에게 물었다.

"관심이랄 것까지야…. 그냥 뭔지 궁금해서 와봤는데 무슨 말인지 하나도 모르겠던데요."

"아마 그럴 거예요."

남자가 이해한다는 듯 고개를 끄덕였다.

"저게 되게 난해한 개념이라 일반인들은 이해하기 어렵거든요. 그런데 코인 장벽을 높인 데는 가상화폐업계의 책임도 있어요. 수능시험 준비할 것도 아니고 탈중앙화다, 이용자 간 연결성 회복이다, 이런 어려운 용어 줄줄 늘어놔봤자 뭘 한답니까. 중요한 건 사람들이 저걸 어떻게 투자하느냐지."

열변을 토하던 남자가 창건이 자신을 멀뚱멀뚱 쳐다보는 걸 눈치챘는지 겸연쩍은 표정으로 머리를 쓸었다.

"죄송합니다. 지루하셨죠? 코인 얘기가 나오길래. 직업병인가 봐요."

"코인을 잘 아시나 봐요?"

상대의 반응에 뭐라도 호응을 해야 할 것 같아 창건이 물었다.

"아, 네. 이렇게 만난 것도 인연인데."

남자가 마침 생각났다는 듯 양복 주머니를 뒤지더니 명함을 꺼내 창건에게 건넸다.

"주식, 채권 등 재테크 전반을 다 다루는데 요샌 코인 상담을 많이 해요. 고객분들 관심이 많아서요."

"아직 젊은 분이 대표라니 대단하네요."

창건이 말했다.

마주 앉은 현수를 보니 현수도 창건이 명함을 건네길 기다리는 눈치였다.

"저는, 음… 얼마 전에 퇴직해서."

자신보다 한창 젊은 대표 앞에서 무직자라는 말을 꺼내기 창피했지만 창건은 솔직하게 털어놨다.

"아, 구직 중이세요?"

"네, 그런데 그게 쉽지가 않아서…."

"나이가 있으면 어렵죠. 이젠 80년대 생들이 임원을 다는 세상인데."

"…그렇죠."

이미 여러 차례 들었던 얘기지만 타인의 입으로 다시 들으니 창건은 새삼 기운이 빠졌다.

"요즘 경제도 좋지 않고."

현수가 덧붙였다.

창건이 말없이 고개를 숙였다. 둘 사이에 잠시 어색한 침묵이 흘렀다.

"그런데 대출받아 코인을 사는 사람들이 그렇게 많나요?"

문득 아까 지나치며 들었던 대화가 생각난 창건이 현수에게 물었다.

"그럼요."

현수가 고개를 끄덕였다.

"요즘 젊은 친구들은 참 대단하네요. 우리 때는 그저 대출받아 집 사는 것만 알았지, 대출로 가상화폐인지 뭔지를 살 줄은…."

"현명한 거죠."

창건이 말을 다 끝맺기도 전에 현수가 단호하게 대답했다.

"요즘 평생 월급 모아도 서울 시내 집 살 수 있는 사람이 몇이나 되겠어요? 그런 데다 물가는 올랐지, 교육열은 세계 1위지, 이젠 평생 고용도 옛말이지… 승진만 바라보며 허리띠 졸라매고 회사 열심히 다녀봤자 자칫 빈곤층으로 떨어지기 십상이에요. 그런데 눈앞에 황금 노다지 밭이 나타났으니 무리해서라도 금을 캐려는 거 아니겠습니까. 갖다 팔면 수고한 대가보다 훨씬 더 재미를 볼 수 있으니까요. 투자 관점에서 보자면, 있는 돈 없는 돈 끌어모아 영끌해서 집 사놓고 대출 빚에 허덕이는 것보다 훨씬 가성비 좋은 투자죠."

"코인이라는 게, 정말 황금 노다지 밭이에요?"

창건이 다소 미심쩍어하며 물었다.

"뉴스 안 보셨어요? 코인 가격이 하루가 다르게 쭉쭉 올라가잖아요. 코인은 주식처럼 상하한가가 정해진 상품이 아니에요. 가격이 무한대로 올라갈 수 있죠. 그 말은 수익률도 무한대까지 가능하다는 거예요."

무한대까지…. 창건은 저도 모르게 현수가 한 말을 속으로 되뇌었다.

"그러니 다들 코인 코인 하는 거죠. 이것 말곤 인생 역전 가능한 다른 수단은 사실상 없거든요. 이렇게 말하면 혹자는 로또 얘길 하겠지만, 로또 1등이라 해봤자 예전보다 상금이 많이 줄었잖아요. 게다가 점쟁이도 아닌데 1등 번호를 예견할 수도 없고. 그런데 코인은 수익률 예견이 가능해요."

"어떻게요?"

창건이 물었다. 저도 모르는 사이 창건은 현수의 이야기에 서서히 빠져들고 있었다.

"정보와 통계를 기반으로 예측하니까요. 조상 꿈 잘 꾼 것만 믿고 무턱대고 사는 로또랑은 다르죠."

창건은 그럴듯한 이야기라 생각하며 현수의 말에 고개를 끄덕였다.

"왜요? 혹시 투자하실 생각 있으세요?"

현수가 창건의 눈치를 살피며 물었다.

"에이, 무슨. 투자할 돈도 없고."

창건이 손사래를 쳤다.

"반드시 많이 투자할 필요는 없어요. 100만 원 정도만 있어도 돼요."

"100만 원요?"

창건은 눈을 크게 떴다. 그 정도는 자신도 할 수 있을 것 같았다.

"하지만…."

현수가 또 뭘 망설이냐는 눈빛으로 창건을 지그시 바라보았다.

"무식해서 어떻게 해야 하는지도 모르고."

"그러니 저 같은 사람이 있는 거죠."

그게 무슨 문제냐는 표정으로 현수가 대꾸했다.

"제가 도와드릴게요."

"도와주신다고요?"

"제가 하라는 대로 하시면 돼요. 팔라면 팔고 사라면 사고. 전혀 어렵지 않으실 겁니다."

창건은 현수가 걸친 비싼 양복을 물끄러미 바라보았다. 현수가 한 제안은 분명 솔깃했다. 하지만 저 사람이 아무런 대가도 없이 자신을 도와줄 리 없다. 저런 고급 양복으로 미뤄 보건대, 아마도 자문 가격이 꽤 비쌀 것 같았다.

"수익의 10퍼센트만 떼주시면 돼요."

창건의 생각을 읽은 것처럼 현수가 말했다.

"보통은 20퍼센트인데 이번엔 10퍼센트만 받을게요. 제가 아까 커피 쏟은 실수도 만회할 겸."

"그래도 괜찮을까요?"

이번엔 창건이 현수의 눈치를 살피며 물었다.

"그럼요" 하면서 현수는 사람 좋아 보이는 웃음을 지어 보였다.

"오늘 절 만난 거, 운이 좋으신 겁니다."

처음 얼마간은 현수가 말한 대로였다. 창건은 우선 눈 딱 감고 100만 원부터 시작했다. 창건 입장에서는 그것도 커다란 결심이었다. 용기가 필요하지만 만에 하나 날려버린다 해도 치명상을 입을 정도까지는 아닌 액수. 그게 딱 100만 원이었다.

하지만 돈을 날리기는커녕 현수가 매도하라고 할 때마다 20만 원, 30만 원씩 쏠쏠한 수익이 났다. 재취업이 안 돼 돈을 까먹기만 할 때는 하루하루 불안했는데, 야금야금 불어나는 통장 잔고에 창건도 한시름을 놓았다. 이따금 좋아하는 김치찌개를 사 먹을 때도 계란말이를 시킬 수 있는 심리적 여유가 생겼다.

창건이 자신을 믿고 따라오는 듯하자 현수는 슬슬 투자금을 올려보자고 했다. 창건은 며칠간 망설였지만 결국 확신에 찬 현수를 믿고 따라가보기로 했다. 이번엔 1000만 원을 투자금으로 내놓았다. 창건으로선 일생일대의 모험이었다. 행여 저 돈이 날아가면 어쩌나 몇 날 며칠을 전전긍긍했다. 하지만 현수가 보여준 수익률을 보니 투자금은 생각지도 않게 6000만 원으로 불어나 있었다.

6000만 원이라니! 창건은 이게 꿈인가 생시인가 싶었다. 용식에게서 받은 돈도 그간 생활비를 제하고 아직 2800만 원은 남아 있다. 거기에 6000만 원을 더하면 8800만 원. 이제껏 살면서 창건에게 그렇게 큰돈이 생긴 건 처음이었다.

"이제 더는 투자를 할 생각이 없어요."

6000만 원으로 오른 투자금을 확인한 자리에서 창건은 현수에게 그렇게 선언했다.

"벌써요? 계속 쭉쭉 오르는 추세인데."

현수는 아쉽다는 표정이었다.

"아니에요. 저는 이 정도로 충분해요. 더 이상은 욕심이 과한 것 같아요."

현수는 한두 차례 더 창건을 설득했지만 창건의 뜻이 확고하다고 느꼈는지 마침내 알겠다며 물러섰다.

"그런데 언제 6000만 원을 찾을 수 있나요?"

"아, 그게 세금부터 공제해야 해요."

창건의 물음에 현수가 대답했다.

"세금이요?"

"로또에 당첨돼도 돈을 받으려면 먼저 세금부터 떼야 하잖아요. 비슷한 거죠."

"아, 그런 건 몰랐네요."

창건이 머리를 긁적였다.

"얼마를 내야 하는데요?"

현수가 휴대폰으로 뒤져 '종합소득세 과세 표준'이라는 걸 보여줬다. 소득금액 1200만 원 이하일 때는 6퍼센트, 1200만 원에서 4600만 원 이하일 때는 15퍼센트로 표기돼 있었다.

"가만있자…. 6000만 원을 버셨으니 세금이 24퍼센트 부과되네요."

현수는 소득금액 4600만 원에서 8800만 원 이하 구간의 과세율을 가리켰다.

"24퍼센트라고요?"

생각보다 높은 수치에 창건은 눈을 크게 떴다.

"계산해보니 1440만 원을 내셔야 하네요."

그렇다면 실제 제 몫으로 떨어지는 돈은 4560만 원이다. 1000만 원을 투자했다면 3500만 원 이상 차익이 생긴 것이긴 하지만 한껏 들떴던 창건은 어쩐지 맥이 좀 풀렸다.

"그리고 저한테 내실 상담료가 500만 원이고요."

"수익의 10퍼센트면 456만 원 아닌가요?"

"세금 제하기 전이 기준이에요. 1000만 원으로 투자해서 6000만 원이 됐고, 5000만 원 수익이 났으니 거기서 10퍼센트를 해야죠."

"아, 네…."

어쩐지 석연치 않은 기분이었지만 그간 현수로부터 받은 도움을 생각하고 창건은 잠자코 고개를 끄덕였다.

"저한테 도합 1940만 원을 입금하시면 제가 제 몫은 제하고 대신 세금 납부할게요."

현수가 창건에게 계좌번호를 적어줬다.

"그럼 제 돈은 언제 받을 수 있습니까?"

"업무일 기준으로 사나흘은 걸릴 거예요. 돈을 출금할 수 있게 되는 즉시, 제가 연락드리고 계좌로 쏴드릴게요."

"감사합니다."

돈을 받을 거라는 이야기가 나오자 창건의 얼굴에 다시 미소가 떠올랐다. 그래, 당초 받을 거라 기대했던 것보다 액수는 좀 줄어들었지만 그래도 이게 어디냐. 이것저것 다 제한다 해도 족히 3000만 원은 내 앞으로 떨어진다. 사람 마음이 간사하다더니 20만 원만 벌어도 날아갈 것 같을 때는 언제고 잠시 개구리 올챙이 적 시절을 잊어버렸다.

앞으로 그 돈으로 뭘 할까. 이참에 아예 장사 같은 걸 해볼까. 노점상은 그렇게 투자비가 많이 들지도 않을 것이다. 만약 앞으로도 취업이 안 된다면 새로운 대안으로 생각해도 나쁘지 않을 것 같았다.

그 뒤로 사나흘 간 창건은 그렇게 달콤한 장밋빛 희망에

도취돼 있었다. 핫도그를 팔아볼까, 호떡을 팔아볼까. 사업 아이템을 이것저것 머릿속으로 그리다 보니 밥을 안 먹어도 배가 불렀다. 영순 말대로 이제 정말 고생은 끝나고 새로운 삶이 시작될 모양이었다.

하지만 한껏 부풀었다가 툭 터져버린 물방울처럼 창건의 희망도 한순간에 사라졌다. 연락을 준다던 현수에게선 기다려도 연락이 오지 않았다. 어떻게 된 건가 궁금해서 전화해보니 없는 번호라는 안내음만 흘러나올 뿐이었다. 그제야 창건은 정신이 번쩍 들었다.

'내가 당했구나!'

하지만 이미 너무 늦었다. 현수와 연락이 닿을 길이 없었다. 정신을 차리고 나서 곰곰이 돌이켜보니 자신이 얼마나 무방비 상태였는지 기가 찰 지경이었다. 처음 그가 현수를 믿은 근거라고는 현수의 번지르르한 옷차림과 그럴듯한 말솜씨, 투자자문회사 대표라는 직함이 고작이었다. 모두 작정하고 속이려 들면 얼마든지 눈속임이 가능한 것들뿐이다. 나중에 알고 보니 현수가 수익률이라고 보여준 휴대폰상의 캡처 자료들도 사실은 전부 조작된 이미지에 불과했다. 그런데도 자신은 현수가 쳐놓은 덫에 보기 좋게 걸려들고 말았다.

그 어리석음의 대가로 투자한 돈 1000만 원에다 세금이라고 했던 1440만 원, 현수의 상담료 500만 원까지 총 2940만 원이 수중에서 연기처럼 사라졌다. 그건 용식에게서 받은 돈의 거의 전액이었다.

일생일대의 행운을 덧없이 날려버린 창건은 이를 박박 갈았다. 없을 땐 그냥 없으려니 하고 살았는데, 잠시나마 수중에 있던 돈을 눈뜬장님처럼 뺏기고 나니 억울하기 짝이 없었다. 장밋빛 미래가 산산이 부서지고 기다리는 건 지금보다더 암담한 현실이었다. 며칠 내로 내야 하는 월세를 주고 나면 당장 무슨 돈으로 생활할지 막막했다.

어찌어찌 그달 월세부터 막고 창건은 꼬박 한 달을 두문불출하며 술로 지샜다. 자신의 인생이 한심해서 견딜 수가 없었다. 그러다 보니 시름시름 몸이 아팠다. 별게 아니겠지, 가봤자 병원비밖에 더 들어. 차일피일 미루다 견딜 수 없어 병원으로 향한 창건은 거울에 비친 제 모습을 보고 흠칫 놀랐다. 그사이 몰라볼 정도로 여위어 있었다. 뼈 위에 얇은 거죽을 얹어놓은 것 같았다. 하긴 그럴 만도 했다. 밥 대신 술로만 연명하고 살았으니.

그런데 별것 아니라고 생각하고 찾아간 동네 의사는 안색이 바뀌며 당장 큰 병원에 가보라고 했다. 결과는 췌장암 말기였다. 창건은 문득 어린 시절 해변에서 모래를 가지고 놀았던 기억이 떠올랐다. 잠시 방심한 사이 손가락 사이로 스르르 빠져나가는 모래알처럼 삶이 사라지는 것 같았다.

병원을 나와 후들거리는 다리로 목적지도 없이 방황하던 창건은 한적한 골목에 도착하자 기다렸다는 듯 전봇대에 머리를 박고 한참을 울었다.

 살날이 얼마 남지 않으면 모든 일에 초연해진다는 말은 헛소리였다. 창건은 죽을 날이 가까워져서야 그 사실을 몸소 깨달았다. 초연해지기는커녕 오히려 살면서 하지 못했던 일에 대한 미련과 후회가 더 커졌다. 그의 인생은 미련이 남는 일투성이였다. 동생 뒷바라지하느라 학업을 포기한 것, 가족을 위해 줄곧 희생하기만 한 것, 남들처럼 약삭빠르게 살지 못했던 것…. 그중에서도 가장 후회스러운 것은 현수에게 속아 넘어가 새출발할 기회를 날려버린 일이었다.

 그때 현수를 만나지 않았더라면. 만났더라도 순진하게 속아 넘어가지 않았더라면. 하다못해 초기 투자금을 건넨 이후라도 정신을 차렸더라면. 그랬으면 지금 자신은 죽을 날을 받아놓은 시한부 인생이 되지 않았을지도 모른다.

 그러한 결론에 다소 논리적 비약이 섞여 있는 걸 창건 자신도 알고는 있었다. 지금이 말기라니까 어쩌면 현수를 만났던 시점에도 이미 몸에 암세포가 자라고 있었을지 모른다. 자신에겐 암으로 사망한 가족력도 있다. 하지만 창건은 그런 사실들을 애써 외면했다. 그에게 필요한 건 이성적 분석이 아니었다. 지금 그가 원하는 건 제 불행에 대한 책임을 지울 수 있는, 자신이 원망하고 탓할 수 있는 상대였다. 그리고 그건 당연히 안현수였다.

그를 찾으면 어떻게 할까. 복수해야지. 어떻게? 당연한 거 아닌가? 죽여야지, 내 인생을 파탄 낸 놈인데. 살벌한 생각들이 꼬리에 꼬리를 물었다. 다른 상황에서라면 엄두도 못 냈을 생각이지만 어차피 죽을 날을 받아놓은 몸이니 딱히 겁날 것도 없었다.

창건의 머릿속에는 현수를 죽이는 상상이 떠나지 않았다. 아이러니하게도 목표가 생기자 절망이 가득한 마음에 의욕이 샘솟았다. 창건은 제게 남은 나날을 오롯이 현수를 복수하는 데 쓰기로 마음먹었다. 그걸 완수해야만 여한이 없을 것 같았다. 무슨 수를 써서라도 반드시 현수를 저승길 동반자로 삼아야만 했다.

아침에 눈을 뜨는 순간부터 밤에 눈을 감는 순간까지 창건은 현수를 죽일 계획을 짰다. 아주 세세한 부분까지. 어차피 생각할 시간이라면 차고 넘쳤으니까.

창건이 세운 계획에 따라 현수를 죽이려면 약간의 자기희생과 살인을 도와줄 조력자가 필요했다. 전자는 문제 될 게 없었다. 현수에게 복수할 수 있다면 그 까짓것 정도는 얼마든지 감당할 의향이 있었다. 조력자도 이미 물색해놨다. 코인사기 피해방에 올라온 게시물을 통해 알게 된 피해자였다. 글을 읽어보니 그 역시 현수에게 사기를 당한 것 같았다. 자신이 접근하면 그자는 힘을 보태줄 것이다. 똑같은 피해를 당한 나랑 같은 심정일 테니까. 만에 하나 그자가 거절한다고 해도 창건은 설득할 자신이 있었다.

남은 문제는 현수를 찾는 일이었다. 그런데 대체 그를 어떻게 찾아내나. 곰곰이 궁리한 끝에 창건은 현수에게 미끼를 던지기로 했다. 현수는 아마 지금도 다음 먹잇감을 노리고 있을 것이다. 한번 친 사기로 재미 좀 봤다고 물러서지 않는 게 그런 작자들의 습성이니까. 그렇다면 희생양을 찾는 포식자들이 가장 활발하게 움직이는 곳으로 가면 그를 만날 수 있지 않을까. 이런 결론 끝에 창건은 그날부터 닥치는 대로 코인투자 리딩방을 들락거리기 시작했다.

하지만 그곳에서 현수를 찾으면 찾을수록 창건은 건초더미에서 바늘을 찾는 일과 흡사하다고 느꼈다. 저 많고 많은 익명의 인물들 속에서 현수를 찾아내는 건 기적에 가까워 보였다. 더구나 리딩방에서 활동하는 사람들과 현수는 사기의 결도 조금 달랐다. 온라인을 주 무대로 활동하는 사기꾼들은 좀처럼 피해자들과 대면 접촉을 하지 않으려 했다.

그래도 창건은 포기하지 않았다. 어쩌면 현수의 방식이 조금 독특하다는 게 그를 선별하는 방법이 될 수도 있으리라고 생각했다. 현수라면 오프라인에서 얼굴을 드러내는 일을 겁내지 않을 테니까.

리딩방에서 자신에게 접근하는 익명의 인물이 나타나면 무작정 만나자고 제안해보았다. 열이면 열, 제안에 적당한 핑계를 대고 떨어져나갔다. 때로는 전화번호 정도는 알려주기도 했지만 딱 거기까지였다. 하긴 사기꾼 입장에서 생각해 보자면 위장한 경찰일지도 모를 상대에게 제 얼굴을 공개하는 건 위험 부담이 따르는 일이었다.

바로 그때였다. 다른 방법을 찾아볼까 망설이던 무렵, 신원을 알 수 없는 누군가에게서 메신저로 연락이 왔다.

'잠깐 대화할 수 있을까요?'

어떻게 나오나 보기 위해 창건이 아무 응답하지 않고 기다리고 있자니 상대는 조바심이 났는지 다시 메시지를 보냈다.

'아이디가 눈에 익어서요. 리딩방을 여러 군데 가입하신 모양이더라고요? 코인에 관심 많으세요?'

'관심 있으니 가입을 했죠.'

창건이 답을 보냈다.

'아, 그런데 계좌 인증 사진도 안 올리시고 매도매수 경험도 공유 안 하시길래.'

'온라인 채팅방에서만 만난 사람 말을 곧이곧대로 믿기가 좀 그래서요.'

창건이 보낸 메시지에 상대는 답이 없었다. 이대로 연락이 끊기나 싶었는데 잠시 후 휴대폰 화면에 상대가 보낸 메시지가 떴다.

'혹시 시간 되면 잠깐 통화 어떠세요?'

창건은 곧장 상대가 보낸 전화번호로 연락했다.

"여보세요."

수화기 너머로 듣기 좋은 중저음의 남자 목소리가 들렸다.

창건은 가슴이 쿵 내려앉는 것 같았다. 바로 그놈이었다. 꿈에서도 잊을 수 없는 안현수. 하도 여러 차례 반복해 그놈과의 대화를 떠올렸기에 그의 목소리는 자신의 것처럼 친숙했다. 음성 변조 기능을 쓴 게 아니라면 수화기 너머에 있는 놈은 현수가 확실했다.

"여보세요."

창건이 아무 말도 하지 않자 상대는 전화를 끊었다고 생각한 모양이었다. 수화기 너머에 사람이 있는지 확인하듯 "여보세요"를 반복했다.

"아, 네. 잠깐 목에 뭐가 걸려서요."

상대방이 통화 종료 버튼을 누를까 두려워진 창건은 서둘러 대꾸했다. 물론 알아차릴 수 없게 일부러 목소리를 낮게 깔고 말하는 것도 잊지 않았다.

"아, 그러셨군요."

상대가 안심했다는 듯 말했다.

"그건 그렇고 굉장히 신중하신 분이네요. 저런 어중이떠중이들 모이는 곳에서 군중심리에 휘말리지도 않으시고."

"저한테 왜 연락하셨습니까?"

창건이 일부러 냉담한 어투로 물었다.

"리딩방 같은 데서 알려주지 않는 고급 정보를 제공하려고요. 정보라는 게, 그걸 알아보는 혜안이 있는 사람한테서나

가치를 발휘하는 거 아니겠습니까. 얄팍한 사탕발림에 혹해 넘어가는 사람들한테는 아무런 값어치가 없어요."

"대신 그런 걸 알려주는 대가는 있겠죠?"

창건의 말에 남자가 후후 웃었다.

"눈치가 빠르시네. 그렇지 않으면 제가 왜 이렇게 개인적으로 연락을 했겠습니까. 다른 사람들처럼 리딩방 같은 데서 무료 상담이나 하고 있지. 상담과 투자를 대행해주는 대가로 수익의 20퍼센트를 받고 있습니다."

"비싼 만큼 값어치를 하는 건 맞습니까? 하도 자칭 전문가들이라는 사람이 설치고 다녀서요."

미심쩍음을 가장한 창건의 말에 남자는 "충분히 이해합니다"라고 수긍했다. 창건은 수화기 너머에서 진지한 표정으로 고개를 끄덕이는 현수가 눈앞에 보이는 듯했다.

"전 금융업계에서 오래 근무하다가 지금은 회사를 나와 개인 투자자문회사를 운영하고 있어요. 재테크, 부동산을 다 아우르지만 지금은 코인 쪽을 전문으로 하죠. 아마 이 분야에서라면 저만한 전문가는 찾기 어려우실 겁니다."

남자가 창건이 전에 들어본 적 있는 말을 되뇌었다.

"그런 걸 어떻게 다 믿습니까? 생판 얼굴 한번 못 본 사람 말을요."

당장에라도 뛰어가고 싶은 충동을 억누르며 창건은 심드 렁하게 대꾸했다.

"만나서 얘기라도 한다면 모를까."

수화기 너머로 잠시 침묵이 흘렀다.

"좋습니다. 만나서 얘기하시죠."

잠시 망설인 후에 남자가 제안했다.

"장소는…."

창건이 남자의 말을 중간에서 끊었다.

"장소랑 시간은 제가 정하겠습니다. 그래도 되겠죠?"

"아, 네. 뭐 그렇게 하시죠."

남자가 선선히 승낙했다.

창건은 남자에게 시간과 주소를 불렀다. 두근두근 터질 것 같은 마음을 억누르고서.

"그럼 그때 말씀하신 장소로 나가겠습니다."

남자는 창건이 불러준 내용을 확인한 뒤 전화를 끊었다.

통화를 마친 창건은 다리에 힘이 풀려 바닥에 털썩 주저앉고 말았다. 온몸에서 기운이란 기운이 다 빠져나간 것 같았다. 창건의 신체에서 펄떡펄떡 날뛰고 있는 건 흥분으로 세차게 고동치는 심장뿐이었다. 시간이 지나면서 흥분이 가시자, 창건의 입가에 서서히 미소가 번지기 시작했다.

'빙고. 드디어 걸려들었어.'

이제 남은 건 계획을 실행하는 일뿐이었다.

'놈'을 위하여

약속 장소인 주점으로 들어선 안준영은 자리에 앉아 자신을 기다리고 있던 송창건을 보고 눈이 휘둥그레졌다. 조금 전 도착한 준영은 창건에게 어디 앉아 있냐고 전화로 물어보던 참이었다. 창건의 설명에 따라 북적이는 입구와 홀에서 멀찍이 떨어져 화장실 앞에 있는 외진 자리에 도착한 그는 창건과 눈이 마주치자 자리에 선 채 그대로 얼어붙고 말았다. 한쪽 손에는 조금 전까지 창건과 통화하던 휴대폰을 그대로 들고서.

"이젠 만났으니 더는 통화할 필요가 없을 것 같은데."

창건이 준영의 휴대폰을 턱으로 가리키며 말했다.

준영은 당황한 표정으로 허둥지둥 휴대폰을 바지 주머니에 집어넣었다. 창건은 냉담한 시선으로 준영의 동작을 담담하게 지켜봤다.

"어, 어떻게⋯."

"어떻게 찾아냈냐는 질문이라면 고생 좀 했지."

준영이 미처 묻기도 전에 창건이 내질렀다.

준영은 혼란스러운지 이맛살을 찌푸리고 있었다. 이게 대체 어찌 된 일인지 머릿속이 바삐 움직이고 있는 것 같았다.

"전화번호가 달라서 방심했나 보군. 나도 누구처럼 대포폰이란 걸 써봤거든. 세상 좋아져서 인터넷으로 어둠의 경로를 열심히 뒤졌더니 구하는 게 그리 어렵지 않더라고."

창건이 준영의 생각을 읽은 것처럼 말했다.

준영이 별안간 몸을 홱 돌려 주점을 빠져나가려 했다. 하지만 창건 쪽이 더 빨랐다. 그럴 줄 알고 있었다는 듯 잽싼 몸놀림으로 다가가 등 뒤로 뭔가를 들이댔다. 뾰족하고 날카로운 칼날이 준영의 몸에 와 닿았다.

"허튼짓 할 생각 마."

창건이 준영의 귓가에 낮은 목소리로 속삭였다.

"달아나거나 소리 지르면 이걸로 푹 쑤셔버릴 테니까."

"거, 거짓말."

준영이 말을 더듬었다.

"거짓말인지 아닌지 알고 싶으면 한번 해보시지?"

창건은 으름장을 놓았다.

준영의 등 뒤로 식은땀이 흘렀다. 바짝 몸을 붙이고 서 있는 창건은 준영의 셔츠가 땀으로 축축해지는 걸 느낄 수 있었다.

"미리 말해두지만, 난 죽을 날 받아놓은 시한부 환자야. 무

서울 거 하나도 없다고. 여차하면 너 죽고 나 죽는 거야."

'너 죽고 나 죽고'라는 말에 얼어붙어 있던 준영이 흠칫 몸을 떨었다.

창건은 빈말이 아니었다. 그건 창건에게 있어 '플랜 B'였다. 원래 계획이 틀어진다면 그 자리에서 준영을 찔러 죽일 생각이었다. 그러면 사람들은 피해자인 자신을 가해자라 부르고 가해자인 준영은 피해자가 되겠지만, 그래도 아예 복수하지 못하는 것보단 그편이 나았다.

"자리로 돌아가지. 사람들이 쳐다보기 전에."

창건이 위협적인 목소리로 말했다.

준영은 주저주저했지만 마지못해 발걸음을 옮겼다. 창건은 조금 전 자신이 앉아 있던 자리를 가리켰다. 화장실을 등지고 앉아 사람들이 오가는 입구 쪽을 바라볼 수 있는 자리였다. 준영이 엉거주춤 엉덩이를 내려놓자, 창건은 그 옆자리에 나란히 앉았다. 아까 준영의 등을 겨누고 있던 칼이 이젠 그의 옆구리를 향했다.

테이블은 이미 세팅이 다 돼 있었다. 준영을 기다리며 미리 주문해놓은 음식과 술은 이미 다 나온 상태였다. 음식이 나왔으니 한동안 종업원이 그들이 앉은 테이블 쪽으로 올 일은 없을 터였다.

"돈은 돌려드릴게요."

준영이 곁눈질로 창건의 눈치를 살피며 말했다.

"이젠 필요 없어."

창건이 딱 잘라 말했다. 게다가 준영이 위기를 모면하기 위해 마음에도 없는 소리를 하고 있다는 것쯤은 창건도 잘 알고 있었다.

"그럼 뭘 원하세요? 다 드릴게요. 제발 이러지 마세요."

준영은 애걸 조로 나왔다.

"뭘 원하냐고? 글쎄, 내가 뭘 원할까."

창건이 이죽거렸다. 준영이 불안해하는 모습을 음미하듯 입을 다물고 있다가 불쑥 한마디를 던졌다.

"일단 그 옷부터 좀 벗지 그래? 아까부터 영 눈에 거슬려서 말이지."

"…옷이요?"

준영의 얼굴에 당혹스러운 빛이 비쳤다. 전혀 예상하지 못했던 말인 모양이었다.

"이 옷을 원하세요? 그럼 양복값만큼 돈을 드릴게요. 이거 비싼 거예요."

"말귀를 도통 못 알아듣네."

허둥지둥 지갑을 열려는 준영을 제지하며 창건이 말했다.

"옷값을 달란 게 아니라 옷을 벗으라고 했을 텐데."

준영이 창건을 빤히 쳐다보았다. 이 사람 지금 제정신인가 생각하는 눈치였다.

"지금 당장 화장실에 가서 벗으라고."

창건은 바로 뒤에 있는 화장실을 가리켰다. 처음부터 이러려고 내부 구조를 잘 아는 주점을 선택해 아무도 원치 않는 자리를 일찌감치 선점하고 있었다.

"그게 무슨 소리예요? 도대체 왜 이러세요?"

상대가 무슨 꿍꿍인지 도통 짐작이 가지 않아 준영은 불안하기 짝이 없었다. 자신을 쏘아보는 창건의 눈엔 광기가 어린 것 같았다.

"이거 참…."

왜 이렇게 일을 피곤하게 만드냐는 듯 창건이 고개를 절레절레 흔들었다. 칼을 쥐지 않은 쪽 손을 테이블로 뻗은 그는 얼음이 담긴 콜라를 그대로 준영의 옷에 들이부었다.

"아니 이게 대체 뭐 하시는 거예요!"

준영이 화들짝 놀라 반사적으로 자리에서 일어서려다 옆구리를 지그시 누르는 칼끝을 느끼고 다시 주저앉았다.

"이젠 어쩔 수 없이 옷을 벗어야겠군. 축축하잖아."

창건이 턱짓으로 뒤편 화장실을 가리켰다.

준영은 영문을 모르겠다는 얼굴로 창건과 제 옷을 번갈아 바라보다 어쩔 수 없다는 듯 화장실로 향했다.

비교적 공간이 넉넉한 화장실은 남녀공용이었다. 창건이 안에서 자물쇠를 걸어 잠갔다. 앞서 들어간 준영이 돌아서다 자신을 겨눈 칼끝을 보고 흠칫 몸을 떨었다. 칼을 직접 보니 지금 처한 상황이 더 실감이 나는 모양이었다.

창건은 잠자코 배낭 속에서 가지고 온 제 옷을 꺼냈다. 빛 바랜 셔츠와 면바지, 오래 입어 낡은 옷이었다.

"…이게 다 뭐예요?"

준영은 두려운 와중에도 어안이 벙벙한 모양이었다.

"잔말 말고 입어."

"아, 진짜 왜 이러시는 건데요?"

준영이 힘없이 항의했다.

"왜? 남자끼린데 부끄러워? 아니면 칼침을 맞아봐야 갈아 입을 텐가?"

창건이 낮은 목소리로 위협했다.

창건의 말을 거슬러 좋을 게 없다고 판단했는지 준영은 잠 자코 옷을 벗기 시작했다.

'젠장, 아침부터 일진이 안 좋더라니.'

준영은 옷을 갈아입는 내내 속으로 그렇게 중얼거렸다. 아 침에 면도하다 실수를 해서 턱을 베고 말았다. 부랴부랴 피 를 닦고 반창고를 붙였더니 상처가 잘 아물어 오후엔 얼굴에 붙인 반창고를 떼냈다. 조만간 미팅이 있는데 그런 꼴로 나 갈 순 없어서였다. 하지만 약속 장소로 향하는 준영은 뭔가 기분 나쁜 예감에 가슴이 술렁거렸다. 면도하다 얼굴이 베인 날이면 항상 뭔가 안 좋은 일이 생겼던 기억이 떠올랐다. 그 런데 이번에도 그 징크스는 어김없이 맞아떨어졌다.

지금 앞에 칼을 들고 선 저 남자는 정말 제정신이 아닌 것 같았다. 처음 창건이 화장실로 따라 들어왔을 때 준영은 순간적으로 창건이 동성애자인가 싶었다. 이자가 원하는 건 혹시 내 몸인 건가, 하고. 상상만 해도 끔찍했지만 나중에 주점 화장실에서 칼로 난자된 변사체로 발견되는 것보다는 그편이 나을 것 같았다. 그런데 눈치를 보니 창건은 자신을 겁탈하거나 찌를 생각은 없어 보였다. 대신 갖고 온 옷으로 갈아입으라는 해괴한 주문을 했다. 예전엔 안 그랬는데 안 보던 사이 창건의 머리가 조금 이상해진 게 틀림없었다. 살짝 맞이 간 사람 심기를 거스르는 건 위험하다. 시키는 대로 다 해주고 어떻게든 저 인간에게서 벗어나야겠다고 생각했다.

　그런데 어쩌다 재수 없게 이런 상황까지 왔을까. 고민해볼 필요도 없이 답은 뻔했다. 다 부주의했던 탓이다. 함부로 얼굴을 드러내고 사기 칠 인간들과 만났기 때문이다. 이번 일을 교훈 삼아 앞으론 신변 노출을 자제해야겠다고 준영은 다짐했다.

　자신도 처음부터 이런 위태위태한 게임을 할 생각은 아니었다. 하지만 남들과 똑같이 해서는 도무지 경쟁력이 없었다. 온라인 채팅방에서 만난 이들은 걸려들 듯하다가 마지막 순간에 정신을 차렸는지 발을 빼기 일쑤였다. 준영은 점점 조바심이 들었다. 월급 없이 성과급만 주는 회사 시스템상, 그런 상태로 계속 머무르다간 월 몇천만 원대 수입을 올리기는커녕 생활비도 빠듯할 게 뻔했다. 게다가 사채업자의 독촉은 점차 심해지고 있었다. 빨리 돈을 갚지 않으면 정말로 손가락이 잘리든 신장 하나가 없어지든 할 것 같았다.

어쩌면 애초에 사채를 쓴 것부터가 잘못이었는지도 모른다. 하지만 쥐꼬리만 한 월급만으로는 갖고 싶은 것, 하고 싶은 것 뭐 하나도 마음대로 할 수 없었다. 자신도 남들처럼 그럴듯하게, 아니 그 누구도 자신을 무시하지 못할 정도로 떵떵거리며 살아보고 싶었다.

준영은 어린 시절 보육원 출신이라는 이유로 학교폭력을 당했었다. 그를 괴롭혔던 이들은 준영을 인적이 드문 창고에 불러 담뱃불로 팔목을 지졌다. 특별한 이유가 있었던 건 아니었다. 그를 괴롭혔던 아이들은 그저 심심했고, 준영은 그 심심함을 달래기에 딱 좋은 상대였다.

피부가 타들어가는 아픔과 그을리는 냄새 속에서 정신이 아득해지는 와중에 준영은 결심했다. 어떻게 해서든 성공할 거라고. 그에게 '성공'은 돈과 같은 의미였다. 지금 저 아이들이 괴롭히는 이유는 자신이 낡은 옷을 입고 다니고 학용품 살 돈도 부족하기 때문이다. 지금뿐 아니라 앞으로도 가난에서 벗어나지 못할 거라고 확신하기 때문이다. 그런 구제 불능 약자들은 마구 짓밟고 괴롭혀도 상관없다. 어차피 평생 약자에서 벗어나지 못할 테니까.

준영은 자신을 보며 키득거리는 아이들을 보며 저 얼굴에서 웃음을 지워버리고 싶다고 생각했다. 반드시 돈을 많이 벌어서 저들 앞에 나타날 거라고. 다시 만날 때는 저들보다 훨씬 더 많이 손에 넣고, 훨씬 높은 곳에 서 있어야 한다고.

그때부터 돈은 준영의 인생에 유일한 목표가 됐다. 하지만 돈을 버는 일은 쉽지 않았다. 타고난 환경이 좋지 못한 준영은 번번이 제 목표가 눈앞에서 무너져 내리는 순간을 목격해야 했다. 그럴 때면 그는 자기 자신이 다른 사람이었으면 좋겠다고 생각했다. 가난하고 구질구질한 보육원 출신에 학교 폭력이나 당하던 안준영이 아니라, 부모 잘 만나 돈과 사회적 지위를 누리며 남 부러울 것 없이 사는 누군가가 되고 싶다고.

그래서 이따금 다른 누군가를 흉내 내보곤 했다. 똑같은 알맹이인데도 입는 옷과 걸치는 시계가 달라지니 사람들이 자신을 달리 대했다. 또 해외에서 대학을 나오고 억대 연봉을 버는 전문직 종사자라는 말에 깜빡 속아 넘어갔다. 결국 보이는 게 전부라는 걸 준영은 일찌감치 깨달았다.

하지만 다른 누군가가 되기 위해선 꽤 비싼 대가가 필요했다. 가뜩이나 얼마 없던 잔고는 눈 깜짝할 사이 사라져 결국 마이너스 통장을 만들어야 했다. 하지만 한번 맛본 허영심을 끊어버릴 순 없었다. 수입은 빤한데 지출은 줄지 않으니 빚은 계속 늘어만 갔다. 결국엔 사채에까지 손을 대게 됐다.

그래도 준영은 크게 걱정하지 않았다. 에버그린에 처음 들어왔을 때만 해도 여기서 잘하면 빚 따위는 금방 갚을 수 있으리라 생각했다. 그런데 그게 뜻대로 잘되지 않았다. 답답한 마음에 그나마 가깝다고 생각한 박영우를 불러내 술을 마셨다. 영우는 자신을 내려다보는 고까운 태도로 "이 일, 노하우만 안다고 되는 게 아니야. 넌 적성에 안 맞으니 얼른 손 털고 나가"라고 잘난 척을 했다. 거만한 새끼. 자기가 대체 뭐라고. 사장 백으로 들어왔다기에 얼마나 잘난 놈인가 했더니 겨우 호스트바 출신인 주제에.

하지만 영우가 자존심을 긁어준 덕분에 준영은 이를 악물 수 있었다. 큰 결심을 하고 에버그린과 양다리를 걸쳤던 휴대폰 대리점엔 사표를 냈다. 일찌감치 대리점을 그만두지 못했던 건, 딱히 그곳에 애정이 있어서가 아니라 생계에 대한 불안감 때문이었다. 에버그린에서 성과를 못 올린 달에는 어떡하란 말인가. 크게 한 건 하기까지 몇 달을 느긋하게 기다릴 수 있는 경제적, 심적 여유가 준영에겐 없었다. 그래서 낮엔 월급이 꼬박꼬박 나오는 대리점에서 일하고, 밤엔 온라인에서 TM으로 활동하는 이중생활을 했다.

그러다 배수진을 치고 대리점을 나오면서 과감하게 수법을 바꿨다. 지금까지와 같은 방식으로는 도통 승산이 없어 보였다. 그럼 어떻게 해야 할까, 한참 고민한 끝에 머리에 떠오른 건 정상구였다. 자신이 동경하는 대표 정상구.

정상구는 준영이 원하는 모든 걸 가진 사람처럼 보였다.

돈, 번듯한 직책, 비싼 집, 고급 양복…. 모르긴 몰라도 그를 따르는 여자들도 제법 많을 터였다. 정상구는 자기 밑에 있는 TM들처럼 온라인에서만 놀지 않고 직접 발로 뛰어 굵직굵직한 고객을 물고 왔다. 어쩌면 그 때문에 주머니 두둑한 이들을 낚을 수 있는 건지도 몰랐다. 얼굴 한 번 본 적 없는 사람 말을 믿고 배팅하는 건 어차피 순진하고 주머니 사정 가벼운 잔챙이 정도일 테니까. 하지만 문제는 자신이 정상구처럼 인맥이 넓은 게 아니라는 사실이었다. 결국엔 고민 끝에 온오프라인을 넘나들며 활동해야겠다고 결정했다. 온라인으로 낚시감을 먼저 찾고, 오프라인에서 만나기로.

준영이 생각하기엔 그건 꽤 괜찮은 발상 같았다. 인물이 반반하고 화술이 매끄럽기로는 자신도 딱히 밀리지 않으니 어쩌면 직접 만나는 편이 사람들의 환심을 사기에 좋을 것 같았다. 어쨌든 외관이 중요한 세상에선 보이는 게 전부니까.

회사엔 비밀로 하고 준영은 몰래 가짜 명함을 만들었다. 자기네 TM 신원이 외부로 드러날까 봐 항상 신경을 곤두세우고 있는 전명호가 알았다간 당장 잘릴 게 뻔했다. 그러니 철저하게 조심해야 했다. 누가 찾아올 우려가 있으니 회사 주소는 생략하고, 이름 옆에는 정상구의 '대표' 직함을 새겨 넣었다.

효과는 즉각적이었다. 제일 처음 속아 넘어간 사람은 휴대폰 대리점에서 고객으로 만났던 남자였다. 오랫동안 다니던 회사를 명예퇴직하고 상당한 퇴직금을 받았을 김민철. 혹시나 하는 마음에 대리점을 나오면서 고객정보를 빼온 게 신의 한 수였다.

피해자들에게 미안한 마음 따위는 전혀 없었다. 어차피 다 나보다는 돈 많은 자들인데. 그러니 투자니 뭐니 하는 거 아니겠어? 가진 자들의 재산을 나 같은 인간이 나눠 갖는 건 부의 재분배라고.

준영의 실적은 가파르게 상승하기 시작했다. 준영은 이미 회사를 나간 박영우에게 보란 듯이 자랑하고 싶었다. 봤지? 나 이런 사람이야. 그런데 네까짓 게 어디서 회사를 그만둬라 마라 훈수질이야. 이대로라면 머잖아 동경하는 정상구처럼 되는 것도 불가능은 아닐 것 같았다.

하지만 불어나는 실적보다 더 빠른 속도로 사채이자가 불고 있었다. 망설이던 준영은 자존심도 잠깐 제쳐놓고 영우에게 돈을 꿔달라는 말을 꺼냈다. 그나마 그런 부탁을 할 수 있는 사람도 주변에 영우밖에 없었기 때문이다. 예상 못 한 바는 아니지만, 영우는 단칼에 거절했다. 준영은 이를 악물었다. 이제 남은 방법은 더 빨리 실적을 올리는 수밖에 없었다.

어쩌면 그 때문에 몸을 사리지 않고 내달린 게 화근이었다. 좀 더 조심했더라면 저런 맛이 간 사이코한테 걸리진 않았을 텐데.

창건은 준영이 옷을 갈아입는 모습을 묵묵히 지켜보았다.

만족스러운지 입가에 희미한 미소가 떠올랐다.

옷을 다 갈아입고 창건을 마주 본 준영은 창건의 얼굴에 어린 미소를 보고 어쩐지 온몸이 오싹했다.

"이제 됐죠?"

준영이 말했다.

창건은 묵묵히 준영의 양복을 배낭 속에 집어넣었다.

"대체 왜 이러시는지 모르겠지만 이젠 그만하자고요. 돈을 원하시는 거면 근처 ATM에 가서 뽑아 드릴게요."

"사기꾼이 피해자한테 돈을 돌려준다니 해가 서쪽에서 뜨겠군."

창건이 싸늘한 목소리로 말했다.

"아니면 또 다른 사람 돈을 뜯어내 나한테 주겠단 건가?"

"말해주세요. 대체 원하시는 게 뭐예요?"

창건은 대답하지 않았다.

"원하시는 대로 할게요. 저 좀 살려주세요!"

아주 짧은 순간이었지만 살려달라는 말에 창건의 얼굴에 희미한 망설임이 스쳐 지나가는 걸 준영은 놓치지 않았다.

"저도 살고 싶어요. 오죽하면 사기 치고 사채도 쓰고 했겠냐고요. 시한부라 하셨으면 지금 제가 얼마나 간절한지 아실 거 아니에요."

창건은 대답하지 않았다.

"혹시 사과, 뭐 그런 걸 원하시는 거예요?"

"…."

"원하신다면 할게요, 사과. 얼마든지 할게요."

"내가 언제 사과 같은 걸 원한다고 했나?"

"그럼 대체 뭐예요!"

속이 바짝바짝 탄 준영이 자신도 모르게 언성을 높이는데, 별안간 뒤에서 칼끝을 겨누고 있던 창건이 헉 소리를 내면서 바닥에 무릎을 꿇었다. 얼굴에 식은땀이 줄줄 흐르고 있었다. 긴장이 풀리는 바람에 느슨해진 손에서 칼이 떨어져 바닥을 나뒹굴었다.

창건은 당혹스러웠다. 완벽하게 시나리오를 짰다고 생각했는데. 하필이면 이럴 때 통증이 찾아올 줄이야. 최근 들어 주기가 짧아진 통증은 시시때때로 창건을 괴롭혔다. 때로는 이를 악물고 게거품을 물 정도로 고통이 강렬했다.

"어라? 이 인간 정신을 잃었나?"

의식이 아스라이 멀어져가는 와중에 창건의 귓가에 어이 없어하는 준영의 혼잣말이 들렸다.

창건이 바닥에 쓰러질 때 틀림없이 자신을 찌를 거라 지레짐작했는지, 준영도 바닥에 주저앉은 채로 넋이 반쯤 나간 상태였다. 한동안 멍하니 있던 준영은 창건의 상태를 살피더니 이때다 싶었는지 주섬주섬 몸을 일으켰다.

부옇게 흐려지는 창건의 시야에 서둘러 밖으로 달아나려는 준영의 모습이 보였다.

'젠장, 이렇게 끝나는 건가.'

창건은 속으로 탄식했다. 완벽하게 계획을 짰다고 생각했는데. 이렇게 일을 그르치고 말다니.

그런데 밖으로 달아나려던 준영이 무슨 생각에선지 발걸음을 멈추고 창건 쪽을 힐끗 보더니 품에서 휴대폰을 꺼내어딘가로 전화를 걸었다. 아마도 창건이 정신을 잃었다고 생각하고 안심한 모양이었다.

"여보세요? 저 안준영인데요. 왜 모르는 번호로 전화했냐고요? 아, 그건 중요하지 않고."

상대가 전화를 받았는지 준영이 빠른 속도로 입을 놀렸다.

"제가 지금 완전히 미친 사이코패스랑 함께 있는데 그 새끼가 지금 정신을 잃고 퍼져 있거든요. 네? 그게 무슨 상관이냐고요?"

준영이 둘 말고는 아무도 없는 주위를 둘러보더니 목소리를 한껏 낮췄다.

"그러니까, 빌린 돈 갚을 수 있을 것 같다고요. 살날이 얼마 안 남은 놈이래요. 적당히 사고로 위장해 죽이면 지금 사는 곳 보증금 정도는 뺄 수 있잖아요? 아니면 장기 밀매나…."

거기까지 말한 준영은 뒤에서 누군가 달려드는 바람에 하려던 말을 미처 끝내지 못했다. 잠깐 방심하고 있던 사이, 정신을 차린 창건이 뒤에서 준영을 공격한 거였다. 충격에 몸이 흔들리며 준영이 들고 있던 휴대폰이 바닥에 떨어져 통화가 끊어졌다.

"아니, 이 인간이 왜 빨리 안 죽고 진짜!"

준영은 있는 힘을 다해 창건을 떨쳐내려 했다. 하지만 깡마른 창건은 예상외로 아귀힘이 셌다. 아마도 젖 먹던 힘까지 다 끌어모은 모양이었다. 둘은 한동안 좁고 더러운 화장실 바닥을 이리저리 뒹굴었다.

먼저 우위를 차지한 건 창건 쪽이었다. 준영의 몸에 올라타 목을 내리눌렀다. 준영은 숨이 막혀 얼굴에 피가 몰리기 시작했다. 준영은 발버둥을 치면서 위에 올라앉은 창건을 떼내려 했지만 그는 손과 발에 얻어맞고 걷어차이면서도 조른 손에 힘을 풀려 하지 않았다.

"사, 살려, 줘⋯."

준영의 시야가 부옇게 흐려졌다. 잔뜩 졸린 목에서 목소리가 제대로 나오지 않았다. 그렇게 이대로 죽는구나, 생각할 무렵이었다. 창건이 무슨 생각에선지 갑자기 목을 조르던 손을 풀고 몇 발짝 떨어진 곳에 팽개쳐진 칼을 다시 집어 들었다.

창건의 손아귀에서 풀려난 준영은 컥컥대며 밭은 숨을 토해냈다. 창건은 드러누운 상태로 한참 콜록거리고 있는 준영에게 칼끝을 겨눈 채 내려다보고 있었다.

"정신 차렸으면 다시 자리로 돌아가지."

창건이 무뚝뚝한 음성으로 말했다. 싸늘함조차 가셔버린 무미건조한 말투가 마치 로봇이 된 것 같았다. 준영의 귀에는 조금 전까지 싸늘했던 창건보다 아무런 감정이 느껴지지 않는 지금의 창건이 더 오싹하게 느껴졌다.

"대체 뭘 하시려고요? 아, 씨발, 잘못했어요. 이렇게 빌게요, 네?"

"자리로 돌아가라니까!"

창건이 낮은 목소리로 위협했다.

빌어도 별수 없을 거라 판단했는지 준영은 마지못해 화장실 문을 열었다. 지나가며 이쪽을 흘긋 바라보는 종업원의 시선을 의식한 창건이 칼을 쥐지 않은 손을 준영의 어깨에 두르며 말했다.

"그렇게 겁먹은 얼굴 하지 마. 누가 보면 오해하잖아."

"잘못했어요."

준영이 다시금 애걸했다.

"저도 먹고살려다 보니 어쩔 수 없었다고요. 사실은 저 되게 불쌍한 놈이에요. 어려서부터 부모님 돌아가시고 고아원을 전전했고…."

"자네 신세 한탄 듣자고 여기 온 게 아니야."

준영의 말을 창건이 중간에서 뚝 잘랐다.

"진짜 제가 어떻게 해야 만족하시겠어요?"

"니가 잘못한 걸 다 불어."

창건이 녹음 버튼을 작동시킨 휴대폰을 테이블 위에 올려 놓았다.

"하나도 빠짐없이 다 얘기하는 거야."

준영이 불안한 시선으로 깜빡거리는 녹음 버튼을 바라보 았다.

"이, 이걸로 뭘 하려고 그러세요?"

"뭘 하긴. 자백을 다 받으면 그길로 경찰서에 가야지."

준영의 얼굴이 하얗게 질렸다.

"그, 그건⋯."

"당연한 거 아닌가? 잘못을 저질렀으면 죗값을 치르는 게."

"하지만."

무언가 항의하려던 준영이 녹음 중인 휴대폰에 시선을 던 지고 바로 입을 다물었다. 얼굴이 벌겋게 달아오른 준영은 다시 한번 창건을 향해 애걸했다.

"혹시 돈이 필요하신 거라면 마련해볼께요."

"어떻게? 아까 전화로 말한 것처럼 내 장기를 팔아서?"

궁지에 몰린 준영의 이마에 송골송골 땀이 맺혔다. 손등으 로 연신 땀을 닦아내던 그는 떨리는 손을 테이블로 뻗어 잔 에 물을 따라 벌컥벌컥 마셨다. 이럴 수도 없고 저럴 수도 없 어 목이 탄 모양이었다.

그 모습을 지켜보던 창건의 입꼬리가 희미하게 올라갔다.

"이봐, 얘기할 거야 말 거야?"

"그, 그게, 한 번만, 사정을⋯."

그때였다. 어쩐 일인지 준영은 주변이 빙빙 돌기 시작한 것 같았다. 눈꺼풀이 점점 무거워졌다. 기분 탓인지 혀도 꼬인 것 같았다.

"네가 한 짓 다 불라니까!"

"그, 그러니까, 그게⋯."

창건의 독촉에도 아랑곳없이 머리가 한없이 무겁게 느껴진 준영은 결국 고개를 아래로 푹 떨궜다. 정신을 잃기 직전 그의 눈에 들어온 건 빨갛게 깜빡이고 있는 녹음 모드의 버튼이었다.

의식이 희미해져가는 준영을 내려다보며 창건은 '그래, 잘한 거야'라고 생각했다. 그를 죽이기로 독하게 마음먹었지만 그래도 잠깐 흔들렸던 순간이 있었다. 준영이 '살려달라'고 말했을 때. 죽어가는 그에게 그 말은 다른 어떤 호소보다 설득력이 있었다.

하지만 준영은 역시나 쓰레기였다. 살려달라 애걸복걸할 때는 언제고 잠시라도 틈이 보이자 약자를 이용해 살 구멍을 찾으려 했다. 역시 이런 놈은 살려두면 안 돼. 저런 쓰레기를 처리하는 게 내가 살아 있는 동안 해야 할 마지막 임무야. 자신에게 일말의 연민이나 후회도 남지 않도록 마지막까지 추한 모습을 보여준 준영에게 어떤 면에선 감사하다는 생각까지 들 정도였다.

분노와 복수심이 극도의 고통까지 마취시켰는지 창건은 한순간 있는 힘을 모조리 쥐어짤 수 있었다. 그래서 방심하고 있던 준영을 일시에 공격했다.

"너 같은 놈은 세상에서 사라져야 해."

준영이 테이블 위에 무거운 머리를 내려놓는 순간, 창건은 이미 제 말을 이해하지 못할 상대방에게 조용히 속삭였다.

박서준이 창건의 연락을 받고 주점에 들어왔을 때 이미 준영은 정신을 잃고 축 늘어진 상태였다. 테이블 앞에 상체가 푹 고꾸라진 준영은 만취한 사람처럼 보였다. 창건은 준영이 그러는 게 자주 있는 일이라는 듯 태연한 얼굴로 혼자서 맥주잔을 입에 가져가고 있었다.

"정신 잃은 거, 맞죠?"

서준이 주위를 둘러보며 낮은 목소리로 속삭였다.

창건은 고개를 끄덕였다.

"효과가 제일 센 수면제에요. 한동안은 무슨 소란이 벌어져도 안 깰 겁니다."

"어떻게…?"

"미리 물에 타놓고 기다렸죠. 협박하면 갈증이 나서 물을 마실 테니까."

서준의 질문을 다 듣지도 않고 창건이 대답했다.

서준은 잠시 준영을 물끄러미 바라보았다. 이젠 창건과 몇 번이나 얘기했던 계획을 실행에 옮겨야 할 순간이었다. 하지만 일을 시작하기도 전에 벌써 서준은 다리가 후들거리고 있었다.

"긴장됩니까?"

창백한 서준의 얼굴을 보고 창건이 물었다.

서준은 솔직하게 고개를 끄덕였다.

"나도 긴장됩니다. 하지만 날 믿어요. 모든 게 다 잘될 거예요."

창건은 침착한 표정이었다.

창건의 말에 용기를 얻었는지 서준이 준영을 등에 업고 가게 밖으로 나왔다. 몇몇이 서준에게 업혀 나가는 준영을 흘끗 쳐다보긴 했지만 다들 자기들끼리 술을 마시느라 바빠서 다른 테이블 따위엔 별 관심이 없었다. 모두 인사불성이 된 취객을 데려가기 위해 대리기사나 지인이 호출을 받고 온 거라고 생각하는 모양이었다. 창건의 예상대로였다.

창건이 계산을 마치고 주점 밖으로 나왔을 땐 이미 서준은 렌터카 뒷좌석에 준영을 눕혀둔 상태였다. 준영은 서준이 눕혀놓은 그 자세 그대로 꼼짝도 하지 않고 있었다. 조용한 차 안에 이따금 준영이 내쉬는 가느다란 숨소리만이 규칙적으로 들려왔다.

운전대를 잡은 서준은 창건이 조수석에 올라타자 어디

로 갈지 묻지 않고 차를 몰기 시작했다. 이미 주점에서부터 도착지까지 가장 가까운 동선도 다 파악해둔 상태였다. 약 25분 뒤 차는 창건이 사는 빌라에 도착했다.

주차를 마친 서준이 다시 준영을 등에 업고 신속히 2층 창건의 방까지 올라갔다. 창건은 행여 계단을 오가는 사람이 없는지 망을 봤다. 다행히 아무와도 마주치지 않았다.

"하아, 그렇게 안 보이는데 꽤 무겁네요."

창건의 방에 준영을 내려놓고 나서 서준은 긴 한숨을 쉬었다. 계단을 올라오느라 제법 힘이 들었는지 이마에 땀이 송골송골 맺혀 있었다.

서준이 숨을 고르며 고개를 돌려 원룸 안을 휘휘 둘러보았다. 살풍경한 실내가 제 방과 별로 다르지 않았다. 무심하게 이동하던 시선이 굵은 노끈에 닿자 서준은 저도 모르게 침을 꿀꺽 삼켰다.

서준이 한숨을 돌리는 사이, 창건은 묵묵히 일회용 장갑을 끼고 노끈을 천장에 연결했다. 여러 번 연습해본 듯 매듭을 묶는 손놀림이 제법 능숙했다. 작업을 끝내고 나니 사람 머리 하나가 들어갈 만한 크기의 동그란 고리가 만들어졌다.

창건은 준비를 마친 뒤 이제 시작하자는 눈빛으로 서준을 바라보았다.

하지만 서준은 금방이라도 토할 것 같은 얼굴이었다.

"저… 우리 이쯤에서 그만두면 안 될까요?"

353

서준이 들릴락 말락 한 작은 목소리로 물었다.

"그만두다니? 여기까지 와서요?"

창건이 냉랭하게 대답했다.

하지만 창건의 차가운 음성에도 서준은 망설이는 눈치였다. 머릿속으로 그려볼 땐 괜찮았지만, 막상 실행하려니 아무래도 두려운 모양이었다.

"드, 들킬지도 모르고."

"그럴 일은 없어요."

창건이 못 박듯 말했다.

"오히려 여기서 그만두는 게 더 위험해요. 저놈이 약에서 깨면 그때는 어떻게 할 거예요?"

서준은 말없이 애먼 입술만 잘근잘근 씹고 있었다. 내키진 않지만 그렇다고 지금 와서 발을 뺄 수 있는 뾰족한 방법도 없으니 이러지도 저러지도 못 하는 것 같았다.

"복수하고 싶다면서요? 이대로 놈을 보내주면 복수고 뭐고 다 물 건너가버리는 건데?"

창건이 계속 서준을 다그쳤다. 서준이 우유부단하고 귀가 얇다는 사실을 창건은 이미 파악하고 있었다. 지금은 저래도 조금만 더 다그치면 넘어올 것이다.

"만에 하나 놈이 살인미수로 우리를 신고하기라도 하면 어떡할 거예요? 나야 그때까지 살아 있을지 없을지도 모르지만 서준 씨는 인생 종 치는 거라고요."

"그래요, 이젠 이판사판이니까."

그 말에 마침내 결심한 듯 서준이 몸을 일으켰다. 여전히 얼굴이 백지장처럼 질려 있긴 했지만 그래도 이제 더는 망설이지 않기로 한 모양이었다.

둘이 함께 축 늘어진 준영을 일으켜 의자 위에 세우고 머리를 고리 안에 집어넣었다. 순간 약기운이 떨어졌는지 아니면 목의 감촉 때문인지 갑자기 준영이 "으음" 신음하며 눈을 가늘게 떴다.

"저놈이 깨, 깨, 깬 거예요?"

당황한 서준이 말을 더듬으며 창건 쪽을 바라봤다.

창건도 예상치 못한 상황이었는지 얼굴이 딱딱하게 굳어 있었다.

"…여기는, 어디?"

의식이 완전히 돌아오지 않은 준영의 흐릿한 시선이 낯선 방 안을 이리저리 떠돌았다. 그러다 창건, 서준과 눈이 마주친 순간 소스라치게 놀랐다.

"아니, 당신들은…."

뭔가 위기 상황이라고 직감한 준영이 소리를 지르려는 찰나, 창건이 준영의 발밑에 있는 의자를 냅다 걷어찼다.

동시에 공중에 매달린 준영은 목이 졸려 비명도 지르지 못하고 윽윽 숨 막히는 소리를 냈다. 두 발이 허공을 향해 맹렬하게 발길질을 해댔다. 하지만 그러면 그럴수록 노끈은 점점 더 준영의 목을 파고들 뿐이었다.

"사, 살려…."

준영이 내뱉는 소리는 이미 말인지 신음인지 분간하기 어려웠다. 얼굴에 피가 몰려 시뻘겋게 변하고, 핏발로 충혈된 눈이 앞으로 툭 불거져 나왔다. 준영은 물 밖에 내동댕이쳐진 물고기처럼 버둥거리고 있었다. 하지만 서서히 힘이 빠지는지 동작이 아까처럼 격렬하지는 않았다.

얼마나 시간이 지났을까. 매달린 준영의 목이 옆으로 푹 꺾였다. 그와 함께 허공을 향한 미약한 발길질도 멈췄다. 생명이 빠져나간 준영의 육신은 정물처럼 미동도 하지 않았다. 마침내 숨이 끊어진 모양이었다.

생명이 빠져나간 인간의 육체는 한갓 살덩이에 지나지 않았다. 부릅뜬 눈도 입 밖으로 비어져 나온 혀도 모두 원래의 기능을 잃어버렸다. 숨이 끊어지는 순간 몸에서 배출된 것인지 준영의 시신 곁에는 희미한 오물 냄새가 맴돌았다. 죽음의 냄새는 이런 모양이라고 서준은 생각했다. 시체를 이렇게 가까이서 보기는 난생처음이었다. 자신이 죽인 사람이긴 했지만 연극 소품을 보는 것처럼 실감이 나지 않았다. 목표했던 걸 이뤘다는 성취감은 없었다. 감정이 마비된 것처럼 기쁨도 슬픔도 느껴지지 않았다. 느낄 수 있는 거라곤 오히려 약간의 허탈감뿐이었다. 공중에 매달린 저 보잘것없는 육신을 그토록 힘든 복수를 통해 얻었다고 생각하니 결과물이 너무 초라하다는 생각마저 들었다.

띠링 띠링, 띠링 띠링.

갑자기 어디선가 정적을 깨는 벨소리가 들렸다.

"으아악, 이게 뭐야!"

살인의 여운으로 잠시 넋이 나가 있던 서준은 그대로 자리에 주저앉을 정도로 기겁했다.

벨소리는 준영의 서류 가방 안에서 흘러나오고 있었다.

창건이 장갑 낀 손으로 준영의 서류 가방을 열어 휴대폰을 확인했다. 발신자는 '사채'라고 표시돼 있었다. 아무도 전화를 받지 않자, 벨소리는 몇 차례 더 울리다 끊어졌다.

"아까 화장실에서 대포폰으로 전화했던 사채업자가 중간에 통화가 끊겨서 다시 연락했나 보네."

피식 웃으며 전원 버튼을 눌러 끈 창건은 무슨 생각인지 새로 발견한 휴대폰을 한동안 물끄러미 바라봤다.

그러는 사이 서준은 서서히 정신이 돌아왔다. 오히려 벨소리 때문에 마취 상태처럼 멍하던 의식이 분명해졌는지 아까보다 또렷한 눈빛으로 준영의 시신을 쳐다봤다. 푸르딩딩하게 변하기 시작한 준영의 얼굴에서 초점 없이 불거진 동공에 눈길이 닿자, 서준은 속이 뒤틀리는지 부리나케 화장실로 달려가 변기에 먹은 음식물을 죄다 토해냈다. 한참을 게워내다 더는 비워낼 게 없어지자, 서준은 물을 내리고 방으로 돌아왔다.

창건은 태연한 얼굴로 준영의 소지품에 묻었을지 모를 제 지문을 꼼꼼하게 닦고 있었다.

"이젠 좀 괜찮습니까?"

창건의 물음에 얼굴이 해쓱해진 서준이 고개를 끄덕였다.

"우물쭈물하고 있을 시간 없어요. 해야 할 일이 많으니까."

서준은 알고 있다는 듯 이번에도 아무 말 없이 고개를 끄 덕였다.

창건이 준영의 지갑에서 주민등록증을 꺼내 서준에게 건 넸다. 서준은 그걸 받아 들고 주차해놓은 렌터카로 향했다.

창건에게 대포폰을 만들어준 신원 미상의 남자는 그것 외 에도 이것저것 다른 구린 일도 많이 하는 모양이었다. 혹시 나 해서 창건이 신분증 위조도 가능하냐고 슬쩍 물어봤더니 사진과 지문만 있으면 즉석에서라도 만들어줄 수 있다고 했 다. 미리 약속을 잡고 찾아가겠다고 해놨으니 남자는 지금쯤 창건이 보낸 사람이 오기를 기다리고 있을 것이다.

여기서 그곳까지의 거리는 차로 30분 정도. 왔다 갔다 하 는 데 걸리는 시간만 1시간으로 잡아도 2시간이면 넉넉하다. 머릿속으로 계산을 마친 창건은 2시간 후 발송되도록 예약 시간만 설정하고 개인 휴대폰으로 집주인에게 문자메시지를 보냈다.

'내일 오전에 집으로 와주시길 부탁드립니다.'

'정말 죄송합니다.'

무심한 집주인이 문자를 보고서 바로 여기로 찾아올 일은 없을 것이다. 하지만 만에 하나 그런다 해도 상관없었다. 그가 올 때면 이미 자신은 이곳을 떠나고 없을 테니까.

서준이 돌아온 무렵, 창건은 이미 집 안 청소를 깨끗이 마친 상태였다. 칫솔처럼 제 DNA가 나올 만한 물건과 일회용 장갑, 준영의 노트북, 대포폰 등은 모두 폐기물로 분류해놨다. 최소한이긴 하지만 당분간 다른 곳에서 생활할 때 필요한 물건들도 다 꾸려놓았다.

아직도 충격이 가시지 않는지 서준이 휘청거리며 걸어와 받아온 물건을 창건에게 내밀었다. 위조 신분증이었다. 창건의 주민등록번호와 이름에 준영의 얼굴 사진과 지문이 조합된 위조 신분증은 진짜와 마찬가지로 감쪽같았다. 만약 정밀 조사를 거친다면 발각되겠지만 거기까지 갈 일은 절대 없을 거라고 창건은 확신했다. 창건은 낡은 지갑 안에 위조 신분증을 집어넣고 방바닥 적당한 곳에 던져놓았다.

바닥에 있는 탁자 위엔 창건이 미리 손으로 써둔 유서가 놓여 있었다. 제 개인 휴대폰도. 경찰이 유품 조사할 때를 대비해 자신과 가까운 이들과 주고받은 문자와 연락처, 통화 기록은 모두 지운 상태였다. 불행인지 다행인지 창건에겐 딱히 가깝다고 할 만한 사람도 없었다. 원래도 사람들과 어울리는 걸 좋아하지 않는 성격이기도 했지만, 간병 생활이 길어지며 몇 안 되던 지인들마저 다 떨어져 나갔다. 최근 몇 년간 주기적으로 연락했던 이는 이미 고인이 된 용식 정도밖에 없었다.

"이게 진짜 먹힐까요?"

서준이 창건이 설정해놓은 상황을 둘러보며 물었다. 감탄과 미심쩍음이 반반 섞인 목소리였다.

"먹힐 거예요. 혼자 사는 시한부 말기 암환자가 자살한 걸 이상하다고 생각할 사람은 없을 테니까."

창건이 남의 일처럼 아무런 감정도 섞이지 않은 말투로 대답했다.

일을 마친 둘은 말없이 방 밖으로 걸어 나왔다. 창건이 복제한 열쇠로 문을 걸어 잠갔다. 원래 갖고 있던 열쇠는 방 안에 뒀으니 아무도 창건이 열쇠를 복제한 사실을 눈치채지 못할 것이다.

이제 남은 건 창건의 문자를 받은 집주인이 다음 날 아침 창건을, 아니 창건이 된 준영을 발견하는 일뿐이었다.

계획은 성공적이었다. 준영은 창건의 신분으로 자살 판정을 받고 화장됐다. 몰래 사건 현장을 찾아 먼발치서 상황을 지켜본 서준은 교외 싸구려 모텔에 투숙 중인 창건을 찾아가 다들 의심하지 않는 모양이더라고 전했다.

창건은 그럴 줄 알았다는 듯 고개를 끄덕였다.

"그럼 슬슬 다음 계획을 실행해야겠네요."

창건이 덤덤하게 말했다.

하지만 단호한 창건과는 달리, 서준의 낯빛은 단박에 흐려졌다.

"정말, 꼭 그렇게 하셔야겠어요?"

대답이 없었다. 굳이 답을 듣지 않아도 서준은 창건이 계획을 물릴 생각이 없다는 사실을 잘 알고 있었다.

"뒤처리, 잘 부탁해요."

창건은 그렇게 말하며 희미하게 미소 지었다.

세상 가장 잔혹한 피날레

모텔 방 안으로 들어온 서준은 주위를 둘러보지 않고 곧장 욕실로 향했다.

예상했던 대로 시뻘건 핏물이 가득 찬 욕조 안에 창건이 숨이 끊어진 상태로 누워 있었다. 욕조 곁에 피 묻은 면도날이 떨어져 있는 걸 보니 물을 받아놓고 그 안에서 동맥을 끊은 모양이었다. 창건이 미리 얘기했던 대로였다. 초점 없이 희멀건 창건의 두 눈은 마치 죽은 생선의 눈알 같았다. 서준은 차마 더는 보지 못하고 시선을 돌려버렸다.

이번이 두 번째인데도 서준은 여전히 시신을 보는 게 익숙하지 않았다. 더구나 지금 눈앞에 있는 시신은 한때 동지나 마찬가지였던 사람이다. 서준은 치밀어 오르는 구역질을 필사적으로 삼켰다.

기왕 이렇게 된 거, 창건의 죽음을 헛되게 할 순 없다고 생각했다. 창건의 지시대로 팔을 걷어붙이고 준비해온 일회용 장갑을 손에 낀 뒤 욕조의 물을 뺐다. 시뻘건 핏물이 배수구

밑으로 사라지자 물에 퉁퉁 불은 시신이 적나라하게 드러났다. 만약의 경우를 대비하기 위해서였는지 창건은 준영의 양복을 입고 있었다.

당장이라도 이곳에서 뛰쳐나가고 싶은 충동이 다시 서준을 엄습했다. 하지만 그럴 수 없었다. 서준은 포기하고 싶은 자신과 싸우면서 면도날을 수거해 비닐봉지에 담고 바닥을 박박 문질러 닦았다.

면도날 옆엔 창건이 미리 준비해둔 대용량 강산성세제 다섯 통이 가지런히 놓여 있었다. 한동안 망설이는 눈빛으로 그걸 바라보던 서준은 마침내 결심한 듯 마스크를 여러 겹 착용한 뒤 세제 뚜껑을 열어 하나씩 통째로 욕조에 들어부었다. 한 통, 또 한 통…. 다섯 통을 다 붓고 난 그는 빈 용기를 비닐봉지와 함께 배낭 안에 쑤셔 넣고 도망치듯 그 자리를 빠져나왔다.

"진짜로 한 번만 다시 생각해보시면 안 돼요?"

이틀 전 창건을 만나 모텔 카드키를 전달받았을 때 서준은 그렇게 물었다.

준영의 시신이 자신으로 판명 난 직후, 창건은 그간 머물던 교외를 떠나 서울 시내에 있는 다른 모텔로 숙소를 옮겼다. 두 번째 계획을 위해 미리 점찍어놓은 장소였다. 예전에 창건이 청소업체에서 근무할 때 몇 차례 청소를 한 적이 있는 곳이다. CCTV가 없고 직원들이 부주의해서 계획을 실행하기엔 딱 안성맞춤이라 생각했다.

"내 숙소에선 안준영의 서류 가방이 발견될 거예요. 지갑 안에 안준영 신분증이 들어있고, 안준영 개인 명의로 만든 휴대폰까지 있으니 다들 나를 안준영이라 생각하겠죠."

서준의 애원하는 듯한 시선을 못 본 척하며 창건이 슬며시 웃었다.

"기대도 안 했는데 개인 폰을 발견하다니 운이 좋았어요."

"그것들도 대포폰이나 노트북처럼 전부 폐기해버리면 안 돼요? 그러면 굳이 음, 그게…."

불쑥 말을 내뱉은 서준이 뭐라고 끝을 맺어야 할지 난감한 듯 애매하게 말꼬리를 흐렸다.

"내가 자살하지 않아도 되는 거 아니냐고요?"

창건이 할 말을 찾고 있는 서준을 대신해 말했다.

서준이 작게 고개를 끄덕였다.

"그럴 순 없어요. 실종된 지 시간이 좀 지났으니 지금쯤 다들 안준영을 찾고 있을 거예요. 사체가 발견되지 않으면 끝이 나지 않아요."

창건의 음성은 단호했다.

"하지만…."

"어차피 얼마 안 가 죽을 목숨이잖아요. 이런 상태로 한두 달 더 산대도 아무런 의미가 없어요. 죽는 게 두렵지도 않고."

마치 다른 사람 일이라는 듯 창건은 덤덤하게 말을 이었다.

"그래도 그게, 계획대로라면 사체가 훼손되는데…."

서준은 여전히 내키지 않는 표정이었다.

창건은 서준에게 자신이 준영으로 위장해 자살하고 나면 모텔로 찾아와 시신에 산성세제를 들이부으라고 부탁했다. 산성세제는 창건이 한밤중에 자신이 일하던 회사 창고에서 몰래 빼내온 것이었다. 다행히 자신이 근무할 때와 비밀번호가 바뀌지 않았다. 어차피 정리할 회사이니 놔둬봐야 별 쓸모도 없겠지만 훔친 회사 비품을 배낭 안에 숨겨오면서 창건은 못내 마음이 안 좋았다. 용식이 봤으면 뭐라고 했을까. 계획을 실행한 뒤 처음으로 양심의 가책을 느꼈다.

하지만 계획한 일을 마무리 지으려면 어쩔 수 없었다. 준영으로 추정되는 사체는 얼굴을 알아볼 수 없어야 한다. 독성을 많이 희석한 가정용 세제와 달리, 청소 노동자들이 사용하는 변기용 세제는 강산성이다. 바늘만큼 작은 용기 입구에서 나온 소량의 용액이라도 닿으면 피부가 빨갛게 부풀어 오른다. 독성이 강한 세제 때문에 고생한 동료들을 창건은 예전에 여러 명 봤다. 심지어 그게 원인이 돼 앓아누운 사람들도 있었다. 그러니 자신이 훔친 분량만큼을 시신에 쏟아붓는다면 아예 피부가 흐물흐물 녹아버릴 것이다.

"훼손돼도 상관없어요. 어차피 죽으면 썩을 몸인데, 조금 빨리 없어지나 늦게 없어지나 그게 뭐 그리 큰일이겠어요."

창건이 서준을 안심시켰다.

서준은 그래도 뭔가 석연치 않은 얼굴이었다.

"그런데 시신이 그렇게 되면… 아예 DNA를 검출할 수 없나요?"

그 질문에 대해선 창건도 대답할 말이 궁했다. 전문적 감식 지식이 없는 데다, 사체가 어느 정도까지 부식될지 본인도 예상할 수 없어서였다. 그냥 도박을 해보는 수밖에는. 하지만 신원을 밝히는 과정은 결코 쉽지 않을 것이며, 신원이 밝혀지더라도 상당 시간 뒤가 될 거라는 사실만큼은 분명했다.

"설사 그게 안준영이 아니라는 게 밝혀져도 경찰이 우릴 범행과 관련지을 순 없어요."

창건은 서준의 질문에 대답 대신 그렇게 말했다.

"어째서요?"

"대포폰이랑 노트북을 전부 없애버렸잖아요. 그러니 우리가 안준영 피해자란 사실을 파악할 수 없어요. 게다가 나는 이미 죽은 사람이고."

서준은 '아, 그랬지' 하는 표정으로 고개를 끄덕였다.

"서준 씨랑 나의 관계도 드러나지 않을 거예요. 내가 대포폰으로만 연락했으니까. 그리고 그건 조만간 없애버릴 거고."

창건이 곁에 놓인 휴대폰을 턱으로 가리켰다.

그제야 서준은 마음을 놓은 모양이었다. 하지만 그것과는 별개로, 아직도 제가 해야 할 일이 썩 내키지는 않아 보였다.

사실 창건도 이런 계획을 세우기까지 갈등이 많았다. 그냥 안준영을 죽여버리고 자수를 하거나 자살을 하는 게 더 쉽지 않을까. 어차피 죽을 목숨인데.

하지만 나날이 약해지는 몸 상태로 어려움 없이 안준영을 살해할 수 있을지 확신하기 어려웠다. 만약 밤길에 뒤에서 그를 무언가로 내리치거나 칼로 찌른다면? 성공 확률은 높아지겠지만 안준영이 반격할 가능성도 무시할 수 없다. 건장한 청년이니 도리어 자신이 제압당할 가능성도 있다. 그러면 복수고 뭐고 모조리 물거품이 되어버린다. 안준영을 확실하게 죽이기 위해선 조력자가 필요했다.

창건이 혼자서 살인을 실행하지 않은 이유는 그것 말고도 또 있었다. 한때나마 자신을 아꼈던 이들이 그를 '살인자'로 기억하게 하고 싶진 않아서였다. 자신을 가족처럼 위해줬던 영순과 '삼촌'이라 부르며 자신을 따랐던 영순의 아이들, 그리고 한솥밥을 먹던 직장 동료들의 기억 속에 범죄자로 남을 생각을 하니 창건은 가슴이 먹먹해졌다. 육신은 죽음과 동시에 사라지겠지만 죽은 자에 대한 추억은 주변인들의 기억 속에 오랫동안 살아남는다. 하지만 '살인자'라는 꼬리표는 가까웠던 이들이 선량한 인물로 기억하고 있는 자신에 대한 좋은 추억마저 훼손시켜버린다. 그건 어쩌면 육체의 죽음에 이어 두 번 죽는 거나 마찬가지라고 창건은 생각했다.

무엇보다 큰 이유는 안준영이 저지른 잘못을 세상에 알리고 싶다는 생각에서였다. 안준영을 죽이는 데 성공한다고 해도 자신 같은 피해자는 앞으로도 계속 나올 것이다. 물론 완전히 막을 수야 없겠지만 안준영 같은 인간들이 저지른 범죄가 선량하고 무지한 사람들에게 얼마나 치명적인지를 세상 사람들에게 환기시키고 싶었다. 그러기 위해선 그냥 그를 죽이는 걸로는 부족했다. 요즘 세상엔 자극적인 사건들이 넘쳐난다. 사기 범죄 정도야 하도 많이 들어서 무감각하게 느껴질 정도다. 그러다 보니 '당한 사람들도 문제가 있는 거 아닌가'라는 분위기마저 조성되고 있다. 안준영 같은 사기꾼 하나 죽여봤자 TV 뉴스에서 자막 한 줄로 처리될 게 뻔했다. 그 정도로는 어느 누구도 관심을 갖지 않을 것이다.

한동안 사람들의 입에 오르내리려면 세간의 관심이 집중될 수 있는 무언가 자극적인 요소가 필요했다. 국내 뉴스에서도 며칠씩 떠들어댔던 일본 호텔방에서 발견된 머리 없는 시체사건처럼.

이런 사안들을 종합해보면 창건에겐 선택지가 그리 많지 않았다. 안준영을 확실히 살해하고 자신이 연루된 사실을 숨겨줄 공범이 필요했다. 그리고 공범을 보호하기 위해선 어떤 식으로든 안전장치가 있어야만 했다. 그런 한편 코인사기에 대한 경각심을 안겨주려면 결국엔 죽은 자신과 안준영의 시신을 바꿔치기해야 한다는 결론에 도달했다. 아무리 머리를 쥐어짜도 모든 조건을 충족시킬 수 있는 방법은 그것 하나밖에 없어 보였다.

"진짜로, 마음을 바꿀 생각이 없는 거죠?"

마지막으로 서준이 다시 한번 물었다.

"없어요. 난 말 그대로 안준영한테 목숨을 걸었거든요."

창건의 대답에 서준은 눈을 질끈 감았다.

처음부터 이런 일을 하는 게 아니었어. 불현듯 후회가 밀물처럼 밀려들었다. 처음 창건의 계획에 가담했을 때 서준은 자신이 하는 일이 옳다고 생각했다. 아니, 솔직히 말하면 옳은 일이 아니라는 것 정도는 그도 잘 알고 있었다. 하지만 자신은 안현수를 죽일 '자격'이 있다고 생각했다. 왜냐면 안현수는 나쁜 놈이고, 자신은 안현수로 인해 인생을 망쳐버린 피해자니까.

그러니 안현수를 죽이는 일은 어떤 면에선 정의 실현이라고 범행을 정당화했다. 이성의 눈을 잠시 가려버린 분노 역시 그 정당성을 더욱 당연한 것으로 보이게 만들었다.

하지만 막상 실행에 옮기고 나니 살인은 그리 유쾌한 경험이 아니었다. 밧줄에 매달려 발버둥 치던 안현수의 모습을 떠올리면 지금도 욕지기가 치밀어 오른다. 그의 부릅뜬 눈이 꿈속에 나와 땀에 흠뻑 젖어 깬 날도 하루 이틀이 아니었다.

게다가 복수를 부추기며 자신을 범죄로 끌어들였던 창건은 지금 한술 더 떠 죽은 자신의 몸을 훼손하라고까지 한다. 반쯤 제정신 아닌 상태로 가담했던 살인은 그렇다 치더라도 서준은 이미 저질러놓은 범죄 목록에 '시체 훼손'이라는 또 다른 죄목을 덧붙이고 싶진 않았다.

처음 창건이 시한부 인생이라고 고백했을 때, 서준은 안현수의 시신을 창건인 것처럼 꾸미는 일이 완벽한 계획이라고 생각했다. 안현수를 죽여 계획했던 복수를 달성하고 나면 창건은 어딘가에서 조용히 여생을 보내다 세상을 떠날 것이라고 짐작했으니까. 그러면 자신이 안현수를 죽인 사실을 아는 사람은 아무도 없다. 비밀이 탄로 날까 봐 전전긍긍할 일도 사라진다.

그런데 예상과는 달리 창건은 자신을 더욱 깊은 늪으로 끌어들였다. 그러자 그제야 서준도 눈이 번쩍 뜨이는 것 같았다. 곰곰이 생각해보니 어쩌면 창건은 자신이 생각했던 것보다 훨씬 더 위험한 사람일지도 몰랐다. 그렇지 않다면야 그토록 집요하게 온라인을 뒤져 안현수에게 앙심을 품은 자신을 찾아내고 이런 정신 나간 계획을 세울 리가 없으니까.

창건은 복수를 위해 말 그대로 '목숨'을 걸었노라고 못할 일이 없다고 말했다. 그때 창건의 눈에 번득이던 광기에 가까운 빛을 보고 서준은 저도 몰래 부르르 몸을 떨었다. 그러면서 생각했다.

저자는 반쯤 미쳤다. 죽을 날을 받아놓은 미치광이처럼 위험한 존재는 없다. 무슨 짓을 저지를지 모르니까. 만약 자신이 창건의 요구를 거절하면 그는 어떻게 나올까. 여차하면 자기가 한 짓을 다 떠벌리려 할지도 모른다. 그렇게 되면 불리한 건 어차피 살날이 얼마 남지 않은 창건이 아니라, 아직 살아야 할 날이 한참 남은 자신이었다.

게다가 냉정하게 따져보면 창건의 사체를 훼손하는 게 그의 주장처럼 자신에게도 안전한 길이긴 했다. 굳이 저 반쯤 정신 나간 사람의 뜻을 거스르는 위험 부담을 지는 대신, 눈 딱 감고 시키는 일을 해주는 편이 더 나을지도 몰랐다.

'기왕 이렇게 된 거, 갈 데까지 가는 거야.'

서준은 그렇게 다짐했다. 어차피 창건과 자신은 한배를 탄 운명이라고. 이미 망망대해까지 와버린 이상 이젠 돌아가고 싶어도 돌아갈 방법이 없다고. 그러니 그 배가 뒤집히지 않도록 수단과 방법을 가리지 않을 수 없었다.

"그래서 시키는 대로 한 건데, 도로에 CCTV가 있었을 줄은…."

고백을 마친 서준이 말꼬리를 흐리며 고개를 푹 숙였다. 준현은 눈앞에 있는 청년을 복잡한 심경으로 바라봤다.

서준은 CCTV 하나 때문에 꼬리가 잡혔다고 생각하는 모양이지만 그건 착각이었다. 제법 공들여 세운 계획이긴 하나 준현이 보기엔 허점이 많았다. 만약 준영의 시신 검시만 제대로 이뤄졌더라도 죽은 자가 창건이 아니라는 사실 정도는 금방 밝혀졌을 것이다. 신원 조회기에 이름과 주민등록번호만 입력하면 뜨는 고유지문번호로 죽은 자의 지문과 대조해 얼굴을 알아볼 수 있었을 테니까. 비교적 쉽게 위조할 수 있는 신분증과 달리, 국가에 등록된 기록은 위조조차 할 수 없다.

하지만 집 안에서 자살한 사체가, 그것도 유서와 죽을 이유까지 분명히 존재하는 사체가 현장에서 발견된 신분증과 다른 인물일 수 있다는 데까지는 다들 생각이 미치지 못했다. 그래서 타살 가능성만 확인하고 본인 확인은 철저히 하지 않았다. 창건과 대면한 적 없는 집주인 역시 창건의 방에서 자살한 인물이 설마 세입자가 아닌 다른 사람일 거라고는 꿈에도 상상하지 못했다. 당황하고 공포에 질린 집주인은 "이 사람이 송창건 씨 맞습니까?"라는 경찰의 질문에 무턱대고 그렇다고 고개를 끄덕였을 것이다.

어쩌면 이런 허점은 시간적 여유가 부족했기 때문에 발생했을 수도 있다. 자살로 추정되는 변사체가 발견되면 현장에 출동한 경찰의 검시부터 유족 및 주변인 조사, 최종적인 검사의 승인까지 일련의 과정이 대개 단 하루 만에 이뤄진다. 되도록 빨리 유족에게 시신을 인도하기 위해서다. 그러다 보니 이번처럼 사각지대를 보지 못하고 넘어가는 경우도 더러 생길 수 있다. 그런 면에서 창건과 서준은 운이 좋았다.

하지만 항상 그렇게 운이 따라줄 수는 없다. 창건과 서준은 준영이 대포폰을 여러 개 갖고 있으리라고는 미처 예상하지 못했다. 결국 준영이 방에 놔두고 간 대포폰 때문에 창건과 서준이 준영의 피해자라는 사실이 밝혀졌고 경찰은 그들 사이의 연결 고리를 발견할 수 있었다. 그러니 결국 범죄자들이 꿈꾸는 완전범죄라는 건 환상에 불과했다.

"왜 경찰에 신고 안 했어요? 복수니 뭐니 허튼짓한 바람에 피해자였던 박서준 씨가 이렇게 가해자가 된 거 아닙니까."

수호가 꾸짖는 음성으로 말했다.

서준이 울먹거리며 고개를 푹 숙였다.

그 모습을 보는 준현은 가슴이 답답해졌다. 이미 진술도 거의 다 받은 상태라 잠시 담배 한 대 피우려고 자리에서 일어나는데 서준이 가느다란 목소리로 준현을 불러 세웠다.

"…우리 부모님한테는 비밀로 해주실 수 없어요? 제가 부모님한테는 잘 둘러댈게요. 우리 엄마, 심장이 약해요. 제가 이런 일 저지른 걸 알면 쓰러지실지도 몰라요."

준현은 저도 모르게 긴 한숨을 내쉬었다.

"아마 어려울 것 같은데요. 박서준 씨는 살인에 사체 훼손 혐의까지 있어요. 꽤 오래 철창신세를 면치 못할 겁니다. 어쩌면 부모님이 살아계실 때 다시 세상 밖에 못 나올지도 몰라요."

준현의 말에 서준이 별안간 고개를 푹 수그렸다. 떨군 고개 사이로 흑 하고 오열이 터져 나왔다.

잠시 서준을 바라보던 준현은 울고 있는 청년을 내버려둔 채 취조실을 걸어나왔다.

From. 사계

준현이 이따금 들르는 동태찌개집은 그날도 손님들이 많았다. 가격이 싸고 양이 많아서인지 해장하려는 직장인뿐 아니라 주머니 가벼운 학생들도 많이 찾는 곳이었다.

주문을 하고 나서 얼마 후, 직원이 뜨끈뜨끈한 동태찌개 두 그릇을 준현과 도윤 앞에 갖다 놓았다.

"정상구 사건은 다시 원점으로 돌아왔군."

"…네."

한숨 섞인 준현의 말에 도윤이 나사가 하나 빠진 듯한 얼굴로 대꾸했다.

"그래도 절반은 해결됐으니 밥 먹고 나서 정상구 주변 인물들부터 다시 조사해보자고. 안준영 건이랑 뭔가 접점이 있을지도 모르고."

"…네."

도윤은 여전히 어딘가에 정신이 팔린 듯 심드렁한 대답이었다. 여느 때 같으면 활기 넘치는 표정으로 "예!"라고 대답했을 텐데.

"왜 그래? 무슨 일 있어?"

참다 못한 준현이 물었다.

"일은 무슨 일요."

도윤이 건성으로 대답했다.

"일도 없다면서 왜 그래? 다른 때 같았으면 밥 한 공기 다 먹고도 한 공기 더 시키는 사람이 몇 숟갈 뜨는 둥 마는 둥 하고. 왜, 동태찌개 싫어해?"

"아니요."

도윤은 고개를 저었다.

"그냥 안준영 사건이 마음에 좀 걸려서요."

"마음에 걸리다니, 뭐가?"

말하기 어려운지 도윤은 우물쭈물했다.

"송창건이 이해가 안 가는 것도 아니라서요."

준현이 눈을 가늘게 뜨고 마주 앉은 후배를 바라봤다.

"그게 무슨 뜻이지? 혹시 안준영 같은 놈은 죽어도 마땅하단 건가?"

"아니요, 그런 뜻이 아니라."

도윤은 말하기 거북한 눈치였지만 준현이 대답을 기다리는 표정으로 바라보자 마지 못해 입을 열었다.

"어쩐지 송창건을 보니 형이 생각나서요."

"형?"

준현은 의외라고 생각했다. 예전에 형에 대해 물었다가 도윤이 사생활 아니냐며 날 선 반응을 보인 이후 개인적인 얘기는 일절 물어보지 않았다. 도윤 쪽에서 먼저 그 화제를 입에 올린 일도 없었다. 그런데 제 편에서 형 얘기를 꺼내다니.

"우리 형, 사이비 종교에 빠졌었거든요."

도윤의 말은 준현이 전혀 생각지도 못한 것이었다.

"어쩌다?"

준현은 놀라움을 감추며 되도록 아무렇지도 않은 표정으로 덤덤하게 물었다.

"그냥, 부담스러웠나 봐요."

도윤이 대답했다.

"5남매 중 맏이였거든요. 아버지가 시골에서 노름하다 걸핏하면 돈을 날려먹는 바람에 형이 어릴 적부터 가장 노릇하느라 고생을 많이 했었어요."

도윤의 얘기에 따르면, 형은 고등학교를 졸업한 뒤 곧장 서울로 올라와 직장을 구하고 시골집으로 다달이 돈을 부쳤다고 했다. 하고 싶은 것도, 먹고 싶은 것도 많을 나이에 자신이 원하는 건 무조건 뒷전으로 미뤘다. 고달프고 외로운 생활이었을 게 틀림없었다. 아마도 그래서였을 것이다. 사이비 종교에 빠져버린 건. 의무와 희생밖에 없는 현세의 삶에 지칠 대로 지친 청년은 낙원 같은 내세의 아름다움을 설파하는 사이비 종교 지도자들의 말에 혹하고 말았다.

죽은 뒤 낙원에 가기 위해선 '믿음'을 증명해야 했다. 형이 속한 단체에서 믿음의 크기는 헌금의 액수와 비례했다. 형은 처음엔 가족들에게 부칠 돈을 단체에 헌납했다. 하지만 그것만으론 성에 차지 않았다. 낙원에서 더 좋은 자리를 차지하기 위해선 더 많은 돈을 내야만 했다. 단체 역시 형을 야금야금 압박했다. 겨우 이것뿐이냐며 아직도 믿음이 부족하다고 형을 다그쳤다. 이미 단단히 그곳에 세뇌된 형은 헌금을 내기 위해 여기저기 빚을 졌다. 가족을 위한 희생이 지긋지긋해져 도피한 곳이 이번엔 더 크고 무의미한 희생을 요구하는 셈이었다. 하지만 이미 환상에 눈이 멀어버린 형은 그 사실을 깨닫지 못했다.

종교 지도자들이 사기 혐의로 구속되고 난 뒤에야 형은 현실에 눈을 떴다. 반강제로 다시 돌아온 현실은 형이 사이비 종교로 도피하기 전보다 훨씬 더 끔찍한 상황이었다. 헌금하느라 불어난 빚은 이미 제 선에선 감당하기 어려운 수준까지 늘어나 있었다. 절망에 빠진 형은 이번에도 도피를 선택했다. 다만, 이번에 달아난 곳은 두 번 다시 돌아올 수 없는 죽음이었다.

경찰공무원시험 준비를 하려고 시골서 상경한 도윤은 그 무렵 형과의 짧은 동거 생활을 끝내고 고등학교 동창 집에서 신세를 지고 있었다. 형과 같이 사는 동안 걸핏하면 싸웠기 때문이다. 당시엔 형이 사이비 종교에 빠진 사실을 전혀 몰

랐다. 그저 형이 서울 생활을 하면서 많이 달라졌다고만 생
각했다. 도윤은 싸우고 집을 나올 때 형은 이기적인 인간이
라고, 가족들은 나 몰라라 한다고 대들었다. 형은 상처 입은
표정이었지만 아무런 반박도 하지 않았다.

그게 마지막이었다. 두 달 뒤 도윤은 형의 죽음을 전해 들
었다. 형은 사이비 종교 단체가 입주해 있던 22층 건물에서
뛰어내렸다고 했다. 도윤은 형이 사이비 종교에 빠져 있었다
는 것도, 감당하기 힘든 빚을 졌다는 것도 그때 처음 알았다.
이럴 줄 알았으면 죽기 전에 그런 모진 말은 하지 말 것을.
형네 집에서 이사 나온 뒤 연락이라도 한번 해봤을 것을. 하
지만 후회해봐야 이미 너무 늦은 뒤였다.

"형한테 이기적이라고 한 말도 따지고 보면 사실이 아니었
어요. 형은 그때도 이미 할 만큼 했었거든요. 형이 아니었더
라면 전 지방대도 마치지 못했을 거예요."

준현은 잠자코 도윤이 말을 잇길 기다렸다.

"그런데도 저랑 가족들은 형이 계속 희생해주길 바랐어요.
맏이니까, 그냥 원래 그랬으니까. 그러다 형 어깨에 지워진
짐이 너무 무거웠다는 걸 죽은 뒤에야 깨달은 거죠."

도윤이 길게 한숨을 내쉬었다.

"그래서 송창건 얘기를 듣는데 '아, 형도 저런 심정이었겠
구나' 싶었어요."

어쩌다 신상 이야기를 터놓게 된 도윤은 말하고 나니 민
망했는지 거북한 표정으로 입을 꽉 다물었다. 생각지도 않게
후배로부터 무거운 얘기를 듣게 된 준현 역시 이럴 때 무슨
말을 해야 할지 알 수가 없었다. 다만, 한 가지는 이해할 수
있었다. 형 얘기를 꺼냈을 때 도윤이 왜 그렇게 예민한 반응
을 보였는지를.

두 남자는 한동안 서먹서먹한 상태로 마주 앉아 조용히 동
태찌개를 먹었다. 침묵이 두 사람 사이에 길게 가로놓였다.

어색한 침묵을 깬 건 준현의 휴대폰 벨소리였다. 모르는
번호로부터 걸려온 전화였다. 준현은 적절한 타이밍에 울린
벨소리에 내심 감사해하며 휴대폰을 들었다.

"여보세요, 이준현 형사님이십니까?"

수화기 너머로 나이 지긋한 남자의 목소리가 들렸다.

"네. 그런데요?"

"기억하실지 모르겠지만, 저는 일식당 사계 주인입니다."

"아, 네."

그 말을 들으니 이마에 주름이 깊게 팬 주인의 얼굴이 준
현의 머리에 떠올랐다.

"저번에 혹시 생각나는 게 있으면 연락하라고 하셔서…."

남자가 어렵게 말을 꺼냈다.

"뭔가 생각나는 게 있으신가요?"

준현이 반색하며 물었다. 곁에 있던 도윤도 어느샌가 숟가

락을 놓고 통화에 집중하고 있었다.

"그게… 생각나는 게 있다기보다는… 저희 종업원이 가게를 관뒀거든요. 말 한마디 없이요."

주저하는 기색이 역력한 말투로 남자가 말을 이었다.

준현은 남자가 대체 무슨 말을 하려는지 알 수 없었다. 종업원이 일방적으로 그만두든 말든 그건 주인이 알아서 할 일이다. 그런데 왜 그런 일로 자신에게 연락했을까.

"그런데 형태가…. 아, 그만둔 종업원 이름이 형태거든요, 전에 잠깐 보셨죠? 살집이 없는 쪽이요. 말수가 없고 낯을 가리는."

"그래서요?"

준현이 본론을 재촉했다.

"아, 네네. 죄송합니다. 당황스러워서 그런지 말이 막 빙빙 헛도네요. 형태가 뭔가를 남겨놨더라고요."

"뭘 남겨놨던가요?"

준현이 참을성 있게 물었다.

"'죄송합니다'라고 적힌 쪽지 한 통과 지갑이요. 그런데 지갑을 열어보니…."

남자가 망설이는지 잠시 사이를 뒀다가 말을 이었다.

"신분증 사진에 찍힌 사람이 전에 형사님께서 보여주신 남자더라고요. 우리 식당에서 식사하고 돌아가는 길에 살해됐다던. 이름이… 가만 보자, 정상구 맞죠?"

준현은 순간 정신이 번쩍 들었다. 정상구 살해 현장에서 발견되지 않았던 지갑을 식당 종업원이 갖고 있었다고?

사계를 찾아갔을 때의 기억들이 빠르게 머리를 스치고 지나갔다. 종업원 둘 중 하나는 체구가 통통했고, 하나는 어디서든 볼 수 있는 체구였다. 보통 체구의 종업원은 어딘지 모르게 산만하고 불안한 표정으로 연신 다리를 떨었었다. 조사를 마치고 식당 문을 나설 때는 주인이 "나형태, 정신 똑바로 안 차릴래? 집중을 안 하고 멍하게 있으니 툭하면 손이나 베이지"라고 종업원을 꾸짖기도 했다.

"그 사람이 갈 만한 곳이 어딥니까?"

아직 다 먹지도 않은 찌개를 남겨두고 준현은 자리에서 벌떡 일어섰다.

트리거의 눈물

밤 11시가 조금 넘었을 무렵, 누군가 영업이 끝난 식당 문을 열고 들어왔다. 그 시간까지 식당에 혼자 남아 있던 나형태는 문이 열리는 소리에 입구 쪽으로 고개를 돌렸다. 주인 겸 주방장인 현석은 이미 퇴근했고, 형태 혼자 남아 뒷정리를 하던 참이었다. 현석이 퇴근하면 동료 윤성과 하루씩 번갈아가며 가게 정리를 하는데 그날은 형태의 차례였다.

"영업은 끝났습니…."

그렇게 말하던 형태는 남자 얼굴을 보고 "아" 하고 입을 다물었다. 낯익은 얼굴이었기 때문이다. 저녁 무렵 일행과 함께 와서 식사를 하고, 일행이 떠난 뒤 혼자서 술을 마셨던 남자. 형태는 남자가 조만간 식당을 다시 찾아오리라는 사실을 알고 있었다.

"혹시 여기 검정색 지갑 없던가요?"

남자가 물었다.

"아무래도 식당에 두고 간 것 같은데."

남자의 말대로였다. 1시간 전, '영업 중' 팻말을 떼기 위해 가게 밖으로 나온 형태는 입구에 무언가 떨어져 있는 걸 발견했다. 검정색 지갑이었다. 안을 열어 신분증을 확인해보니 혼자 술을 마셨던 남자의 얼굴 사진이 박혀 있었다. 그의 이름은 정상구였다.

상구는 다른 손님들은 물론 형태와 함께 가게를 지키던 윤성마저 떠난 뒤에도 좀처럼 자리를 뜰 생각이 없어 보였다. 꾸벅꾸벅 조는 모양새를 보니 제법 거나하게 취한 모양이었다. 주문한 요리가 나오기도 전에 일행과 소맥을 말아 주고받고, 혼자 사케 한 병까지 끝냈으니 저렇게 취한 것도 무리는 아니었다.

형태가 "이제 문 닫을 시간입니다"라고 상구를 흔들어 깨우고 나서야 그는 마지못한 얼굴로 비틀거리며 계산대로 걸어가 현금 한 다발을 꺼냈다. 형태가 결제를 맡았다. 계산을 마친 뒤 무심하게 지갑을 양복 상의 주머니에 도로 집어넣은 상구는 가게 문을 나설 때 술기운에 열이 나는지 상의를 벗어 팔에 걸었다. 지갑은 아마도 그때 떨어진 모양이었다. 무언가 떨어지는 소리가 들렸을 법도 한데 만취한 상구는 전혀 눈치채지 못한 것 같았다.

"혹시 그렇게 생긴 지갑 못 봤어요?"

조금 전보다는 정신이 많이 돌아온 것처럼 보이는 상구가 형태를 재촉했다.

분명 지갑이 어디 있는지 알고 있지만 형태는 계산함 안에 넣어둔 지갑을 선뜻 상구에게 돌려주고 싶지 않았다. 지갑을 꽉 채운 현금이 욕심나서가 아니었다. 정상구라는 인간이 불쾌했기 때문이다.

몇 시간 전, 형태가 상구 일행이 주문한 요리를 내갔을 때 그는 곁에 있던 남자와 한참 뭐라고 대화를 나누던 중이었다.

"사기는 당한 놈이 나쁜 거지, 안 그래?"

우쭐거리며 내뱉는 상구의 말에 형태는 누군가가 마치 얼굴을 후려친 것처럼 제자리에 멈춰 섰다.

"동물들 세계에서도 맹수가 사냥할 때 제일 어리고 약해 보이는 영양을 노리잖아. 인간 세상도 마찬가지야. 나약하고 무능한 것들이 희생양이 되는 거라고. 자기네들이 멍청해서 당한 주제에 피해자니 어쩌니 걸핏하면 우는 소리나 하고. 다 지네들 잘못인 줄은 모르고."

일행이 뭐라고 대꾸하는 소리가 들렸다. 하지만 이미 사고가 정지된 형태의 머리엔 일행이 하는 말은 들어오지 않았다.

'사기는 당한 놈이 나쁜 거라고.'

형태는 상구가 한 말을 되뇌며 저도 모르게 두 주먹을 꽉 쥐었다.

작은 식당을 운영했던 형태의 아버지는 형태가 아직 초등학교에 다닐 때 사기를 당하고 전 재산을 말아먹었다. 믿었던 사람의 빚보증을 섰다가 그 사람이 도망가는 바람에 고스란히 빚을 떠안게 된 것이다. 알고 보니 아버지가 빚보증을 선 사람은 처음부터 그럴 목적으로 접근했었다. 의연함을 유지하려 노력했던 아버지는 그 사실을 알고 충격으로 완전히 무너졌다.

얼마 후 형태의 집엔 온통 가압류 딱지가 빨갛게 붙었다. 식당과 살던 집이 빚쟁이들에게 넘어가고 가족들은 야반도주하다시피 단칸방으로 이사 갔다. 이웃들과 공동 화장실을 이용해야 할 만큼 열악한 곳이었다.

그곳으로 이사 간 뒤 아버지는 하루가 다르게 폐인이 돼 갔다. 가족들 볼 면목이 없었는지 종종 술집에서 시간을 보내더니 언젠가부터는 아예 집에 잘 들어오지 않았다. 어쩌다 집에 머무르는 날이면 혼자 소주잔을 기울이고 있기 일쑤였다. 일 따위는 이미 내팽개친 지 오래, 보다 못해 대신 생계를 책임진 건 형태의 어머니였다. 아는 동네 사람 소개로 어찌어찌 보험 영업을 시작한 어머니는 발톱이 새카매질 정도로 이리저리 뛰며 상품을 팔았다. 그것만으로는 부족했는지 밤에도 연신 피곤한 눈을 비비며 인형 눈을 붙이는 부업까지 했다.

형태가 중학교를 졸업할 무렵, 아버지가 쓰러졌다. 간암이었다. 발견 당시 이미 병이 상당히 진전된지라 아버지는 딱히 손써볼 사이도 없이 세상을 떠났다. 수없이 원망하고 비난했던 아버지였지만 유골을 묻고 돌아오는 길에 형태는 꽤 많은 눈물을 흘렸다. 속아서 빚보증을 잘못 서기 전까지는 자상한 사람이었다. 바쁜 와중에도 식당 일을 쉬는 날이면 형태와 동생을 동물원이나 야구장에 데려가곤 했었다. 가족들에게 큰 잘못을 저지른 아버지도 사실은 피해자였다는 사실을 형태는 처음으로 깨달았다.

아버지의 장례를 치르고 몇 달 뒤, 형태는 요리를 전문으로 하는 직업 고등학교로 진학했다. 어머니는 성적이 나쁘지 않았던 형태가 인문계로 가길 바랐지만, 형태는 빨리 돈을 벌 수 있는 직업을 구하고 싶었다. 세 살 어린 동생도 있는데 자신이라도 어서 경제적으로 독립해야 어머니의 부담을 덜어 줄 수 있을 것 같았다.

어릴 적부터 아버지 등 뒤로 보고 배운 게 있어서인지 요리는 그럭저럭 적성에 맞았다. 학교를 졸업하고 나서는 아버지 친구였던 현석이 운영하는 일식집에 견습 직원 자격으로 취업했다. 엄격한 현석은 곧잘 형태를 꾸짖고 잔소리했다. 하지만 그게 자신을 미워해서가 아니라는 사실을 형태는 잘 알고 있었다. 이른 나이에 허무하게 가버린 친구 아들을 빨리 어엿한 요리사로 만들려는 현석의 마음 씀씀이라는 걸.

현석의 가게에 취업하고 나서 형태는 비로소 한시름 놓았다. 이젠 자신도 돈을 벌게 됐으니 더는 어머니가 고생하지 않아도 된다. 고등학교에 다니는 동생도 몇 년 뒤 졸업하면 제 앞가림 정도는 할 수 있을 것이다. 예전에 비하면 삶이 비교도 안 되게 안정됐다고, 이대로라면 앞으로도 큰 문제는 없을 거라고 형태는 생각했다. 하지만 그렇다고 그게 불만이나 미련이 없다는 뜻은 아니었다.

이따금 형태는 아버지가 사기를 당하지 않았더라면 어땠을까 상상해보곤 했다. 그랬더라면 다른 평범한 중산층 가정처럼 가난을 맛보지 않고 살 수 있었을 것이다. 아버지는 아직도 살아 있을 것이고, 어머니는 고생으로 폭삭 늙지 않았겠지. 그리고 형태 자신도 어린 시절 친구들처럼 지금쯤 대학생이 되어 있을 터였다.

그런 생각이 떠오를 때면 형태의 마음속엔 아버지를 속인 사람에 대한 증오가 끓어올랐다. 처음 그들에 대한 증오심을 품게 된 건 아버지가 세상을 떠난 날이었다. 한심하고 원망스러운 가장이었지만 막상 흙빛이 된 얼굴로 숨을 거둔 아버지를 보니 나쁜 사람은 따로 있다는 생각이 들었다. 빚만 남기고 떠난 남편을 '몹쓸 인간'이라고 원망하던 어머니에게 '아버지는 몹쓸 인간이 아니야. 아버지를 이렇게 만든 놈이 나쁜 거야'라고 소리쳤다.

한번 가슴속에서 싹을 틔운 증오는 쉽게 사라지지 않았다. 얼굴도 모르는 그 사람의 얼굴을 머릿속으로 상상하며 주먹질하고 싶을 때도 있었다. 이따금 불쑥불쑥 솟아오르는 분노를 조용히 삭이며 사는 형태에게 상구가 한 말은 아물고 있는 상처에 소금을 뿌린 격이나 마찬가지였다.

"뭘 그렇게 멀뚱멀뚱 서 있어요? 걸리적거리게."

곁에서 들리는 퉁명스러운 말소리에 돌아보니 상구가 접시를 들고 멍하니 생각에 잠긴 자신을 올려다보고 있었다.

"아, 네. 죄송합니다."

형태가 사과하고 서둘러 요리를 두 사람 앞에 내려놨다.

그러자 상구는 굼뜬 종업원한테는 더는 볼 일이 없는지 다시 일행 쪽으로 고개를 돌려 하던 얘기를 이어갔다.

"그러니까 멍청한 것들이 그렇게 구질구질하게 사는 거야. 도통 이걸 안 쓰거든."

상구가 제 머리를 톡톡 치면서 말했다.

"자기가 구질구질하게 사는 건 그렇다 쳐. 그런데 지가 멍청하니까 지 새끼들까지 고생하잖아. 안 그래?"

일행이 뭐라고 대꾸했는지 상구가 갑자기 폭소를 터뜨렸다. 형태는 더 이상 듣고 있을 수 없어 얼른 그들이 있는 자리를 벗어났다.

정상구라는 인간은 최악이었다. 거만하고, 비뚤어지고, 양심도 없어 보였다. 그랬기에 상구가 두고 간 지갑을 발견했을 때 형태는 속으로 쌤통이다 싶었다. 지갑이 없어서 고생좀 해보라지. 재수 없는 인간 같으니.

그런데 그 재수 없는 인간이 다시 나타나 지금 자신에게 지갑이 어딨는지를 묻고 있었다. 형태는 상구에 대한 반감과 마땅히 해야 할 도리 사이에서 잠깐 고민했다. 그러던 중 저도 모르게 입안에서 생각지도 않은 말이 툭 튀어나왔다.

"정말 그렇게 생각하세요?"

상구는 무슨 소리냐고 묻는 눈길로 형태를 쳐다봤다.

형태는 당황스러웠다. 자신도 그런 말이 튀어나올지 생각지 못했다. 하지만 이미 뱉어놓은 말을 주워 담을 순 없었다. 그냥 이렇게 된 거 하고 싶었던 말을 다 해보기로 했다.

"아까 말씀하신 거 들었어요. 사기당한 사람이 나쁘다는 거. 정말 그렇게 생각하시냐고요."

그제야 질문을 알아들었는지 상구는 픽 웃었다.

"아, 그 얘기야? 피곤하게 무슨 그런 쓸데없는 걸 묻고 있어. 귀찮게 하지 말고 빨리 대답이나 해요. 여기 지갑 있는 거 맞아, 아니야?"

딱히 상대할 가치도 없다는 투로 상구가 대답했다. 말투도 점차 무시하는 투로 바뀌고 있었다. 그런 상구의 태도에 형태는 울컥 화가 치밀었다.

"쓸데없는 걸 묻는 게 아니에요!"

형태가 버럭 소리를 질렀다.

갑자기 커진 형태의 목소리에 상구는 의외였는지 눈썹을 치켜떴다.

"우리 아버지도 사기를 당했어요. 그래서 가족들 고생도 많이 시켰고요. 하지만 잘못한 건 나쁜 놈이지 속은 사람이 아니잖아요."

상구는 잠시 아무 말 없이 묘한 눈빛으로 형태를 바라봤다.

형태도 담담하게 상대의 시선을 마주했다. 한순간 형태는 상구가 자신에게 사과하려는 건가, 싶었다. 하지만 그런 생각이 머릿속을 스치기가 무섭게 상구는 큭 하고 웃음을 터뜨렸다. 거기서 그칠 줄 알았던 웃음은 예상치 않게 발작적인 폭소로 이어졌다. 웃음은 한참 동안 잦아들지 않았다.

"아버지가 사기를 당했다고?"

마침내 웃음을 그친 상구가 몸을 일으켰다. 조금 전까지 반쯤 정신 나간 술주정뱅이처럼 킬킬거렸을 때는 언제고 지금은 냉정하리만치 침착한 모습이었다.

"안 됐네. 그래, 그러니까 니가 이런 데서 이 모양 이 꼴이겠지. 한밤중에 혼자 접시나 닦으면서."

상구가 싸늘한 목소리로 말했다.

형태는 저도 모르게 이를 악물었다. 잔뜩 긴장이 들어간 형태의 턱이 딱딱하게 굳었다.

그런 형태는 아랑곳없이 상구가 말을 이었다.

"그런데 그거 알아? 넌 앞으로도 이렇게 구질구질하게 살 거야."

형태가 상구를 매섭게 노려봤다.

상구는 형태의 시선을 피하지 않았다. 오히려 할 테면 해보라는 듯 형태의 눈을 똑바로 쏘아봤다. 조소가 가득 깃든

상구의 눈빛이 포식자의 그것과 닮았다고 형태는 생각했다.

"왜냐면 너도 니 아버지처럼 멍청하거든. 너네처럼 멍청한 인간들은 자기들이 뭐가 문제인 줄도 몰라. 그러니 그 모양 그 꼴로 살면서 계속 다른 사람들 배나 불려주겠지."

상구의 말 한마디 한마디가 형태의 가슴에 비수처럼 다가와 박혔다.

하지만 상구는 태연한 얼굴이었다. 말을 마치고 주변을 휘휘 둘러보더니 "보아하니 여긴 없는 모양이네" 하며 그대로 발길을 돌려 식당 밖으로 나갔다. 모멸감과 분노로 굳어버린 형태는 눈에 들어오지도 않는 것처럼.

혼자 남은 형태는 끓어오르는 증오를 가라앉힐 수가 없었다. 두 손이 와들와들 떨리고 있었다. 나쁜 놈. 아마도 저런 놈이 아버지를 속여먹었겠지. 그렇게 생각하니 화가 걷잡을 수 없이 치밀어올랐다. 자신과 어머니가 그토록 고생한 게, 자신이 누렸을지도 모를 더 좋은 인생의 기회를 앗아간 게, 바로 저런 놈들이라 생각하니 이가 갈렸다. 저런 놈 때문에, 저런 놈 때문에….

그런 자신을 부추기듯 형태의 귓가엔 아까 상구가 했던 말이 계속 맴돌고 있었다.

'넌 앞으로도 이렇게 구질구질하게 살 거야.'

'너네처럼 멍청한 인간들은 자기네가 뭐가 문제인 줄도 몰라.'

'그러니 그 모양 그 꼴로 살면서 계속 다른 사람들 배나 불려주겠지.'

그렇게 말할 때 상구의 비웃는 표정이 머릿속에 떠올라 형태는 속이 뒤틀렸다. 그 웃음을 상구의 멀끔한 얼굴에서 지워버리고 싶었다. 배를 잡고 웃어대던 그놈 목을 졸라버리고도 싶었다.

형태는 의식하지 못하는 사이, 주방에서 칼을 뽑아 들었다. '그래, 얼마든지 웃어보라지. 더는 못 웃게 만들어줄 테니까.'

옷소매 속에 칼을 숨기고 형태는 가게 밖으로 뛰쳐나갔다.

다행히도 상구를 찾아내는 건 그리 어렵지 않았다. 그는 가게에서 멀지 않은 대로변에 서서 택시를 잡고 있었다. 마침 지나가는 택시가 있어 상구가 손을 흔들었지만, 택시는 손님이 있는지 상구 옆을 그냥 스쳐 지나갔다. 가게를 나간 지 시간이 좀 흘렀는데도 그러고 있는 걸 보면 아까부터 계속 택시를 잡는 데 실패한 모양이었다.

형태가 상구 쪽으로 발걸음을 옮기자, 상구는 갑자기 어딘가로 휘청휘청 걸어가기 시작했다. 아마 그곳에서 택시를 잡는 건 포기한 모양이었다. 형태는 마치 무언가에 홀린 것처럼 부랴부랴 상구의 뒤를 쫓아갔다.

상구의 발걸음이 대로변을 벗어나 인적이 드문 한적한 주택가로 접어들었다. 형태는 들키지 않게 일정한 간격을 유지하면서 계속 뒤를 밟았다. 마침내 골목 끝에 다다랐을 때, 상구가 발자국 소리를 들었는지 문득 돌아보았다.

술을 너무 많이 마셨는지 상구는 머리가 계속 지끈거렸다. 예전에 이 정도는 아무렇지도 않았는데 이젠 자신도 나이를 먹은 모양이었다. 이렇게 취한 건 꽤 오랜만이었다.

저녁을 먹은 식당에서 꾸벅꾸벅 졸다가 밖으로 나온 뒤에도 좀처럼 술이 깨지 않아 머리가 어찔어찔했다. 조금 걷다가 벤치가 보이기에 거기 앉아 다시 졸았다. 그러다 눈을 뜨니 제법 밤이 깊어져 있었다.

상구는 정신을 차리려고 근처 편의점에 들어가 캔 커피 하나를 골랐다. 그런데 막상 계산하려고 하니 양복 윗도리에 있어야 할 지갑이 보이지 않았다. 혹시 착각했나 싶어 옷을 벗어 안팎을 뒤져봐도 마찬가지였다.

'이런, 식당에 두고 온 모양인데.'

상구는 이맛살을 찌푸렸다. 성가시게 됐어. 하지만 시계를 보니 잘하면 아직 식당에 사람이 있을 수도 있겠단 생각에 서둘러 식당으로 돌아갔다.

다행히 가게 문은 닫지 않았지만 거기서도 별 소득이 없었다. 지갑은 보이지 않고 머리에 피도 안 마른 새파란 종업원은 같지도 않은 일로 시비를 걸었다. 사기 피해를 입은 아버지를 둔 종업원은 자신이 밥을 먹으며 했던 말 때문에 화가 난 모양이었다.

상구는 그런 구질구질한 인간들이 세상에서 제일 혐오스러웠다. 자신이 만만한 먹잇감인 줄도 모르고 선량하고 정직하다고 믿는 인간들. 그러다 결국엔 포식자들의 희생양이 돼버리는 인간들.

죽은 자신의 아버지도 그런 인간들 가운데 하나였다. 그래서 빚보증을 잘못 섰다가 사업을 말아먹고 온 가족이 야반도주해야 했다. 그런 못난 아버지 때문에 어린 시절 고생이란 고생은 다 겪었다. 빚더미에 올라앉아 시름시름 앓다 세상을 떠난 아버지를 보며 상구는 자신을 절대 저렇게 살지 말아야겠다고 다짐했다. 구질구질한 인간들이 믿는 선량함은 주변 사람들에게 민폐만 끼칠 뿐이었다.

'절대 저렇게 살지 않겠다'는 그의 다짐은 아르바이트로 일하던 가게에서 푼돈을 훔치며 현실이 되기 시작했다. 주인은 그의 말만 철석같이 믿고 눈엣가시처럼 여기던 다른 직원을 범인으로 몰아 해고해버렸다. 그때 그는 깨달았다. 세상은 생각보다 만만하고 자신에겐 남을 속여먹는 재주가 있다고. 그 재주로 다른 사람들을 하나씩 밟아나가겠다고. 나는 먹잇감이 아니라 포식자의 길을 선택하겠다고.

먹잇감이었던 아버지를 둬서인지 상구는 만만한 먹잇감을 기가 막히게 발견했다. 그들은 마치 페로몬처럼 자신이 먹잇감이라는 표식을 흘리고 다니는 것 같았다. 상구는 그런 그들을 아무 감정 없이 이용했다. 피해자들이 어찌 됐건 그런 건 알 바 없었다. 정직함? 양심? 그딴 것들을 버려버리고 나니 홀가분하기만 했다. 상구는 자신의 선택을 한순간도 후회하지 않았다.

뼛속까지 포식자가 된 그는 아직도 '속인 사람이 잘못'이라는 순진해빠진 말을 하는 사람들을 보면 배알이 틀렸다. 그러니 언제까지고 그 모양 그 꼴로 살지. 울화가 치밀어 그들의 순진함을 짓밟아 너덜너덜하게 만들고 싶었다. 그래서 술김에 취중 진담이라고 속에 있는 말을 여과 없이 내뱉은 다음 식당을 나섰다.

그건 그렇고 대체 지갑은 어디로 갔나. 아마도 길에다 떨어뜨렸거나 벤치에 앉아 졸고 있는 사이, 누군가 꺼내 간 모양이라고 상구는 생각했다. 저렇게 순진해빠진 얘기나 하고 앉아 있는 식당 종업원이 지갑을 갖고 있었다면 모른 척할 리가 없으니까. 오늘은 그냥 카카오 택시를 타고 집에 가고 다음 날 카드 분실신고를 해야겠다고 상구는 마음먹었다.

하지만 머피의 법칙인지 하필 이럴 때 휴대폰은 배터리가 나가 있었다. 게다가 길을 가는 택시는 자신에게 지갑이 없는 사실을 알고 있는 것처럼 번번이 무시하고 지나쳐버렸다.

'이럴 바엔 차라리 걸어갈까.'

자포자기한 끝에 내린 결론인데 곰곰이 생각해보니 그것도 그리 나쁘지 않겠다는 생각이 들었다. 인터폰으로 와이프한테 지갑을 갖고 내려오라고 하면 가뜩이나 사이가 좋지 않은 그 여자는 있는 대로 짜증을 낼 것이다. 게다가 집까지는 걸어서 1시간 정도 거리였다. 나잇살인지 이제 슬슬 배가 나오려는 참인데, 이번 기회에 억지로라도 좀 걷는 게 좋을 것 같았다.

그렇게 생각한 상구는 집이 있는 방향을 향해 걸어가기 시작했다. 그런데 10여 분쯤 걸었을 무렵, 길을 잘못 들었다는 사실을 깨달았다. 컴컴한 밤길은 낮과는 달리 지리를 파악하기 어려웠다. 게다가 지금 자신은 아직도 술이 완전히 깨지 않은 알딸딸한 상태다. 하다못해 휴대폰 배터리라도 남아 있으면 그걸로 방향이라도 찾아보겠는데 지금은 그럴 수조차 없었다.

이리저리 방향을 잘못 틀다 막다른 골목까지 왔을 때 상구는 아무래도 자신이 판단 착오를 한 것 같다고 생각했다. 이러느니 차라리 다시 대로변으로 돌아가 택시를 잡는 게 더 나을 수도 있었다. 원거리는 아니지만 요금의 2.5배를 준다고 하면 자신을 태워주는 택시도 있을 것이다.

그렇게 생각하며 돌아서는 상구의 눈앞엔 아까 식당에서 본 종업원이 달려왔는지 헉헉 숨을 몰아쉬며 서 있었다.

"어, 너는?"

형태와 마주한 상구는 의외라는 표정을 지었다. 야심한 시각 막다른 골목에서 단둘이 마주쳤지만 상구는 형태에게 전혀 위협을 못 느끼는 얼굴이었다. 다만, '저 애가 왜 여기 있을까' 의아하게 여기는 눈치였다. 그런 상구를 보자 형태는 끝까지 자신을 만만하게 여기는 것 같아 심사가 뒤틀렸다.

"아…."

갑자기 뭔가 깨달았다는 듯 상구가 고개를 끄덕였다.

"그럼 그렇지. 찾아보니 지갑이 식당에 있었던 거지? 그걸 돌려주려고 여기까지 쫓아온 건가?"

상구가 안심이 됐는지 히죽 웃었다.

형태의 눈엔 그 웃음이 자신을 비웃는 걸로 보였다.

저 웃음. 사기꾼들이나 지을 법한 저 비열한 웃음. 아버지를 속인 사기꾼도 아무 잘못도 없다는 듯 저렇게 태연하게 웃었겠지. 형태는 이를 꽉 깨물었다.

저 웃음을 지워버리고 싶었다. 아버지가, 제 가족이 고통받았던 것처럼 저 남자도 고통을 맛보게 해주고 싶었다. 고통 속에서 몸부림치게 하고 싶었다.

정신을 차렸을 때, 형태는 저도 모르게 칼을 꺼내 상구의 배를 찌르고 있었다.

"으…윽."

상구가 피를 흘리며 비틀거렸다. 전혀 예상치 못했던 일인지 눈이 휘둥그레지고 놀란 입이 떡 벌어졌다. 하지만 그것도 잠시, 상구의 얼굴에 충격이 가시고 대신 분노가 번지기 시작했다. 무슨 이유에선지 몰라도 자신을 상처 입힌 형태에게 화가 난 모양이었다.

"너, 이 새끼가."

피가 흐르는 배를 꽉 누르며 상구가 칼을 뺏으려고 형태에게 한 걸음 다가왔다. 비록 무방비 상태이지만 형태 정도는 제 상대가 안 된다는 듯이.

그 기세에 눌려 형태는 저도 모르게 몇 발짝 뒷걸음질 쳤다. 형태가 주춤한 걸 보자, 상구는 그럴 줄 알았다는 듯 한 걸음 더 가까이 다가왔다. 두 눈이 광기와 분노로 이글거리고 있었다.

"칼 내려놔."

상구가 섬뜩할 정도로 차가운 목소리로 말했다.

형태는 칼을 쥔 손을 덜덜 떨며 뒤로 물러섰다.

"너 따위가 사람을 해칠 수 있을 것 같아? 그런 용기도, 깜냥도 없는 주제에."

상구가 다가왔다. 다시 한 걸음, 두 사람 사이의 거리가 좁혀졌다. 긴장한 형태는 꼼짝도 할 수 없었다.

마침내 상구가 잔뜩 얼어붙어 있는 형태에게 다가와 칼을 향해 손을 뻗으려는 순간, 형태는 반사적으로 몸을 피하며 상구의 목을 칼로 그었다.

촤아아아아악.

상구의 목에서 선혈이 뿜어져 나왔다.

형태는 사시나무처럼 온몸이 와들와들 떨렸다. 상처를 감싸 쥔 상구의 손가락 사이로 붉은 핏줄기가 콸콸 솟구치는 게 보였다. 사람의 몸에 그렇게 많은 피가 있다는 사실을 형태는 태어나 처음 알았다.

"너, 너…."

상구는 형태를 잡으려 팔을 내뻗었지만 급격한 출혈로 다리 힘이 풀렸는지 바닥에 털썩 주저앉더니 그대로 고꾸라지고 말았다.

형태는 상구의 몸이 미동도 하지 않은 뒤에야 겨우 그가 쓰러진 곳으로 가까이 다가갔다. 심장이 터질 듯이 쿵쾅거렸다. 금방이라도 상구가 눈을 부릅뜨고 제 다리를 낚아챌 것 같았다. 하지만 자신이 흘린 핏물 위에 누워 있는 상구는 한눈에 봐도 숨이 끊어진 상태였다.

그제야 형태는 제가 한 짓이 실감이 나기 시작했다. 이 사람은 죽었다. 죽은 게 틀림없다. 나는 이제 살인자가 되고 말았다!

머릿속이 새하얗게 변한 것 같았다. 이성이 아예 작동하길 멈춘 것처럼 아무런 해결책도 떠오르지 않았다. 내가 사람을 죽였어. 죽이고 싶다고 생각하긴 했지만, 정말로 죽여버릴지는 몰랐는데…. 그 생각만이 계속 머릿속을 맴돌았다.

하지만 마비된 이성 대신 강한 생존 본능이 형태에게 명령했다. 어서 이곳을 떠나라고. 머리에 찬물을 뒤집어쓴 듯 부랴부랴 정신을 차린 형태는 비로소 칼을 쥐고 있는 제 손을 내려다보았다. 손에선 피가 흐르고 있었다. 성구를 찌를 때 베인 모양이었다. 형태는 티셔츠 위에 걸치고 있던 조리복을 벗어 손과 얼굴에 묻은 피를 닦았다. 조리복에는 이미 여기저기 상구의 핏물이 튀어 있었다. 형태는 피 묻은 조리복을 뒤집어 허리춤에 묶은 다음, 서둘러 형태의 시신이 있는 장소를 빠져나와 줄행랑을 쳤다.

다행히 식당까지 한달음에 달려오는 동안 형태는 아무와도 마주치지 않았다. 행여 먼발치에서 자신을 본 사람이 있다 해도 어둠 속이라 옷에 묻은 피까진 볼 수 없었을 것이다. 어쩌면 늦은 시간 근처를 조깅하러 나온 사람이라 생각했을지도 몰랐다.

식당으로 돌아온 형태는 서둘러 상구를 찌른 칼과 피 묻은 옷을 쓰레기봉투에 넣고, 얼굴과 손에 묻은 피를 깨끗이 씻어냈다. 출근할 때 입고 온 사복으로 갈아입고 집으로 돌아가는 길에, 되도록 멀찍이 떨어진 곳에 범행 흔적이 담긴 쓰레기봉투도 버렸다.

뒤처리를 마치고 새벽 3시가 넘어 집에 돌아온 형태는 그제야 겨우 안도의 한숨을 내쉬었다. 식당에서 갖고 온 상구의 지갑은 서랍 속에 깊숙이 집어넣었다. 자신이 제대로 대처했는지는 확신할 수 없지만 적어도 할 수 있는 일은 다 한 것 같았다.

그러나 사람을 죽였다는 죄책감은 사라지지 않고 형태의

가슴을 묵직하게 짓눌렀다.

다음 날 형태는 여느 때보다 조금 일찍 출근했다. 자신이 간밤에 쓰레기봉투에 버린 칼 대신 새로운 칼을 칼집에 꽂아 놓기 위해서였다. 현석이 쓰는 고급 회칼이 아니라 주방에서 흔히 쓰는 식칼이었기 때문에 다행히 아무도 눈치채지 못한 것 같았다. 식당엔 자신이 버린 옷 대신 입을 여분의 조리복도 몇 벌 있었다. 윤성과 현석도 특별히 자신의 달라진 점을 눈치채지 못한 모양이었다. 형태는 가슴을 쓸어내렸다.

하지만 안심하긴 일렀다. 당장 그날 오후에 형사들이 가게로 찾아왔다. 특별히 자신을 의심하는 눈치는 아니었지만 형사들 앞에 서니 침착함을 유지할 수 없었다. 그들이 모든 사실을 꿰뚫고 있는 것 같아 다리가 덜덜 떨렸다.

"뭐 잘못 먹었어? 안색이 안 좋은데."

형사들이 가고 난 뒤 윤성이 그렇게 말했을 땐, 자신이 한 짓을 눈치챈 게 아닌가 겁이 덜컥 났다.

하지만 그 뒤로 한동안 아무 일도 없었다. 겉으로만 보면 고요한 일상이 반복됐다. 그러나 형태의 마음속은 그렇지 못했다. 식당 문이 열리면 누가 자신을 잡으러 왔나 싶어 깜짝깜짝 놀랐다. 이젠 손에 익어 좀처럼 실수를 하지 않는 일도 자꾸만 틀려 현석에게 한 소리를 듣곤 했다. 온종일 잠시도 긴장을 늦추지 못한 탓인지 밤에 잠자리에 누울 때면 온몸에

진이 다 빠진 상태였다. 그러나 그렇다고 쉽사리 잠을 이룰 수 있는 것도 아니었다. 이런저런 잡생각들로 마음이 심란해 이리저리 뒤척이다 보면 어느새 날이 밝아오기 일쑤였다.

형태는 자신이 바짝바짝 말라 죽어가고 있다고 느꼈다. 주변의 모든 이들이 자신을 탓하는 것 같고, 제 잘못을 알고 있는데도 일부러 숨긴 채 자신을 떠보는 것 같았다.

"저번에 형사들이 말한 그 살인사건, 지금쯤이면 범인이 잡혔나 모르겠네."

언젠가 현석이 지나가는 말로 그렇게 말했을 때 가슴이 쿵 내려앉은 형태는 저도 모르게 현석에게 모든 걸 다 털어놓을 뻔했다.

무엇보다 가장 형태를 괴롭힌 건 머릿속에서 떠나지 않는 잔상이었다. 피투성이가 된 채로 자신에게 한 걸음씩 다가오던 상구, 그의 목을 긋던 순간 느꼈던 생생한 감촉, 코끝을 훅 스쳤던 피비린내가 지금도 현장에 있는 것처럼 머릿속에서 무한 반복됐다. 아무리 떨쳐버리려고 해도 그 기억을 떨쳐버릴 수가 없었다.

형태는 그게 자신이 평생 짊어져야 할 마음의 짐이라는 사실을 서서히 깨닫기 시작했다. 경찰에 붙잡히건 말건 그것과는 상관없이 그 짐에서 벗어날 수 없다는걸. 언제까지고 그 무게에 짓눌려 있을 자신을 생각하자 형태는 절망감에 휩싸였다.

이렇게 하루하루 괴로워하느니 차라리 모든 걸 다 끝내버리고 싶었다. 더는 죄책감을 느끼지 못할 곳으로 달아나 괴로움에서 벗어나고 싶었다. 그렇게 결심하고 나니 오랜만에 마음이 후련해졌다.

사는 데 딱히 미련은 없었다. 하지만 결심을 실행에 옮기기 전에 마지막으로 해야 할 일이 남아 있었다. 어머니의 얼굴을 보는 것이었다. 죽은 자의 지갑과 쪽지 한 통을 가게에 남겨놓고 형태는 고향으로 가는 버스에 몸을 실었다.

터미널에는 연락을 받은 어머니가 미리 나와 자신을 기다리고 있었다. 출구를 빠져나오는 사람들 사이로 어머니가 희미한 미소를 지으며 형태에게 손을 들어 올렸다. 형태의 눈엔 어머니가 못 보던 사이 더 나이가 든 것처럼 보였다. 얼굴에 살이 흘러내리고 주름이 늘어서인지 어쩐지 슬퍼 보이기까지 했다.

형태는 저도 모르게 눈물이 괴었다. 그리고 들키지 않게 눈물을 훔친 뒤, 억지로 웃으며 어머니가 있는 쪽을 향해 손을 흔들어 보였다.

내일

형태는 자수하고 정상구를 죽인 일에 대해 모조리 털어놓
았다. 어머니의 눈물겨운 권유 때문이었다. 형사들이 형태의
고향집에 연락을 넣기도 전에, 어머니는 오랜만에 갑자기 고
향에 내려온 아들이 뭔가 이상하다는 사실을 눈치챘다. 집요
하게 캐묻는 어머니에게 형태는 결국 모든 사실을 털어놓고
오열했다. 어머니는 망연자실했지만 그래도 아들이 나쁜 선
택을 하기 전에 자신이 먼저 눈치챈 걸 그나마 불행 중 다행
이라고 생각했다. 어머니의 끈질긴 설득에 못 이겨 결국 형
태는 자진해서 경찰에 출두했다. 아마도 오랜 세월 죗값을
치러야겠지만 그래도 잘못을 고백하고 나니 무겁던 마음의
짐이 조금은 가벼워진 것 같았다.

도피 생활을 이어가던 전명호도 결국 경찰에 붙잡혔다.
ATM에서 돈을 찾는 모습이 은행 CCTV에 찍혔기 때문이다.
한적한 바닷가 마을에서 방을 빌려 생활하고 있던 그는 주변
엔 책을 집필하러 왔다고 둘러댔었다고 한다.

한편 명호의 검거로 에버그린에 대한 수사는 가속도가 붙었다. 체포된 후 그는 모든 걸 내려놓은 듯 회사의 투자사기를 술술 자백했다. 잘못은 전부 정상구의 탓이라고 떠넘기면서.

박영우 역시 검거됐다. 정상구 살인이 아닌 사기 혐의로. 하지만 경찰에 적극적으로 협조한 점이 정상참작돼 형량은 비교적 가볍게 받는 선에서 그쳤다.

영우는 정상구가 자신과 강희원의 불륜을 알고 있었다는 사실을 끝까지 몰랐다. 그 때문에 정상구가 자신을 잔인하게 대했다는 것도. 아마 그는 앞으로도 그 사실을 알지 못할 것이다. 정상구는 제 말대로 박영우에게 가장 어울리는 방식으로 복수한 셈이었다.

강희원은 미국 유학 중인 아들 뒷바라지 겸 휴식 차 몇 달간 미국에 머무를 예정이라고 했다. 살인 혐의로 경찰조사를 받느라 힘들어서인지 며칠 새 흰머리가 생기고 볼살이 쏙 빠져 있었다. 그래도 연적인 최지호가 정상구와 사기를 공모한 혐의로 체포됐다는 게 그나마 위안이 됐던 모양이다. 그 소식을 듣고 시종일관 무표정을 유지하던 얼굴이 누그러지며 입가에 살짝 미소를 띠었으니까.

대체로 그렇게 돼야만 하는 방향으로 일이 마무리되긴 했지만 누구 하나 행복한 결말은 아니라고 준현은 생각했다. 특히 정상구, 안준영과 연루된 피해자들은 돈을 잃거나, 인생을 잃거나, 양심을 잃었다. 혹은 모두 다를 잃거나. 그들이 입은 손해는 결코 보상받을 수 없을 터였다. 그렇게 생각하니 준현은 사건이 종결된 것이 그리 기쁘지만은 않았다.

카톡.

카카오톡 메시지가 도착했다는 알림음이 울렸다. 준현은 휴대폰으로 내용을 확인했다. 미래일보 한성주가 보낸 기프티콘이 도착해 있었다.

'형님께서 단독으로 주신 정보 덕분에 처음으로 1면 톱을 썼습니다!'

아이스 아메리카노 두 잔과 함께 보낸 성주의 메시지였다.

준현은 결국 성주와의 약속을 지켰다. 어쨌거나 성주 덕분에 도움을 받기도 했으니.

조금 뒤 다시 성주가 보낸 카톡이 도착했다.

'감사드리고 앞으로도 잘 부탁드립니다!'

준현은 쓴웃음을 지었다.

"'앞으로도'는 무슨 앞으로도야. 이번이 마지막인 줄 알아.'

그렇게 속으로 중얼거리며 준현은 그날 발행된 미래일보를 가로로 펼쳤다.

한성주라는 이름 세 글자 옆으로 커다란 글씨체로 쓴 '코인의 제국'이라는 기사 제목이 눈에 들어왔다.

'제목 한번 거창하게 붙였네.'

절로 코웃음이 나왔지만 어쩌면 영 틀린 말은 아니라는 생각도 들었다. 코인으로 인한 사기와 살인이 넘쳐나는 세상이다. '코인'을 위해 모든 것을 희생하는 사람들과 그들의 믿음을 이용해 돈을 가로챈 사람들 사이에 복수극이 벌어지고, 자신을 둘러싼 이들의 배신, 속임수, 욕망을 자양분 삼아 코인의 영향력은 날로 커져만 간다. 마치 절대 권력을 가졌던 과거의 왕들처럼.

하지만 막을 방법은 없다. 게다가 언젠가 코인이 자취를 감춘다 해도 인간의 탐욕이 사라지지 않는 한 그와 같은 존재는 계속 나타날 것이고, 그들의 왕국에서 충성을 다 하는 사람들은 더 많은 것을 소유하거나 남이 가진 것을 뺏기 위해 칼부림도 서슴지 않을 것이다.

"방금 지구대에서 연락이 왔는데 공터 쓰레기통에서 젊은 여자로 보이는 사체 일부가 발견됐다는데요."

다급하게 자신을 부르는 도윤의 목소리에 준현은 우울한 생각에서 벗어나 현실로 돌아왔다. 다소 상기된 표정으로 들어선 도윤은 이미 출동할 채비를 다 마친 상태였다.

한창 팔팔할 때여서인지 피로를 말끔히 회복한 도윤을 보니 새카만 후배에게 밀릴 수 없다는 승부욕이 솟아올랐다.

"그럼 어서 현장에 가보자고."

들고 있던 신문을 밀쳐놓고서 준현이 윗옷을 챙겨 자리에서 벌떡 일어섰다.

금붕어 룰렛

2024년 4월 23일 초판 1쇄 발행

지은이 오윤희
펴낸이 박시형, 최세현

책임편집 윤정원 **디자인** 정은예
마케팅 권금숙, 양근모, 양봉호, 이도경 **온라인홍보팀** 신하은, 현나래, 최혜빈
디지털콘텐츠 최은정 **해외기획** 우정민, 배혜림
경영지원 홍성택, 강신우, 이윤재 **제작** 이진영
펴낸곳 팩토리나인 **출판신고** 2006년 9월 25일 제406-2006-000210호
주소 서울시 마포구 월드컵북로 396 누리꿈스퀘어 비즈니스타워 18층
전화 02-6712-9800 **팩스** 02-6712-9810 **이메일** info@smpk.kr

© 오윤희(저작권자와 맺은 특약에 따라 검인을 생략합니다)
ISBN 979-11-6534-954-7 (03810)

쌤앤파커스(Sam&Parkers)는 독자 여러분의 책에 관한 아이디어와 원고 투고를 설레는 마음으로 기다리고 있습니다. 책으로 엮기를 원하는 아이디어가 있으신 분은 이메일 book@smpk.kr로 간단한 개요와 취지, 연락처 등을 보내주세요. 머뭇거리지 말고 문을 두드리세요. 길이 열립니다.